CHRISTIAN MOSER-SOLLMANN

geb. 1972 in Tirol, lebt und arbeitet als Autor und Wissenschaftler mit seiner Familie in Wien und Lienz. Seit 1994 ist Sollmann als Researcher, Journalist und Texter tätig. Der Kulturwissenschaftler kennt und beobachtet als verantwortlicher Redakteur des *Österreichischen Jahrbuchs für Politik* die Schnittstellen von Wissenschaft, Politik und Medien aus erster Hand. Sollmann veröffentlicht Romane (zuletzt: *Ohne Wham und Abba!*) und wissenschaftliche Texte (zuletzt: *Der unsichtbare Text. Der erschöpfte Leser. Eine Methodenkritik der Inhaltsanalyse*) in den Bereichen Ideengeschichte, Parteienforschung, Methodenlehre und Politische Philosophie.

CHRISTIAN MOSER-SOLLMANN

NOBLE LÜGEN

ROMAN

MILENA

In einer Gesellschaft, die Denker und Krieger trennt,
wird von Feiglingen gedacht
und von Idioten gekämpft.

Charles George Gordon

1

DAS FESTZELT LEUCHTETE violett. Dank seiner Strategie war der Wahlsieg wie beabsichtigt auf den Prozentpunkt genau eingetreten. Endlich konnte Frank Fischbach durchatmen. Heute war sein Tag. Minutiöse Planung schafft Triumphe. Ruhig blickte er vom Regieraum in das Festzelt der Kanzlerpartei. Unten standen die Freiwilligen, die Funktionäre, die Politik-Schickeria, die Buffet-Abstauber und Kommentatoren, die auf die erste Hochrechnung warteten. Die »Veilchen«, wie die Unterstützer Omnia liebevoll nannten, waren auf dem Höhepunkt ihrer Macht. In einer Minute würde Franks persönlicher Assistent Michael Gurmani mit dem Countdown zur ersten Hochrechnung beginnen, das steigerte die Spannung ein letztes Mal. 34 Tage Intensivwahlkampf waren dann beendet.

Frank Fischbach liebte die Unschuld, die Freude und die Ahnungslosigkeit der Festgäste. Strahlende, erfolgshungrige Gesichter. Wahlkämpfe als Teil der Unterhaltungsindustrie funktionierten wie Fußballspiele und Pferderennen. Die Wähler fieberten mit ihrem Kandidaten mit. Wer wenig wusste, war leicht zu führen. Frank kannte das Wahlergebnis seit Stunden. Situationen vorwegnehmen, den Wahlsieg durch datengetriebenes Marketing erzwingen, das waren die Eckpfeiler seines Erfolgs.

Nach einem kurzen Dank von Michael an die Freiwilligen betrat der neue und alte Kanzler Bao Strauss das violette Pult. Bao Strauss verbeugte sich und schaute ergriffen in die Menge. Es folgten ein kurzes Schweigen und Senken des Blicks. Bescheidenheit selbst in der Stunde des Triumphs – so funktionierte Demokratie! Frank war mit seinem Skript zufrieden.

Bao Strauss, einer aus der Mitte des Volkes, ein Zuwandererkind, war der lebende Beweis, dass mit Fleiß, Beharrlichkeit und Ausdauer für jeden alles möglich war. In seiner leutseligen und vertrauenserweckenden Art forderte er alle Anwesenden und Zuseher vor den Bildschirmen auf, weiterhin ein Stück des Weges mit ihm gemeinsam zu gehen. Selbst Fünfjährige verstanden seine Sprachbilder. Politik in einfache Sprache zu verpacken, war ein Mosaikstein seines Erfolgs. Bao Strauss versteckte sich nicht hinter dem sonst üblichen Kauderwelsch der Politiker.

Zum Abschluss seiner 90-Sekunden-Ansprache, die Frank gemeinsam mit Michael in zwei Extraschichten geschrieben hatte, lud er die Mitbewerber zur Zusammenarbeit ein. Ein bisschen Schwulst, ein paar Gemeinplätze und einen Appell an das Gemeinwohl, das erwartete der Bürger. Von den vielen Krisen erschöpft, sehnten sich die Wähler nach einem, der Gräben schloss. Strauss lobte die Wähler der Opposition, er achte konkurrierende Weltbilder. Mit freundlicher Umarmung hatte er alles inhaliert. Omnia, die Sammelbewegung, war für alle da. Zentristisch, machtbewusst, volksnahe, bescheiden, global denkend und regional handelnd. Österreich sichtbarer, besser und erfolgreicher zu machen, war die Mission, zu der Bao Strauss sich verpflichtete.

»Wir haben wie Martin Luther King einen Traum, wir werden unser Land zu alter Stärke führen.«

Seine Stimme überschlug sich. Für die Dankesrede rief Fischbach Politiklegenden als Ahnherren an, verwertete alte Werbesprüche wieder und remixte seine Sätze per Zufallsgenerator. Mit Originalität verwirrte man Wähler nur; je mehr Journalisten dem Kanzler Substanzlosigkeit vorwarfen, desto größer fielen seine Wahlerfolge aus.

Die Zahlen logen nicht: »44 Prozent«, verkündete das Diagramm der Hochrechnung auf den Bildschirmen. Die Balken der

Mitbewerber scheiterten an der vom Moderator »psychologisch« genannten 20-Prozent-Marke. Dieser historische Abstand musste auf allen Social-Media-Plattformen gepostet werden. Frank hatte dem Kanzler mit einem souveränen Start-Ziel-Sieg zur vierten Amtszeit verholfen. Ab sofort würden Meinungsbildner Bao Strauss' Amtszeit als *Ära* bezeichnen. Mit Mitte vierzig war er körperlich und geistig noch fit genug, ein weiteres Jahrzehnt zu regieren und zum längstdienenden Kanzler zu werden.

»Liebe Freundinnen und Freunde, mit eurer Hilfe werden wir Kohl, Erdoğan, Adenauer, Merkel und Bruno Kreisky übertreffen. Das 20. Jahrhundert ist Geschichte …«

Frank war beschwingt; er hatte den Kanzlersessel verteidigt und die Konkurrenz zermalmt und gedemütigt. Diese Wahl spülte 400.000 Euro in seine private Kasse. Und Omnia war, hochgerechnet auf die nächsten vier Jahre, um hundert Millionen Euro reicher. Großspender standen Schlange, um sie finanziell zu unterstützen. Als Nebeneffekt galt Frank nun als Kampagnenguru, als Kanzlermacher, als Meisterstratege. In seiner Eigendarstellung war dieser Sieg sein sechzehnter Erfolg beim sechzehnten Antreten. Die zwei Niederlagen zu Beginn seiner Laufbahn verschwieg er, seine Aussagen wurden sowieso von keinem Journalisten überprüft. Die Lohnschreiber übernahmen seine Argumentationen aus Zeitgründen oder aus Faulheit ungeprüft zu mehr als 90 Prozent, das hatte er von seiner Strategieabteilung eigens nachrechnen lassen. Die Wahrheiten seiner PR-Abteilung glichen den Wahrheiten der veröffentlichten Meinung. Offiziell hatte Frank also eine blütenweiße Weste; er war der ungeschlagene Champion. Vier nationale Wahlen und zwölf Landtagswahlen hatte er für Omnia gewonnen.

Mit dem Sammeln von E-Mail-Adressen und dem Aufbau einer Datenbank hatte seine Firma Alpha Growth vor zehn Jahren klein begonnen. Wie ein Hamster hatten er und sein Geschäftspartner und technischer Direktor Bernhard Partik Daten gesammelt und mit jeder Interaktion neue Erkenntnisse über den Wähler – das damals noch unbekannten Wesen – gewonnen. Die Wissenschaft beklagte in ihren Studien nur das Abschmelzen von Stammwählern anstatt den zeitgenössischen Wählertyp, den unpolitischen Konsumenten, zu hofieren. Neun von zehn Wählern entschieden sich für eine Partei aus denselben Gründen wie beim Kauf von Schokoriegeln. Er hatte all die heimatlosen Wähler einfach eingesammelt. Anfänglich hatte Frank noch gestaunt, wie stümperhaft Parteien in Österreich arbeiteten.

Bevor Frank Bao Strauss' Parteikommunikation umgekrempelt hatte, warteten in der – seinerzeit noch verschlafenen Funktionärspartei – Omnia nur die faulsten Mitarbeiter Daten. Ein Unternehmen war aber nur so erfolgreich wie seine Daten. Jede Gefühlsregung der Wähler aufzuzeichnen und nichts Zufällen, Launen oder Überzeugungen zu überlassen, war der einzige Weg, Wahlen zu gewinnen. Frank vertraute ausschließlich hohen Rechnerkapazitäten.

44 Prozent der Wähler unterstützten Bao Strauss' Kurs der konsumorientierten Mitte. Bürgerinnen und Bürger, die an den Fortschritt glaubten, das System verbessern wollten oder sich mit ihm arrangierten. Gewinner und Menschen, die sich künftig als Gewinner sahen, hatten ihm ihre Stimme gegeben. Aber auch Ängstliche, Verarmte, die Unterschicht, Alte und Kranke hatten Strauss gewählt, weil er die Hoffnung auf ein besseres Morgen verkörperte. Mit direkter Ansprache erzählte er jedem, was er hören wollte. Frank Fischbach gewann Wahlen mit den Stimmen jener, die sich kaum für Politik interessierten, sondern aus staatsbürgerlichem Pflichtgefühl wählten.

Seine Kampagne hatte sich auf eine einzige Frage beschränkt: Wer soll unser Land führen? Die Kanzlerfrage war eine Entscheidungsfrage, die niemanden überanstrengte. Als Person verkörperte sein Kanzler Wandel, Stabilität, Hoffnung, Loyalität, Berechnung, Internationalität, Bodenständigkeit, Jugend und Erfahrung. Jeder Wähler projizierte etwas anderes in ihn hinein.

Warum wählten die Leute? Weil Frank ihnen einredete, dass ihre Stimme zählte. Und was wählten die Menschen? Kandidaten. Und wen wählten die Menschen? Gewinner! Die Wähler ignorierten Wahlprogramme, sie kannten keine Details von Pensionsreformen, Arbeitslosenzahlen oder der Inflation. Sie wählten jenen Kandidaten, der ihnen das Gefühl gab, zuzuhören und sie ernst zu nehmen. Der direkte Kontakt mittels automatisierter Software, die jeden Wähler mit Vornamen ansprach, und Selfie-Stunden nach jedem Wahlkampfauftritt waren entscheidend. Hände schütteln, Präsenz zeigen, lachen, den Wähler duzen, Fotos machen, allen alles versprechen. Je weniger konkret Bao Strauss sich äußerte, umso unangreifbarer war er.

Eine kurze Aufmerksamkeitsspanne und Befindlichkeiten waren die zwei auffälligsten Wählereigenschaften. Die Zeit politischer Weltanschauungen war vorbei. Mit der öffentlichen Meinung mitschwimmen und für die immer gleichen Inhalte – Klima, Migration, Grenzschutz, Pandemiebekämpfung, Überlastung der Energienetze, Arbeitsmarkt, Teuerung, Digitalisierung, Strukturwandel, Krieg – schöne neue Verpackungen zu finden, reichte für Siege. Fischbach kannte seine Wähler. Verdrossen von Krisen und Abstiegsängsten, gelangweilt vom Alltag, neidisch, gierig, triebgesteuert. Der moderne Staatsbürger war ein Einzelgänger in Einzelhaft. Austauschbar bevölkerte er überall in der westlichen Welt den Planeten. Die Menschen suchten Orientierung, einfache Antworten und Befreiung vom Denken.

Assistent Michael riss Frank aus seinen Gedanken. Eine Fernsehreporterin hatte sich spontan für ein Interview mit dem

Kampagnenguru angemeldet. Noch in Siegerlaune, sagte er leichtsinnigerweise zu und ging vom Regieraum durch eine Menschentraube zur Bühne. Die 1.500 Festgäste jubelten ihm zu und tätschelten ihm die Schulter. Als er die Bühne erreichte, winkte Frank und verbeugte sich. Erst nach zwei Minuten stehenden Ovationen konnte die Dame ihre erste Frage stellen: »Dank Ihrer Kampagne hat Omnia erneut triumphiert. Mit wem wollen Sie regieren?«

Wie zuvor der Kanzler, spielte auch Frank den Demütigen: »Als kleiner Kampagnenmanager entscheide ich nichts. Das obliegt allein den Parteigremien. Außerdem ist es zu früh für Spekulationen. Ich möchte mich nur aufrichtig bei allen Wählerinnen und Wählern bedanken – bei allen Mitgliedern der Omnia-Familie, aber auch bei jenen, die uns nicht gewählt haben, da sie von ihrem Stimmrecht Gebrauch gemacht haben. Wir sind überwältigt … wir werden die nächsten Jahre mit aller Kraft zum Wohle unserer Heimat arbeiten.« Frank strahlte die Reporterin an. Er spielte den Dynamisch-Versöhnlichen.

Bei nicht vorbereiteten Interviews musste er aufpassen, sich nicht zu verplappern. Der landesübliche Hang zur Selbstverzwergung war ihm fremd. Frank war nicht größenwahnsinnig, wie es der Tölpel von der Oppositionspartei während des Wahlkampfs oft behauptet hatte, nur selbstbewusst. Dieser Stümper war verbittert über seine kümmerlichen zwanzig Prozent und hatte in der Live-Zuschaltung wieder schwere Vorwürfe gegen Fischbach erhoben, er argumentierte noch immer in Kategorien einer untergegangenen Welt. Anstatt dem Verlierer diese schlichte Tatsache unter die Nase zu reiben, mahnte Frank eine Abrüstung der Worte ein: »Wir möchten unseren Sieg auch dazu nützen, um aktiv auf die Opposition zuzugehen. Deren haltlose Vorwürfe, welche die mündigen Wählerinnen und Wähler abgestraft haben, haben sich als falsch erwiesen. Lassen wir das Vergangene ruhen. Wir reichen allen konstruktiven Kräften die Hand und laden auch die Mitbewerber herzlich zur Zusammenarbeit ein.«

Heute gab Fischbach zum ersten Mal in seiner Laufbahn ein ungeplantes Interview. Normalerweise war das erste Interview dem Generalsekretär vorbehalten, aber jeder im Zelt wusste, wer der Vater des Wahlerfolgs war. Sprach Frank, jubelten die Gäste. Die Omnia-Anhänger huldigten ihm mit der »Welle«. Das waren charmante Bilder fürs Fernsehen. Stimmungen blieben länger im Gedächtnis als Einzelheiten zum Budget. Frank öffnete eine Flasche Premium-Champagner und spritzte damit ins Publikum. Die Reporterin strahlte. Ein wenig Bling-Bling gefiel ihr. Sie sprach von einem historischen Ergebnis, einer legendären Nacht. Frank genehmigte sich einen großen Schluck und schenkte ihr auch ein Glas ein.

Zurück im Regieraum, verfolgte er amüsiert die zugeschalteten Wortmeldungen der Mitbewerber. Die Linken und die Rechten hatten – wie von Bernhard errechnet – verloren und heulten rum. Die Linke warf Frank vor, postpolitisch zu agieren und gleichzeitig linke und rechte, progressive wie reaktionäre Inhalte zu vertreten. Die Rechte klagte Frank an, ihre Inhalte zu kopieren und mit ihren Überzeugungen Erfolge einzufahren. Auch Beleidigungen prasselten auf Frank ein; er sei ein Blender und Rattenfänger. Verlierer jammerten nach Niederlagen eben; ihren Neid hatte er sich redlich verdient. Er wurde noch einmal live in die Wahlkampfspezialsendung des öffentlich-rechtlichen Rundfunks zugeschaltet, um zu den Vorwürfen Stellung zu beziehen. »Natürlich vertritt Omnia linke *und* rechte Positionen. Das ist die Grundlage unseres Handelns. Die Bevölkerung denkt in manchen Fragen rechts und in manchen Fragen links, und als Sammelbewegung berücksichtigen wir alle Anliegen. Nur die glücklosen Mitbewerber erheben sich über den Souverän …«

»Ist es nicht populistisch, mit Mehrheiten und Stimmungen Politik zu machen?«

»Das Volk ist weise. Wir sind nicht so vermessen, die Wählerinnen und Wähler *dumm* zu nennen, wie es die Opposition macht.«

Damit war das Interview beendet. Für heute hatte Frank genug improvisiert. Jetzt folgte wieder alles dem Drehbuch und der alte und neue Kanzler betrat erneut die Bühne. Frank und Michael hatten sämtliche Wortbausteine akribisch zusammengestellt. Mühsam beim Absolvieren des Interviewparcours war für Bao Strauss wie erwartet nur der sich selbst als Anwalt der kritischen Intelligenz ausgebende Politikexperte. »Ist Ihr Sieg ein Triumph des Apolitischen? Sind Sie ein Kanzlerwahlverein? Wie wollen Sie Ihre Wahlgeschenke finanzieren?«

Was sollte der Kanzler auf solche Dummheiten antworten? Am besten nichts. Lieber bedankte er sich einmal mehr bei den Wählern, die auf ihr Bauchgefühl und nicht auf die Meinung irgendwelcher Intellektueller vertrauten. Ständig verwendeten Experten veraltete soziologische Kategorien.

»Stört es Sie, dass die Nichtwähler nun die mit Abstand größte Wählergruppe sind?«

Nein, nur durch unsere Demobilisierung haben wir bestimmte Wählersegmente überhaupt von der Urne ferngehalten, dachte Frank, während Bao Strauss antwortete: »Ja, natürlich, es ist ein Jammer, dass so viele Wählerinnen und Wähler nicht von ihrem demokratischen Recht Gebrauch machen. Aber ich verstehe die Enttäuschung jedes Einzelnen. Wir werden uns bemühen, sie mit guter Arbeit zu überzeugen und wieder zu aktiven Wählerinnen und Wählern zu machen. Eine lebendige Demokratie braucht jede Stimme.«

Eine glatte Lüge. Je niedriger die Wahlbeteiligung war, desto mehr nützte es Omnia.

In der Stunde des Triumphs zeigte sich Bao Strauss großzügig; er sprach auf Anraten Franks mit linken und rechten Zeitungen. Mit schwierigen Zielgruppen ohne nennenswerte Reichweite redete der Kanzler sonst nie. Die *TAZ* kritisierte ihn als »Waschmittelverkäufer ohne moralischen Wertekompass«, als »machtverliebten Glücksritter«, die *Jungle World* beanstandete sein Festhalten an Begriffen wie »Volk«, »Leistung« und »Familie«. Gespräche mit solchen Nischenblättern waren sinnlos, denn 90 Prozent der Wähler lasen diese Titel nicht; in Franks strategischen Überlegungen spielten Zeitungen keine Rolle mehr. Wenn sich der Kanzler aus einer Siegerlaune heraus gnädig zeigte und Audienz gewährte, gewann er Sympathiepunkte. Dieser Menschenfreund half den Holzmedien, Auflage und Absatzzahlen zu steigern und dennoch belästigten ihn die Journalisten mit ihren falschen Einschätzungen.

»Sie haben den Wahlslogan aus 1970 eins zu eins wiederverwertet.«

»Ja, genau. Dieser Klassiker hat nichts an Aktualität eingebüßt.«

Frank war stolz auf die Worte, die aus dem Mund des Kanzlers so überzeugend klangen. Mit ihren Archiven lockten Journalisten weder den Kanzler noch seinen Chefstrategen aus der Reserve. Gerade in der Oberflächlichkeit lag das Geheimnis ihres Erfolgs.

»Ist Ihr Bekenntnis zu Diversität kein reines Lippenbekenntnis?«

»Natürlich nicht, Minderheitenrechte sind mir als Christen und Vater zweier Töchter ein zentrales Anliegen. Michael, mein Freund und Sprecher, ist Kriegsflüchtling.«

Frank nickte zustimmend. Plötzlich vibrierte sein Handy in seiner Hosentasche. Frank blickte auf das Display. Seine Mutter. Da musste er abheben.

»Warum hast du nicht die Absolute erreicht? Ihr hattet keine Gegner.«

Frank seufzte. Selbst wenn die vierte Gewalt sich vor ihm in den

Staub warf und die Linke ihn den gefährlichsten Verführer seit Ronald Reagan und Jörg Haider nannte, für seine Mama war sein Erfolg zu wenig. Frank ärgerte sich, unterdrückte aber jede Gefühlsregung.

»Danke für dein Lob, Mama. Ich dachte, etwas ist passiert, weil du mich während der Wahlfeier anrufst. Ich kann gerade nicht reden. Ich melde mich …«

Frank holte Luft. Medien und der Bundeskanzler waren leichter auszurechnen als seine Erzeugerin. Er fokussierte seine Gedanken wieder auf die Wahlanalysen. Nach den investigativen waren jetzt handverlesene internationale Journalisten an der Reihe.

»Wir werden Österreich zum Vorreiter der digitalen Demokratie machen. Leistung muss sich lohnen.«

Der *Fox-News*-Mann strahlte beim Hochwertwort *Leistung*, und den chinesischen Fernsehjournalisten schenkte der Kanzler neben einer Packung Mozartkugeln eine Wortspende, die ihrem Nationalgefühl schmeichelte. »Wir schätzen China als langfristigen Partner und wollen den Technologietransfer Österreich–China beschleunigen.« Mit kritischen Fragen zu den Umerziehungslagern für Uiguren wurde das chinesische Staatsfernsehen nicht behelligt. Jedes Medium bekam den Acht-Sekunden-Soundbite, den es benötigte.

Frank Fischbach hatte Bao Strauss von Anfang an als internationale Marke entworfen und über die Bande groß gemacht. Mit geschickt positionierten Interviews in der *Frankfurter Allgemeinen Zeitung*, dem *Guardian* und der *New York Times* hatte er ihn zum international ernst zu nehmenden Politiker geformt. Wer im Ausland relevant war, galt daheim automatisch als Star. Inhaltsgetriebene Debatten vertrieben Wähler. Folgerichtig hatte Frank die Politik entpolitisiert. Der eine sah Abtreibung als Frauenrecht, der andere als Mord an Unschuldigen. Die einen trennten Müll, die anderen bewerteten das Sammelpfand als Einschränkung ihrer Bürgerrechte. Also sprach Bao Strauss über Fortschritt und Wohlstandsmehrung und nicht über Fristenlösungen, Leistungskürzungen, Arbeitslosenzahlen und Umweltkatastrophen. Ein bisschen Digitalisierung, ein bisschen Reform, ein bisschen Zukunft – das funktionierte immer. Je unkonkreter der Kanzler sprach, desto begieriger apportierten die heimischen Medien – trunken vor Nationalstolz – die internationalen Schlagzeilen, ähnlich wie der Kanzler seine Dossiers.

»Österreich als besseres Amerika? Wahrscheinlich nicht, aber wir agieren auf Augenhöhe.«

Vor der Weltmacht warf sich der Kanzler gerne in den Staub.

»Die USA sind die älteste Demokratie der Welt und brauchen von uns keine Ratschläge. Alles, was wir wissen, haben wir vom Mutterland der Demokratie und von Hollywood gelernt.«

Bei den Franzosen von *Le Figaro* baute der Kanzler eine französische Redewendung ein: »Mit klarer, einfacher Sprache haben wir gewonnen, *clare et distincte*, nennen Sie diese Tugend. Wir holen die Wählerinnen und Wähler dort ab, wo sie sind.«

Bao Strauss' Wiederwahl war um zwei Prozent höher ausgefallen, als Bernhard es für die Publikumsmedien errechnet hatte. Intern hatte er das Ergebnis auf die Kommastelle exakt vorausgesagt. Nur Franks Mama hatte die Absolute erwartet. Für *Die Zeit* tauchte der Kanzler kurz in anstehende strategische Weichenstellungen ein; er generierte ein paar Binsenweisheiten aus Franks Argumentarien. »Wir werden unsere Volkswirtschaft zum klimaneutralen Leuchtturm der Welt ausbauen.« Frank dachte die Marke Strauss nicht in engen nationalen Grenzen. Bao Strauss war sein Geschenk für das nachpolitische Zeitalter. Quoten, Geschlechtergerechtigkeit, Förderung von Minderheiten, Reißverschlusssystem – Bao Strauss lebte den Fortschritt, ohne sich zu verstellen. Hauptsache, die Steuervermeidungskonzepte ihrer Wahlkampfspender blieben unangetastet. Frank nickte zustimmend bei Bao Strauss' Sagern. Beim linksliberalen *Guardian* betonte dieser die Multiethnizität seines Teams, bei der konservativen *Welt* verwies er auf sein Arbeitsethos, bei kirchlichen und marxistischen Titeln hob er sein soziales Engagement für bildungsferne Kinder hervor. Damit war der Interviewreigen ohne groben Fehler beendet und Frank Fischbach atmete durch.

Sein Blick schweifte über die Besucher. Kanzlerinterviews zuzuhören langweilte Frank, weil er die Antworten alle kannte. Lieber dachte er an die anstehende Expansion seiner Firma Alpha Growth. Ab morgen würden neue Kunden Schlange stehen und er musste neue Wählerbindungsprogramme mit seinem Geschäftspartner Bernhard erfinden. Der stand ganz vorn im Zelt; neben ihm eine ungewöhnlich attraktive Frau. Bernhard redete auf sie ein, versuchte – für ihn untypisch –, charmant zu sein. Das war Sandra Kern, eine Zivilgesellschaftsikone und Kämpferin für soziale Gerechtigkeit. Kern hatte um einen Termin gebettelt, aber er hatte sie abgewimmelt. Leider, dachte Frank, als er sie jetzt mit seinem Kompagnon sah. Bei der schriftlichen Korrespondenz hatte er sie vorschnell als Kategorie-C-Kontakt abgespeichert. Mit Vertretern von nicht profitorientierten Organisationen traf Frank sich prinzipiell nicht. Die zahlten im Normalfall wenig oder wollten Pro-bono-Projekte. Aber dieser Look, dieses Lachen und diese Präsenz erzwangen seine Aufmerksamkeit. Die Dame stach aus den Festzeltbesuchern heraus. Bernhard genoss ihre Gesellschaft. Sie diskutierten angeregt. Bestimmt langweilte sein technischer Direktor sie mit endlosen Ausführungen über seinen neuen Superalgorithmus.

Bernhard schickte Frank eine Textnachricht. »Sandra Kern lässt sich nicht abwimmeln. Sie will dich persönlich kennenlernen. Bitte rede ein paar Sätze mit ihr. Sie ist witzig und keine Zeitdiebin.«

So euphorisch formulierte sein nüchternes Technikgenie normalerweise Textnachrichten nie.

Als Frank sich vorstellte, wusste Sandra bereits alles über ihn – von Bernhard. »Glückwunsch, jetzt spielen Sie endgültig in der Oberliga, heute haben Sie einen Slam Dunk versenkt.«

»Oh, dankeschön«, grinste Frank, »ein Basketballfan, wie erfreulich, den Rekord von Michael Jordan kann ich noch nicht vorweisen, aber ist ja auch erst meine elfte Spielzeit. Wer weiß, wie viele noch vor mir liegen? Ich will schon noch ins Dream-Team kommen …«

»Die Aufnahme in die ewige Bestenliste gelingt nur Auserwählten. Aber Ihr Interview vorhin war eine krasse Ansage. 44 Prozent bei der dritten Wiederwahl – das ist nicht nichts. Aber Sie sind immer so bescheiden und tun so, als ob Sie ein Rookie wären.«

Sandra Kern sprudelte über vor Anglizismen. Sie trug ein kleines Schwarzes, eine silberne Clutch sowie rote High Heels. Frank trug, wie immer bei Wahlfeiern, seinen schwarzen Knize-Dreiteiler, kombiniert mit einer grauen Kenzo-Krawatte, und Lederschuhe, schwarz und mit langen Spitzen vorne, schmal zulaufend und italienisch elegant, mit leichten Mafiafilmanleihen. Optisch harmonierten sie also, aber auch ihre Basketball-Anspielungen gefielen ihm. Für Frauen hatte er im Alltag wegen des Aufbaus seiner Firma kaum Zeit reserviert. Sandra bewegte sich anders als die Beraterinnen, die er kannte. Wie er war sie Amerika-Fan. Sie liebte die NBA und kleidete sich dennoch kontinentaleuropäisch.

Zweifellos hatte sie ihn – bevor sie Bernhard ausgefragt hatte – auch gegoogelt. Sie wusste viel, kannte seine Leidenschaften und seine Firma. Sie sprachen über Politiker, Bekannte, Projekte und schwammen auf einer Wellenlänge. Sandra sprach Privatschulen-Deutsch. Ihre Lippen erinnerten Frank an die Schauspielerin von »The Wolf of Wall Street«, deren Namen er sich nicht merkte. Sie war naturblond, mittelgroß, nicht zu magersüchtig schlank. Keine Frau, die nach jedem Essen kotzte. Und sie war gedanklich schnell.

Bernhard bemerkte das Knistern zwischen den beiden und drängte sich ins Gespräch.

»Mit unserem verbesserten Algorithmus werden wir alles gewinnen. Das ist so gut wie sicher. Kommen Sie uns doch am Mittwoch in unserer Zentrale besuchen.«

»Bernhard, vergiss den Technikkram, wir sind heute hier, um zu feiern.«

Frank musste sich zu einem Termin hinten im Festzelt entschuldigen, den Michael spontan organisiert hatte. Ein russischer Oligarch und ein indischer Investor wollten Kunden bei Alpha Growth werden. Das duldete keinen Aufschub. Für die geplante Internationalisierung ein absolutes Muss. Wenn Sandra auch eine Kundin werden wollte, sprach nichts dagegen. Sein Portfolio im nicht-gewinnorientierten Sektor war ausbaufähig.

Während Frank eine Zusammenarbeit mit den potenziellen Neukunden erörterte, lugte er in Richtung Sandra. Dass er sich mehr für eine Frau als für ein Geschäft interessierte, war ungewohnt. Aber es war so. Er konnte sich kaum auf das Gesagte konzentrieren. Nach ein paar vagen Versprechungen an die Wirtschaftsmagnaten ging Frank wieder zu ihr. Bernhard hatte seine Abwesenheit produktiv genutzt und machte sie an. Er versuchte witzig zu sein und vertraute ihr bereits. Sie sprachen wie langjährige Freunde und scherzten. »Nein, ich verlasse meinen Mann sicher nicht. Unsere Töchter brauchen beide Elternteile«, scherzte Sandra. Sie war also vergeben, dachte Frank. Sie war Mutter und Ehefrau und daher verzichtete er darauf, sie noch zu einer zweiten Feier ohne Fußvolk zu überreden.

2

PUNKT ACHT UHR saß Frank Fischbach an seinem Schreibtisch. Das angesehene, von Multiplikatoren und Entscheidern gelesene und renommierte Branchenmedium *Politico* wollte ihm eine fünfseitige Titelstory über sein geheimnisumwittertes Geschäftsmodell widmen. Eine Homestory hieß bei Frank ein Besuch in seiner Firma.

»Der Vater des modernen Politikermarketings« laute die geplante Schlagzeile, hatte ihn der Herausgeber, Kasper Anderson, im Vorgespräch geködert. Gemeinsam mit Anderson, der auch Chefredakteur war, durfte Frank seine Firmenphilosophie erörtern und einer international orientierten und bestens vernetzten A-Schicht-Leserschaft von Entscheidern seine Strategien exklusiv vorstellen. Vorab hatte er sich vertraglich zusichern lassen, nicht zu Verliererthemen wie Migration, Asyl, Deindustrialisierung, Arbeitslosigkeit oder Sozialpolitik befragt zu werden. Ausführliche Gespräche genoss Frank mehr als Schlagzeilen; lange Textstrecken boten die Gelegenheit, Verkaufsbotschaften unaufdringlich in einprägsame Geschichten zu verpacken.

Frank war erfolgsverwöhnt: Schulsprecher, erste Titelseite mit 21, Postgraduate-Studium beim Acton Institute mit anschließenden Stationen als Berater in Washington D. C. und London. Zwei Jahre lang unterstützte er als Freiwilliger die Bodenwahlkämpfe von Obama und Arnold Schwarzenegger. Parteiübergreifend hatte er das Beste aus allen weltanschaulichen Lagern abgegrast und für Bao Strauss' Ziele adaptiert. Frank überließ nichts dem Zufall; er hatte Förderer gesucht und Freunde fürs Leben gefunden. Digitale Kommunikation hatte er in Amerika von der Pike auf gelernt.

Politische Propaganda als geschlossenen Kreislauf zu denken und Zitate, Feedback, Quellen und Reaktionen mitzudenken war seine Handschrift. Sein Weltbild beruhte auf der Magie der Zahlen. Überzeugt von der Irrelevanz von Grundsatzprogrammen und Weltbildern modellierte er seine Wirklichkeit mit Excel-Tabellen. Mit frischen Fernsehformaten wie »Das Parlament sucht den Superpraktikanten« oder »Bürgermeister Jens hilft vor Ort« hatte er die als langweilig verrufene Politik gekonnt in die Unterhaltungsbranche eingegliedert und Inhalte konsequent durch Gefühle, Leidenschaften und Glamour ersetzt. Weltanschauungen, Zielgruppen, das Volk, all das waren überholte Kategorien. Frank sammelte Daten, Frank verkaufte Daten, Frank manipulierte Daten, Frank kontrollierte Daten. Berühmt hatte ihn sein Dreiklang – vom Sympathisanten zum Wähler zum Unterstützer – gemacht. Für die Omnia-Bewegung zogen Tausende Fußsoldaten von Haustür zu Haustür, riefen Wähler an und verteilten in Fußgängerzonen Kaltgetränke und Kugelschreiber.

Beim vergangenen Wahlsieg hielt sich Frank nicht lange auf. Lieber nutzte er seine Zeit für einen Ausblick. Dass Fischbach mit seinem Gerede tiefe Einblicke in seinen Charakter gewährte, schien er nicht zu bemerken, wie Kasper Anderson überrascht notierte. Erfahren wie Anderson war, ließ er seinen Interviewpartner reden, nickte zustimmend und unterbrach nur gelegentlich Fischbachs ausschweifende Gedankengänge, wenn er auf eine Enthüllung hoffte.

»Die Entpolitisierung der politischen Werbung war nicht meine Erfindung. Ich habe nur als Erster konsequent reagiert. Parteien spielen als Institutionen der politischen Willensbildung keine Rolle, es gibt ja keine weltanschaulichen Lager mehr; Parteien sind Tummelplätze für apolitische Karrieristen – ganz wertfrei betrachtet«, sprudelte es aus Frank heraus.

Anderson wunderte sich über die für einen Profi seines Kalibers unübliche Offenheit. Täuschte er sich, oder sprach Fischbach mit kaum verhohlener Verachtung über jene Branche, in der er sein Geld verdiente? Was Fischbach über den bedauernswerten Zustand Omnias vor seinem Engagement andeutete, entsprach durchaus der Wahrheit und beschränkte sich nicht nur auf das übliche Selbstlob von Wahlkampfleitern. Frank hatte die Zentrumspartei zu einem Unterstützerklub für Bao Strauss umgebaut. Zur Auflockerung erzählte er noch einmal die Höhepunkte der abgelaufenen Kampagne: wie ein Emu bei einem Besuch im Tiergarten zufällig zum Maskottchen der Bewegung wurde, wie er zehn Millionen Euro an Spendengeldern einsammelte, wie er Sportler, Wissenschaftler und Schauspieler als Förderer gewann, wie ein siebenjähriges Mädchen dem Kanzler geschrieben und ihr erstes Taschengeld gespendet hatte, wie der Kanzler ein Heim für Hochbetagte besuchte und gemeinsam mit den Bewohnern ein Gulasch aß, und wie Bao Strauss eine Werkstätte für muslimische Kinder gegründet hatte, um die Erwerbsquote von Kopftuchmädchen zu steigern. »Wenn es menschelt, freuen sich Wähler und Leser gleichermaßen«, grinste er Anderson verschwörerisch zu. »Wir arbeiten eben beide in der Unterhaltungsindustrie. Viele Parteien wollen Bürger noch immer missionieren, ihnen Dinge aufzwingen oder eine Weltsicht vermitteln. Das will ich nicht. Ich will gewählt werden.«

Als Nächstes plauderte er über seinen Einstieg in das wenig glamouröse Politikfeld. Die Vergangenheit bildete das Fundament seiner Legende: Frank hatte seinen gut bezahlten Job bei einer internationalen Beraterfirma aufgegeben und freiwillig auf viel Geld verzichtet, um dem Ruf seines Herzens zu folgen; er hatte den damals noch völlig unbekannten Jungpolitiker Bao Strauss zufällig bei einer Konferenz gesehen und diesen als das größte politische Talent seit Bruno Kreisky und John F. Kennedy wahrgenommen.

Ihre unmittelbar danach beginnende Zusammenarbeit veränderte die Geschichte Österreichs.

Als Externer hatte Frank Fischbach eine klinisch tote Partei übernommen, die sich in Grabenkämpfen aufrieb. Innerhalb weniger Monate hatte er Omnia von Platz vier zur Nummer eins hochgejazzt und die früher notorisch fehleranfälligen »Veilchen« rundumerneuert. Altfunktionäre zu entmachten, polarisierende Verliererthemen einzudampfen und alle strategisch entscheidenden Stellen – Planung, Kommunikation, interne Organisation – mit Vertrauten zu besetzen, gelang ihm mit einigen Statutenänderungen. Mit der Neuaufstellung als progressiv-sozialliberal-konservative Zentrumsbewegung traf er den Zeitgeist.

»Natürlich bin ich Machiavellist, auch wenn Machiavelli in der Öffentlichkeit schlecht beleumundet ist. Seine Botschaft wird nur falsch verstanden. Macht ist gut, absolute Macht besser, weil sie Politikern die Möglichkeit gibt, die Gesellschaft positiv zu verändern. Als Machiavellis Meisterschüler weiß ich, was zum Erfolg führt. Die Spielregeln und die Anforderungen an die Politik haben sich geändert. Egoismus ist gut, Eigennutz kommt vor Prinzipientreue.«

Bei seinem Bekenntnis zu Niccolò Machiavelli nickte der Chefredakteur anerkennend. Frank Fischbach kommunizierte deutlich seinen Führungsanspruch und maskierte sich nicht. »Bao Strauss ist weder Charismatiker noch Alphatier. Geborene Führer passen auch nicht mehr in unsere technikdeterminierte Zeit«, diktierte er dem Starjournalisten ins Mikrofon.

Hier musste Anderson einhaken und nachfragen. »Heißt das, die Menschen wollen keine starken Männer mehr?«

»Ganz genau, was Justin Trudeau, Emmanuel Macron und Barack Obama so erfolgreich macht, ist ihr femininer Führungsstil. Moderne Spitzenpolitiker sind Teamspieler und keine Schottischen-Whisky-zum-Frühstück-trinkenden-Egomanen wie Winston

Churchill.« Strauss' herausragende Talente seien Fehlerlosigkeit und seine Fähigkeit, wie Michael Jordan auf Knopfdruck in entscheidenden Partien Punkte zu machen. Wenn Frank einprägsame Sprachbilder für die Arbeitsweise seines Kanzlers formulierte, nickte Anderson zustimmend. Auch Anderson musste den Leser abholen und durfte ihn nicht überfordern.

Bei diesem Gespräch wagte sich Frank Fischbach weit aus seiner Komfortzone. Er wollte zeigen, dass eine effiziente Kampagne wichtiger war als Kandidat, Partei und Inhalt. Man konnte es drehen und wenden, wie man wollte, gewonnen hatte die Wahl Fischbach. Und niemand sonst. Bao Strauss war ein Mann ohne Eigenschaften. Er rauchte nicht, trank keinen Alkohol und ernährte sich vegan. Strauss war ein Skript-Papagei, der nur nachplapperte, was in seinen Briefings stand. Welche Werte er vertrat und ob er überhaupt politisch dachte, wusste keiner seiner Wähler. Genau in dieser Schwammigkeit lag Bao Strauss' Stärke. Nur mit diesen geistigen Prädispositionen waren Wahlen im 21. Jahrhundert zu gewinnen.

»Der längst vergessene Altpolitiker Joschka Fischer hat bei seinem Abschied gesagt, mit seinem Rücktritt beginne das Zeitalter der Karaoke-Politiker. Joschkas Beobachtung stimmt. Die Ära der aufdringlichen Alphatiere ist vorbei. Niemand braucht mehr testosterongesteuerte Rambos. Der moderne Bürger ist sich selbst genug; für grundsatzpolitische Diskussionen haben die Wählerinnen und Wähler schlicht keine Zeit. Die Mehrheit verabscheut Politiker, Prinzipien und Positionen; auch Überzeugungstäter sind passé. Strauss gibt den Wählern, wonach sie dürsten – das Gefühl, für sie da zu sein. Nur mit dem Bauch und dem Herzen wird weise gewählt«, präzisierte Frank seine Überzeugungen über das Wesen des Elektorats.

Frank hatte in der Wählerkommunikation begonnen, auf jede

Anfrage persönlich – oder zumindest automatisiert mittels Bots – zu antworten. »Wir Violetten sprechen mit allen 24/7«, hatte der Slogan gelautet. Wie der Möbelhersteller IKEA duzte er die Wähler. Diese vertrauten Bao Strauss, weil er viel, aber nicht zu viel versprach, weil er an ihren Ehrgeiz und ihre Schaffenskraft appellierte, weil er streng, aber nicht zu streng war – ganz so, wie es ihm von Fischbach eingetrichtert worden war: »Ein Wahlkampf ist wie ein Marathonlauf. Der Kandidat gewinnt, der am wenigsten Fehler macht, und Alpha Growth macht keine Fehler.« Je länger der Monolog Fischbachs dauerte, desto mehr entlarvte er sich. Kasper Anderson verzichtete auch bei kritikwürdigen Aussagen auf Nachfragen, um den selbstverliebten Pfau nicht zu stören.

»Bao Strauss hält sich sklavisch an meine Drehbücher. Niemals argumentiert er dialektisch oder denkt in Alternativszenarien; seine Argumente orientierten sich am dümmsten Wähler. Andere Politiker beflegeln das Wahlvolk als Modernisierungsverlierer und Abschaum oder pflegen Privatfehden mit Journalisten.« Fischbach nannte den Kanzler und die Wähler Schwachköpfe, schien diese Geringschätzung aber nicht zu bemerken, wunderte sich Anderson.

Als Kanzlermacher erfand Frank widerspruchsfreie und für alle Geschmäcker und Ideologien anschlussfähige Politiker. Von ihm betreute Politiker tranken nicht, rechneten Spesen korrekt ab und verzichteten auf Affären. Bao Strauss hatte seine erste und einzige Frau in einem Ferienlager der Pfadfinder kennengelernt. Tauchte er im Boulevard auf, streichelte er Tiere oder Kinder. Er urlaubte nur im Inland und trank am liebsten Ayran.

Beim Entwickeln seiner Kampagnen vermied Frank Abgründe, Tiefen, Doppeldeutigkeiten und Originalität. Seinen Slogan »Machen wir Österreich wieder groß!« hatte er von den USA, die violette Farbe von der katholischen Kirche abgekupfert. Fischbach verkauft eine Politiksimulation, dachte Kasper Anderson, und hatte keinerlei Hemmungen, dieses Faktum unverhohlen auszusprechen. Mit den überholten Instrumentarien des 20. Jahrhunderts hatte Fischbach gebrochen, er setzte auf die neuen digitalen Naturgesetzlichkeiten: Daten sammeln, Daten personalisieren, Daten skalieren. Jede Individualität galt es einzuebnen. Jede Verhaltensauffälligkeit bedeutete einen Stimmenverlust. Mit familienfreundlicher Unterhaltung und eigenen Medien flutete Frank die Wähler direkt und ungefiltert von Störgeräuschen der Mitbewerber.

»Wir sind skandalfrei wie Bambi. Wie Disney leben wir einen Traum.« Wie erwartet, entschied sich Anderson für den Bambi-Vergleich als Schlagzeile und nicht für seinen ursprünglich vorgeschlagenen Titel. Frank brachte Journalisten dazu, genau das zu schreiben, was Omnia weiterbrachte.

Beim zweiten Espresso bot er Anderson das Du-Wort an, welches Kasper gerne annahm. Frank zwinkerte: »Und Kasper, eines bitte noch off the Record: Wenn ich beim Reden irgendwo vergessen habe zu gendern, bitte das im Transkript ergänzen.« Nun präsentierte Fischbach seine Expansionspläne und weihte Kasper in vermeintliche Erfolgsgeheimnisse ein. Den Bürger verglich er mit dem modernen Fußballfan – er suchte als Konsument Unterhaltung und war kein prügelnder Fanatiker. In Fußballstadien gab es schon seit geraumer Zeit keine Klomänner mehr …

Die Stärke des datenbankgetriebenen Marketings lag im Rund-um-die-Uhr-Bespielen der Wähler ohne störende Filter. Jede Wortmeldung, jede Rückmeldung, jeder Kontakt – alles wurde aufgezeichnet und in Echtzeit ausgewertet. Mit jedem Tag wusste Frank mehr über seine Wähler, die er *Familie* nannte und was sie über Bao Strauss' Krawatte dachten. Daten und Excel-Listen bildeten seine Entscheidungsgrundlage. Leider konnte er dem Herrn Chefredakteur den Quellcode des streng geheimen Algorithmus nicht verraten, aber dieser bildete das Fundament des Erfolgs von Alpha Growth. Mit jeder Wahl verstand die Agentur die Bedürfnisse der Wähler besser. Was jeder einzelne Bürger dachte, brauchte, fühlte und wollte, wusste Frank. Mit diesem Datenschatz und sanfter Dauerberieselung gewann er Wahlen.

Seinen Superalgorithmus hatte Bernhard Partik programmiert. Frank Fischbach verstand den Quellcode so wenig wie Kasper Anderson, aber dieser bildete die Grundlage seines Erfolgs. Ohne technische Details zu verstehen, verkaufte Frank sein Produkt; Journalisten, Mitbewerber, die öffentliche Meinung und er selbst glaubten an die Überlegenheit seines Produkts. Was genau Bernhard programmierte, interessierte Frank nicht. Journalisten fragten ebenso wenig nach technischen Details. Lieber erkundigten sie sich nach Manipulationsmöglichkeiten; auch Kasper faszinierten diese: »Verleitet dein geheimer Algorithmus nicht dazu, Wähler zu manipulieren?«

Frank verneinte pikiert und setzte seinen angewidertsten Gesichtsausdruck auf: »Für Manipulation ist die Wählerschaft zu klug. Der mündige Bürger verleiht seine Stimme nur auf Zeit. Mit persönlicher Ansprache reduzieren wir die gesellschaftliche Komplexität nur auf ein für den Durchschnittsbürger erträgliches Maß. Mit Technik entlasten wir die überforderten Individuen, vereinfachen schwierige Sachverhalte und geben Orientierung.«

Nach diesem Märchen platzierte Frank noch ein paar technikkritische Aussagen. Technikdeterminismus verunsicherte den Durchschnittsbürger, wie er aus dem jüngsten Technologie-*Monitor* wusste. Es empfahl sich daher, ein paar skeptische Gemeinplätze einzustreuen: »Technologie kann politische Entscheidungen nur unterstützen und nie ersetzen. Bei Omnia entscheiden Menschen, keine Maschinen. Die Bürger wählen Persönlichkeiten, und Bao Strauss belegt im Vertrauensindex seit Jahren die Nummer eins. Er entscheidet auf Grundlage evidenzbasierter Wissenschaft und bespricht alle Fragen mit seiner Frau.«

Tagesverfassung und Zufälle, Gefühle, Laster und Launen trübten keine seiner Entscheidungen. Damit Franks Lügen nicht zu perfekt klangen, verriet er noch eine Schwäche Bao Strauss': Jeden Sonntag aß der Kanzler eine 300-Gramm-Tafel Schokolade.

Mit der Wahl hatte Frank knapp zwei Millionen Euro verdient, jetzt wollte er richtig abkassieren. Der Kanzlermacher war unzufrieden mit seinem Status als mittelständischer Unternehmer. Er beschäftigte fünfzig Mitarbeiter und erwirtschaftete einen Jahresumsatz von 15 Millionen Euro, wie jeder Journalist diversen Branchenrankings entnehmen konnte. Frank arbeitete als externer Dienstleister für den Kanzler, was den Vorteil hatte, sich nicht mit Parteifunktionären herumschlagen zu müssen. Für seinen Status hatte er fast zwölf Jahre lang gearbeitet. In den Anfangsjahren hatte er kaum Neukunden gewonnen und wenig verdient. Politik war ein strukturkonservatives Geschäft, manche Pressesprecher verwendeten ihre Aussendungen unverändert seit Jahren wieder. – Bis Frank alles verändert hatte. Ihn anfänglich ignorierend, lud ihn die Branche nicht mal zu Branchentreffs ein. Also organisierte Frank selbst Kampagnenseminare mit Stargästen aus den USA und nannte sich Kampagnenprofi.

Die Augen des Herausgebers glänzten. Er ließ Fischbach monologisieren, und im Laufe des Gesprächs wurden dessen Aussagen immer großkotziger. Vieles vom Gesagten wollte Anderson nicht gleich veröffentlichen. Zufrieden bot Kasper Frank eine Gastkolumne an und schlug vor, sich künftig monatlich für ein Hintergrundgespräch zu treffen. Der Chefredakteur und Neo-Freund hatte ausreichend zitierfähige O-Töne aufgezeichnet. Auch Frank lächelte. Wieder einmal hatte er sich selbst vermarktet, aber er fühlte sich erschöpft. Über Politik zu sprechen, ermüdete ihn.

3

FISCHBACH BLICKTE ÜBER die Dächer des Häusermeers hinweg in Richtung Stephansdom. Diese Aussicht! Sie gab dem Geschäftsmann das Gefühl, König seiner Stadt zu sein. Genauso hatte sich Christopher Walken als »King of New York« gefühlt. Der Umzug in das oberste Stockwerk der teuersten Gewerbeimmobilie Wiens markierte den Beginn seiner neuen Zeitrechnung. Der Ausblick aus 75 Meter Höhe war beeindruckender als aus einem handelsüblichen Dachbodenausbau im sechsten Stock. Der 25-stöckige Ivory-Turm gewährte Frank und seinen Kunden einen spektakulären 360-Grad-Panoramablick. Frank hatte sich das prestigeträchtige 25. Stockwerk mit einer kleinen Zuwendung und einem Gegengeschäft gesichert. Inmitten noch auszuräumender Umzugskartons saß er auf seinem Gymnastikball und dachte an Sandra. Mit diesem Rundumblick konnte er sie eventuell beeindrucken; noch hatten sie keine Zeit für ein Treffen gefunden. Immerhin hatte er mit den neuen Geschäftsräumlichkeiten ausnahmsweise den Geschmack seiner Mutter getroffen, wie sie ihm bei einem Videotelefonat versicherte. Als er auflegte, war er nicht sicher, ob sie nur die Aussicht und die Lage oder auch seine Einrichtung gelobt hatte. Er hatte sich für den Bauhaus-XXL-Schreibtisch des Herstellers Original Antike Möbel entschieden, weil er Retrocharme und Industrie-Chic mochte. Der Tisch wirkte elegant und nicht zu neureich. Gut investierte 14.000 Euro. Mit dem Leap-24/7-Arbeitsstuhl mit Kopfstütze war er hingegen unzufrieden, doch sein Arzt hatte ihm dieses ästhetisch fragwürdige Modell wegen seiner Rückenprobleme nahegelegt.

Das höchste Hochhaus Wiens veranschaulichte mit seinen Glas- und Stahlfassaden auch die Werte seines Unternehmens: Transparenz, Technik, Eleganz, Modernität. Wenn Blicke frei über die Stadt schweifen können, kommen Entscheidern die besten Gedanken, versprach der Prospekt des Bauträgers. Aber dieser Spruch galt nicht für Frank. Er wechselte ständig zwischen Arbeitsstuhl und Gymnastikball, aber ihm fiel nichts ein. Nichts war wertloser als ein vergangener Triumph, ärgerte er sich. Nur von vergangenen Erfolgen zu leben, widersprach seinem Selbstbild. Mit dem Umzug in ein größeres Büro hatte er Platz für dreißig neue Angestellte geschaffen. Die Wahl zum *Unternehmer des Jahres* war nur noch Formsache. Er wollte das Wachstum von Alpha Growth im nächsten Jahr verdreifachen. Das war realistisch. Alle wollten sein Kampagnen-Knowhow anknabbern. Bei den jüngsten Anfragen waren auch Interessenten aus China, Nigeria und den USA. Das war erfreulich, aber zu wenig. Frank brauchte zusätzlich dringend ein neues Geschäftsfeld, seine Kampagnen konnten mittlerweile auch seine Geschäftsführer verkaufen. Er hatte zwei Statthalter ernannt, um sich weniger ums Tagesgeschäft kümmern zu müssen. Visionen waren sein eigentliches Metier. Er musste sich dringend neu erfinden. Aber ihm fiel hier und jetzt nichts ein. Noch einen YouTube-Kanal brauchte kein Mensch! Beim Nachdenken störte ihn die Aussicht. Frank verzettelte sich in geschäftsfernen Gedanken und fragte sich, ob er im Falle eines Brandes aus dem 25. Stock lebend geborgen werden könnte und die Feuerwehr überhaupt über so hohe Rettungskräne verfügte. Frank benötigte Ruhe. Das Rauschen der Computerlüftung schmerzte in seinen Ohren, und ständig klingelte eines seiner drei Telefone. Dieser Lärmpegel verunmöglichte strukturiertes Denken. Er musste endlich Lärmschutzkopfhörer mit Doppelschalentechnologie kaufen. Frank bekam dieses nervige Rauschen in seinen Ohren nicht unter Kontrolle.

Ein Perspektivenwechsel war ratsam. Er brauchte einen Rückzugsort und ließ sich von seinem Chauffeur nach Hause fahren.

Vor seiner ersten Unternehmensgründung hatte er sich in Selbstisolation begeben. Auch heute wollte er sich in seiner Innenstadtwohnung einkasernieren. Einsamkeit half seiner Kreativität auf die Sprünge. Nur in selbst gewählter Isolation konnten sich seine Gedanken frei entfalten. Zu oft wurde er in der Unternehmenszentrale von Kunden oder Angestellten gestört.

Zuhause ließ Frank die Jalousien in allen fünf Zimmern herunter, zog zusätzlich die Vorhänge zu, schaltete das Internet aus und zwei seiner drei Smartphones auf Flugmodus. Er setzte sich eine Stirnlampe auf und schaltete sie ein und aus. Dunkelheit, ein Bleistift und ein Block Papier, mehr brauchte er nicht. Nach einigem Nachdenken schaltete er die Stirnlampe wieder ein, ging in die Küche und goss in seiner Teekanne weißen Tee auf. Wenn Dunkelheit allein nichts nützte, half er sich mit seinem Lieblingsgetränk weiter. Musste er liefern, trank Frank Imperial Grade Tea Guan Yin, den er für den ersten Aufguss bei 90°C exakt zwanzig Sekunden lang ziehen ließ. Genau die richtige Zeitspanne, um Überdruck loszuwerden, aber auch keine Zeit zu vergeuden. Nur in seinem Natsume-Hada-Teekessel schwebten die Teeblätter frei wie seine Gedanken.

Seine Reise ins Ich begann Frank mit einer schonungslosen Bestandsaufnahme. Bei Alpha Growth arbeiteten nur Alphas. Leistungsträger, die die 40-Stunden-Woche als Rückschritt betrachteten und für das Recht auf Überstunden kämpften. Seine gewinnbeteiligten Angestellten sahen sich wie er als Übermenschen. Als Arbeitgeber verpflichtete er nur Gewinner. Jener Menschenschlag, der Müßiggang als Teil der menschlichen Natur verklärte, hatte bei ihm nichts verloren. Seine frisch ernannten Geschäftsführer nahmen nie länger als vier Tage Urlaub und hatten sich erst dadurch für eine Führungsposition empfohlen. Frank dachte und handelte amerikanisch. Wer zu Alpha Growth gehörte, trat einer Familie bei.

Jeder Bewerber durchlief einen aufwendigen Bewerbungsprozess und bislang hatte Frank sich nie getäuscht. Könnte sein Rekrutierungsgeschick nicht die Grundlage eines neuen Geschäftsfelds sein? Auf diese Frage gab es nur *eine* Antwort: unbedingt!

Wie aber müsste ein Ausbildungszentrum für Leistungsträger beschaffen sein, um Versager von vornherein auszuschließen? Lehrplanstrukturen von Schulen, Akademien, Kaderschmieden, Weiterbildungsorganisationen und geistlichen Orden faszinierten Frank. Fernöstliche Kampfklöster, Kongregationen und das Militär hatten geschichtlich betrachtet zweifelsfrei die effizientesten Ausbildungstraditionen begründet. Und genau diese Traditionen wollte er für seine Schule anzapfen. Frank wollte das Beste aus allen Erdteilen und Traditionen zusammendenken und eine Schule der Gewinner gründen.

Frank ordnete seinen Gedankenstrom. Jeder Orden war von einer Leitidee getrieben. Die Franziskaner wählten freiwillige Armut, die Dominikaner sahen sich als Hüter der reinen Lehre, die Jesuiten verpflichteten sich zu besonderem Gehorsam gegenüber dem Papst. Die fernöstlichen Kung-Fu-Schulen wiederum unterteilten ihren Lehrplan in 36 Kammern. Philosophische Schulen strebten nach Ruhm, das waren die Platoniker, nach Geld, das waren die Sophisten, nach Triebbefriedigung, das waren die Epikureer, oder nach Gelassenheit, das waren die Stoiker. So unterschiedlich die Ziele auch waren, alle Sekten, Orden, Vereine, Bruderschaften, Rockergruppen und Unternehmen befolgten bestimmte Regeln, schlussfolgerte Frank.

Um der erfolgreichste Menschenfischer seit Jesus zu werden, benötigte er strenge Selektion. Das Denken in Abschlüssen, Gewinnmargen und Provisionen musste verinnerlicht werden. Liebe zum Verkauf war eine Gnade. Ein guter Verkäufer musste *immer* abschließen. Verkaufen war nichts weniger als ein Akt der Liebe, der sich in Gewinn und Provisionen materialisierte. Für Neulinge schickte es sich, bescheiden zu leben. Erst durch Mühsal, unbezahlte Überstunden, Schlafentzug und Nachtschichten formte sich Siegeswille. Ebenso notwendig für den Erfolg war es, Schweigen zu üben. Wer schwieg, zeigte Selbstbeherrschung und konnte die Zeit nützen, von ihm zu lernen. Frank selber sprach, fragte und antwortete nur im Bestreben abzuschließen. Selbst die Frage nach dem Wetter diente zur Anbahnung eines Verkaufs. Jedes Wort, das nicht dem Abschluss diente, war überflüssig. Gehorsamkeit war eine weitere Grundvoraussetzung. Wer sich nicht seiner Autorität unterwarf, war unbrauchbar. Kein Schüler durfte ihm übertragene Arbeit ablehnen. Wer bei ihm lernen wollte, durfte keine Produkte verkaufen, die er verstand oder für die er sich interessierte. Nur ein Verkäufer, der seinen Willen verleugnete, führte das aus, was ihm vorgeschrieben wurde und nicht, was ihm richtig erschien. Verkaufen war – wie Regieren – kein demokratischer Akt.

Frank war zufrieden mit seinen ersten Überlegungen und brühte frischen Tee auf. Um seine Gedanken zu schärfen, kochte er Reis-Congee, das vier Stunden köchelte. Reisbrei und weißer Tee waren sein Superfood. Seine Teeleidenschaft verdankte er seiner Mutter. Als er ein Kind war, hatte sie Tee importiert und ihn öfter zu Geschäftsreisen nach Tokio mitgenommen. In Japan hatte er seiner ersten klassischen Teezeremonie beigewohnt. Ein Teemeister war auf seinen Knien herumgerutscht und hatte das Getränk ohne eine unnötige Bewegung zubereitet. Solche Präzision schwebte Frank auch für seine Schule vor. Er genoss seinen Tee. Schön langsam flogen ihm die Gedanken nach Belieben zu, kein Panoramablick störte seine Konzentration. Frank trank einen letzten Schluck und ging zurück ins Arbeitszimmer.

Beim Ausschalten der Stirnlampe fiel ihm ein geeigneter Name für seine Schule ein: »Young Titans«, das klang ein wenig altmodisch, durch die englische Schreibweise aber auch modern. Und es versinnbildlichte klar seinen Anspruch: die kommenden Titanen auszubilden.

Zur Erreichung dieses Ziels bediente sich Frank beim erprobten Regelwerk religiöser Orden. Deren Wissen hatte Pest und Weltkriege überdauert. Klöster gab es noch immer, wenngleich die meisten mit Nachwuchsproblemen kämpften. Fischbachs Schule würde hingegen die Zukunft verkörpern: Nur Konsum verlieh dem Menschen Sinn und folglich konnte nur der Markt das Seelenheil sichern. Die Kirchen predigten nach wie vor die Trennung von Geist und Materie. Frank hingegen glaubte an die Einheit von Wirtschaft und Ethik sowie von Kapital und Geist. Wie die Weltreligionen wollte Frank seine Schule als Hort der Wahrheit aufbauen.

Wer seine Ausbildungsstätte betrat, musste das mit Ehrfurcht, ja, mit Scheu tun. Sein Alleinstellungsmerkmal sollte darin bestehen, Verkaufen als Bestandteil der menschlichen Natur zu begreifen. Frank dachte Verkaufen mit Ideen wie Befreiung, Fortschritt und Emanzipation zusammen. Bisherige Verkaufsschulen begnügten sich mit betriebswirtschaftlichen Kennzahlen und dachten nur in Gewinn und Verlust. Das war zu wenig. Frank wollte Verkaufen mit Sinn, Moral und Ethik auffetten …

Frank las das Niedergeschriebene durch. Zufrieden legte er sich schlafen. Nach zehn Stunden wachte er ausgeruht auf und trank Genmaicha. Grüntee mit geröstetem Reis weckte seine Lebensgeister und sortierte seine Gedanken. Was hatte er gestern vergessen? Was war noch notwendig für den Erfolg seines Ausbildungszentrums?

Jede Schule brauchte einen Gründervater, überlegte er. Als Firmengründer war er Vorbild. Frank entwarf seine Reifung zum Leistungsträger als Entwicklungsroman. Seine Lehrjahre in den USA hatten ihn geprägt. Neben seinen Wanderjahren beeinflusste ihn auch seine Kindheit. Als Sohn einer alleinerziehenden Verkäuferin hatte er die Wichtigkeit von Abschlüssen mit der Muttermilch aufgesogen. Herkules war sechs Jahre lang gestillt worden, Frank hatte seine Babyjahre bei Verkaufspartys verbracht.

Auch Organisationsstruktur und Mitgliedschaften mussten genau festgelegt werden. Frank wollte seine Schule hierarchisch organisieren. Mit ihm an der Spitze, einem Stellvertreter und drei Generalsekretären. Die Größe einer Klasse in der Grundausbildung legte er mit zwölf Teilnehmern fest, jene einer Meisterklasse beschränkte er auf vier.

Für den Ruf seiner Schule war Exklusivität unentbehrlich. Deshalb mussten Aufnahmeritual und Entlassungsmodalitäten exakt geregelt werden. Anwärter, die an den Gewinn glaubten, konnten in die Kunst des Verkaufens eingeführt werden, aber Unschlüssige und Zweifler, die nicht von der Fehlerlosigkeit des Marktes überzeugt waren, musste er aussieben. Nichts störte den Verkaufsprozess mehr als Wankelmut. Bedenkenträger und Skeptiker waren seine Feinde. Zweifler schadeten nicht nur sich selbst, sie zerstörten auch den Korpsgeist.

Auszubildende unterteilte Frank in sieben Kategorien: Interessent, Bewerber, Anwärter, Mitglied, Senior-Mitglied, Meister und Großmeister. Die Aufnahmemodalitäten benötigten viel Planung. Neulinge, die das mehrstufige Auswahlverfahren überstanden, mussten sich lebenslang verpflichten. Bei Verfehlungen erfolgte nach einer dreimaligen Abmahnung der fristlose Rauswurf. Nachlässigkeit war wie bei der Teezubereitung der Feind. Bewerber mussten sich zunächst einer gründlichen körperlichen und geistigen Prüfung unterziehen. Frank notierte ein paar vage Ideen. Als erste mögliche Aufgabe könnten Bewerber Hunderte Wahlkampfspots in Dauerschleife anschauen, aus diesen drei Favoriten auswählen und ihm erklären, warum ein Spot funktionierte. Wählten die

Bewerber einen falschen, mussten sie den Aufnahmeprozess verlassen, hatten aber das Recht, sich wieder zu bewerben. Bis zu dreißig Bewerbungsdurchgänge erlaubte Frank – Hartnäckigkeit wollte er belohnen.

Wer die erste Aufnahmehürde überwand, durfte persönlich vorsprechen. Die Auswahl bestimmte nur Frank. Der anschließende zweihundert Fragen umfassende tiefenpsychologische Test diente nur als Kosmetik. Lebensläufe, Titel von staatlichen Universitäten und Motivationsschreiben waren in Zeiten der Titelinflation nicht mehr aussagekräftig. Langjährige Berufserfahrung verbuchte er als Malus. Was Frank suchte, waren vom Bildungssystem unverdorbene Kräfte. Er wollte brennende Herzen und absoluten Gehorsam. Bescheidenheit und Schüchternheit waren unerwünschte Eigenschaften. Wer sich nichts zutraute, war nicht zum Young Titan berufen. Groß denken und handeln, nur so konnte er Nachwuchshoffnungen an ihre Leistungsgrenze heranführen. Unternehmertum war eben Hochleistungssport.

Frank entwarf ein Wahlkampfplanspiel:

Sechs Wochen vor dem Wahltermin sinken die Umfragewerte für den seit zwei Regierungsperioden unumstrittenen Kanzler. Wahrscheinlich wird der amtierende Kanzler verlieren, das belegen alle Daten der internen, nicht veröffentlichten Umfragen, aber der Kanzler ahnt sein Schicksal noch nicht, weil er nur von Ja-Sagern umgeben ist.

Welche Maßnahme muss der Wahlkampfleiter alternativlos ergreifen?

A: Der Kampagnenleiter entlässt den Wissenschaftler.

B: Der Kampagnenleiter gesteht seinem Kanzler die Wahrheit.

C: Der Kampagnenleiter inszeniert einen Skandal, tritt als Bauernopfer zurück, und der Kanzler gewinnt dank dieser Finte die Wahl.

D: Der Kampagnenleiter ändert die Wahlkampftaktik.

Frank akzeptierte nur Antwort C. Wer festgelegte Strategien eigenmächtig änderte und Entscheidungsketten hinterfragte, hatte in seiner Schule nichts verloren. Loyalität war das Wichtigste. Nur Kandidaten, die sich für einen Sieg opferten, eigneten sich für seine Kaderschmiede.

Seine Schule sollte einen neuen Menschentyp formen. Der Homo ludens war Geschichte, dem Homo vendens gehörte die Zukunft. Nur ein Verkäufer verkörperte die unmittelbarste Quelle der Fruchtbarkeit menschlichen Strebens, verdichtete Frank seinen Gedankengang zu einer druckreifen Formulierung. Für die Ausbildung seiner Prototypen erfand Frank einen revolutionären pädagogischen Ansatz. Alle firmeninternen Weiterbildungsakademien, Universitäten und postgradualen Lehrgänge, die er kannte, lehrten eine pseudowissenschaftliche Mischung aus Konstruktivismus, Wirtschaftsethik und Verhaltensökonomie. Von diesen veralteten Lehren hielt Frank wenig. Nur die jedem Verkauf zugrunde liegende Menschenliebe zählte.

Die Absolventen sollten diese Fähigkeit zu lieben in Grundmodulen, vertiefenden Kursen und Meisterklassen erlernen. Für die zwölf Schülergrade kalkulierte Frank eine Regelstudienzeit von 24 Monaten. Herausragende Talente durften informell um eine Verkürzung der Regelstudienzeit ansuchen. Schwieriger als die Dauer der Ausbildung festzulegen, war die Einschätzung der Zahl geeigneter Kandidaten. Wie groß war der potenzielle Kandidatenpool? Gab es fünfhundert oder tausend Geeignete in Österreich? Das war schwer zu schätzen. Seinen angestrebten Absolventenschlüssel übernahm er von den Spartanern: Bei den Lakedaimoniern musste ein einzelner Mann zwölf Feinde besiegen, um als vollwertiger Krieger zu gelten. Diese »Zwölf-auf-einen-Streich-Formel« sollte auch für seine Zöglinge gelten: Wer sich das Gütesiegel »Young Titan« als formschönen Patch auf seine Verkäuferuniform, bestehend aus schwarzem Sakko, weißem Hemd und blauen Jeans, applizieren wollte, musste zwölfmal mehr verkaufen als seine Mitbewerber. Eine Uniform war nötig, um Einheit auch optisch zu zeigen. Frank kritzelte hastig einige erste Entwürfe.

Sein Bild einer Kaderschmiede verfeinerte sich; eine Untergliederung der Mitgliedschaften in Normal-, Premium- und Diamant-Mitglieder verdiente noch weitere Überlegungen, aber für Details fehlte ihm die Zeit. Er spürte Ungeduld; Vorfreude trieb ihn an. Er preschte gerne vor, wenn er eine erfolgversprechende Geschäftsidee hatte. Heute legte er nur die Eckpfeiler fest, mahnte er sich zur Ruhe.

Mit dem Ergebnis war er zufrieden. Reinschrift und finale Ausarbeitung verschob er auf nächste Woche. Die Praxistauglichkeit seiner Überlegungen musste er sofort testen. Frank rief Michael an.

»Bitte caste mir eine vierköpfige Truppe zusammen. Die Leute müssen willig sein. Sie sollen sich zwei Tage am Stück rund um die Uhr Zeit nehmen und du sagst ihnen nur, dass ich sie für ein kleines Experiment brauche. Ich plane eine Eliteschule und sie sind eine Art Versuchsballon. Alles ist wie immer streng geheim. Du hast vierundzwanzig Stunden Zeit. Schick mir deine Auswahl direkt nach Hause. Ich bin für niemanden außer dich zu sprechen. Weder für den Kanzler noch für meine Kunden und erst recht nicht für meine Mutter. Sollte aber Sandra Kern anrufen, verständige mich sofort.«

Während Michael fieberhaft Kandidaten suchte, strukturierte Frank in aller Ruhe seine Gedanken weiter. Michael rief zwanzig der erfolgreichsten Freiwilligen aus dem letzten Wahlkampf an. Nach den Telefonaten wählte er vier Kader aus, die laut firmeninternem Controlling im Bereich *Kontakthäufigkeit* überdurchschnittliche Ergebnisse erzielt hatten. Dieses Quartett hatte in der Hälfte der Durchschnittszeit die sechsfache Menge an Wähleranfragen beantwortet, mehr als zweitausend Hausbesuche absolviert und sich an Wochenenden und nach 20 Uhr freiwillig zum Straßenwahlkampf in Problembezirken einteilen lassen. Michaels Liebling Steve Wagner störte eine Abschlussveranstaltung der Mitbewerber so lange, bis diese polizeilich aufgelöst werden musste. Steve hatte nach der Fernsehdiskussion von Bao Strauss dem Pressesprecher des Gegners in den Tee gespuckt und erfolgreich zwei falsche Statistiken in dessen Briefingunterlagen geschmuggelt. Nach der legendären Wahlfeier im Festzelt hatte er noch in Feierlaune zwei Gegendemonstranten verdroschen. Mit dieser makellosen Bilanz qualifizierte sich Steve eindeutig für höhere Aufgaben …

Neben Steve als Fixstarter drängten sich nach Durchsicht aller Unterlagen noch ein weiterer Mann und zwei Frauen. Tom Kroiher hatte an einem Tag 270 personalisierte Mails verfasst, Doris Gussnig 198 Mitglieder ohne Arbeitspause angerufen und Pamela Mayerl hatte sich ein Renommee auf dem Gebiet der Feindbeobachtung erworben. Michael konnte es sich nicht erklären, wie sie es geschafft hatte, aber Pamela hatte Strategiepapiere und Spenderlisten sämtlicher Mitbewerber organisiert. Keiner der vier Kindersoldaten war älter als 23 Jahre. Auf die Festlegung einer Altersobergrenze hatte Frank bislang vergessen, für Notfälle solcher Art hatte er eben Michael. Sein Assistent war aufgrund seines Migrationshintergrunds leistungsbereiter als die meisten Einheimischen und dachte immer mit. Älter als 25 durfte kein Novize sein. Ab 25 waren menschliche Gehirne nicht mehr formbar. Wie im Basketball und Fußball hatte die digitale Revolution Erfahrung durch Jugend ersetzt.

Frank smste die vier Berufenen persönlich an: »Komm innerhalb von 120 Minuten in meine Wohnung. Nimm bis auf einen Kulturbeutel nichts mit und stell dich darauf ein, erst in 48 Stunden wieder daheim zu sein.«

Das genügte als Vorabinformation. Frank verlor keine Zeit. Innerhalb von neunzig Minuten saßen alle in seinem Wohnzimmer. Sie war gerannt und völlig außer Atem angekommen. Klassenprimus Steve war gestoppte vier Minuten vor Pamela, Doris und Tom eingetroffen. Frank sah den Hunger in ihren Augen. Diese Twens durften erstmals seine heiligen Hallen betreten und Frank in seiner Wohlfühlzone kennenlernen.

»Herzlich willkommen, danke fürs Kommen. Wir werden die nächsten zwei Tage ein paar Trainingsformate testen. Es gibt keine Gruppendynamikspiele, keine Fragen und vor allem keine Pausen. Verstanden?«

Niemand zeigte auf, alle nickten. Es waren also keine Totalversager dabei. Michael hatte richtig gewählt.

Frank spielte die Wahlkampfspots und brach die Übung schon nach einer Stunde ab. Alle vier kannten die elektronische Pressemappe noch auswendig und ordneten die einzelnen Slogans problemlos zu. Pamela und Doris hatten sämtliche Texte beim Anschauen mitgesprochen. Frank musterte das Kleeblatt genauer. Die zwei jungen Männer hatten den gleichen Haarschnitt und trugen die gleichen New-Balance-Turnschuhe wie er. Die Frauen imitierten seine Sprachmelodie und bekräftigten jede seiner Wortmeldungen mit einem Kopfnicken. Die vier waren handverlesen. Erwartungsgemäß erwischte also auch das Wahlkampfspiel keinen der Kandidaten am falschen Fuß. Alle opferten sich für das Wohl der Organisation. Frank bemerkte Ungeduld bei der Testgruppe. Diese einfachen Standardübungen waren keine echte Herausforderung. Er zog das Tempo an. Er redete ohne Pause acht Stunden. Keiner verließ den Raum, um seine Notdurft zu verrichten. Danach hatte sich die Gruppe eine Verschnaufpause verdient, Frank spendierte der Truppe eine große Schüssel Congee. Nachfassen war nicht erlaubt. Dennoch passierte ein Fauxpas. Pamela fragte nach Salz und Steve wollte Zucker für seinen Tee, was ihnen strafende Blicke Franks einbrachte, ihm aber eine Gelegenheit zu einer Grundsatzrede gab: »Industriezucker und zu viel Salz zerstören euren Geist und euren Körper. Erst wenn ihr euer Hungergefühl und euren Schlafdrang besiegt, könnt ihr Young Titans werden.« Pamela weinte und entschuldigte sich, Steve hingegen wollte sich rechtfertigen. Frank war nicht hier, um die Meinung eines Auszubildenden zu hören, brüsk wies er ihn zurecht: »Der Grund und die Ursache für deine Willensschwäche sind irrelevant. Wer Tee süßt, hat hier nichts verloren.« Steve nickte und schwieg. Er hatte seine Lektion verstanden.

Gegen zweiundzwanzig Uhr gewährte Frank bei einem Kamingespräch Einblicke in sein Denken; erstmals waren auch Fragen erlaubt. Die Kids wollten alles über seine Firmenphilosophie und seinen Algorithmus wissen und bedankten sich für die Ehre, zum Testworkshop ausgewählt worden zu sein. Sie waren sich der historischen Einmaligkeit ihrer Chance bewusst. Um zwei Uhr nachts bot er allen ein unbezahltes dreimonatiges Praktikum mit 7-Tage-Woche im Team von Michael an.

Nie hatte Frank in glücklichere Augen gesehen. Er schickte die vier raus in die Nacht. Das Strahlen der Auserwählten entschädigte ihn für die Mühen der Session. Schlafen, Essen und Pausen waren im Arbeitsrecht überbewertet, dachte Frank, als er im Bett liegend das Rekrutierungsseminar Revue passieren ließ. Die Dauerbeschallung mit Wahlwerbespots war eine blödsinnige Idee gewesen. Keiner der vier war an seine Leistungsgrenzen gestoßen. Vielleicht war Frank mit fast vierzig nicht mehr so leistungsfähig wie Zwanzigjährige. Dieser Gedanke frustrierte ihn. Er hatte gegähnt und sich ein Bett gewünscht, während die Jungen begierig nach neuen Testaufgaben verlangt hatten.

Nach fünf Stunden Schlaf evaluierte Frank den Workshop. Die vier hatte wie erwartet alle Aufgaben problemlos gemeistert; von solchen Ausnahmetalenten war aber im Regelbetrieb nicht automatisch auszugehen. Dennoch war Frank nun von der Machbarkeit der sechs Grundmodule in achtzehn Tagen überzeugt. Im Betatest hatte er eine wichtige Erkenntnis gewonnen: Was die Jungen am meisten suchten, war sein Vorbild. Haltung vorzuleben und strenger zu sich als zu allen anderen zu sein war wichtiger als Inhaltsvermittlung. Fakten konnte jeder mit Google, Online-Trainings oder YouTube-Tutorials lernen. Frank beschränkte seine didaktischen Schwerpunkte auf die Vermittlung eines unbedingten Siegeswillens.

Das von ihm weitergegebene Herrschaftswissen musste exklusiv bleiben und war nicht für jeden bestimmt. Frank warb für seine Schule nicht aktiv. Nur mit persönlicher Empfehlung durfte man zum Auswahlworkshop antreten. Nach nur zwei Wochen stapelten sich 120 Bewerbungen auf seinem Schreibtisch, viel zu viele. Irgendwelche Tratschtanten hatten die tiefere Bedeutung des Worts *exklusiv* nicht richtig verstanden …

Bevor er das Leck ausfindig machte, verfasste er in einer weiteren Session noch schnell ein Handbuch. Nach diesem Kraftakt kehrte er nach ingesamt sieben Tagen wieder zu den Lebenden zurück. Wie Gott schuf er in einer Woche ein Universum. Jede Schule, jeder Orden, jede Bruderschaft verfügte neben Statuten und einer Gründungsphilosophie auch über ein Handbuch. Frank war beim Schreiben kein Anfänger. Ein bisher unveröffentlichtes Fachbuch über politische Kommunikation lag fertig in seiner Schublade. Mehrmals waren Verleger an ihn herangetreten und hatten

Vorschüsse angeboten, aber er hatte abgelehnt. Die Hürde, ein Gesamtkunstwerk zu schaffen, war hoch bei einem komplexen Thema wie Kampagnenführung. Als Auftakt seiner Autorenkarriere war ein kleines Motivationsbüchlein die klügere Wahl. Diese Schrift sollte Pflichtlektüre für alle Studierenden werden und Einblicke in seine komplexe Persönlichkeit gewähren. Im Unterschied zu seinem selbst verfassten Wikipedia-Eintrag, der vor allem Eigenwerbung beinhaltete und seine Reputation bei Journalisten und Kunden in eine positive Richtung lenken sollte, maskierte er sich beim Schreiben des Büchleins nicht.

Ehrlich und wahrhaftig präsentierte er sich seinen Schülern. Mit fünfundzwanzig hatte er sich selbstständig gemacht, mit siebenundzwanzig Bao Strauss kennengelernt und mit dreißig für ihn den Kanzlersessel erobert. Mit fast vierzig war es überfällig, sein umfangreiches Wissen an die nächste Generation weiterzugeben. Mit feierlichem Ernst notierte er die ersten Sentenzen.

Ein Verkäufer ist weder aufdringlich noch anmaßend.

Der wahre Verkäufer begleitet seine Kunden und erfüllt ihnen Wünsche, die sie noch gar nicht kennen. Er überredet nicht und schwatzt niemandem etwas auf.

Ein Verkäufer ist ein Freund und Ermöglicher; er bietet Orientierung im Warendschungel.

Verkaufen ist nie abgeschlossen. Kein Verkauf gleicht dem anderen, jeder ist einmalig.

Ein Verkäufer verkauft, weil er den Akt des Verkaufens liebt und nicht wegen der Anerkennung oder des Geldes. Diese Leidenschaft für den Verkauf bewegt ihn. Menschen beim Kauf zu begleiten, verwandelt sie von passiven in aktive Menschen. Diese Erkenntnis ist nur dann banal, wenn wir Kaufen und Verkaufen als erfüllend und gefühlsgetrieben verstehen.

Ein Verkäufer benötigt Biss und Beharrlichkeit. Ein Verkäufer beschränkt sich aufs Verkaufen und vermeidet Kritik; ebenso wenig kommentiert er.

Vertrauen in die eigenen Fähigkeiten und Vertrauen zwischen Käufer und Verkäufer ist gleichermaßen wichtig.

Der Verkäufer genießt seine Tätigkeit. Kaltakquise, Routineanrufe, Straßenverkauf, all diese Instrumente sind Erfolgsbestandteile und keine lästige Pflicht. Um es zur Meisterschaft zu bringen, braucht es 10.000 Abschlüsse. Diese Zeit ist notwendig. Wichtig ist die Bereitschaft zu wachsen, dranzubleiben und in seine Fähigkeiten zu investieren. Jeder Abschluss ist ein Etappenziel, darf aber nicht zum Trugschluss verleiten, schon alle Feinheiten des Verkaufs zu kennen. Abschlüsse sind das Wichtigste. Und zwar künftige. Vergangene Erfolge bedeuten nichts.

Der erfolgreiche Verkäufer erwartet weder Anerkennung, Bestätigung noch Wertschätzung für seine Arbeit. Begeisterte Kunden gewinnt der Verkäufer nur als Diener. Ein übersteigertes Ego ist sein ärgster Feind; herumsitzen, denken und grübeln sind weitere Gefahren. Machen, handeln und tun sind hingegen seine drei Kardinaltugenden.

Es gibt keine Theorie des Verkaufs. Nur das Tun ermöglicht Zufriedenheit.

Eine weitere Sünde ist Sattheit. Ohne Ambitionen gibt es keinen Verkäufer. Besser zu werden darf aber nicht mit dem Zwang zur Selbstoptimierung gleichgesetzt werden.

Ein Verkäufer überrumpelt seine Kunden nicht. Ein Verkäufer unterstützt und begleitet den Käufer. Ein Kaufmann ist ehrlich und erzählt freimütig von seinen Zweifeln, Fehlern, Krisen und Irrwegen.

Nur ein Verkäufer, der von sich bescheiden behauptet, nicht perfekt zu sein, wird von den Käufern geliebt.

Frank war sich noch nicht sicher, ob er diese Notationen in zehn, zwölf, vierzehn oder fünfzehn Kapitel untergliedern sollte, aber das waren seine zentralen Argumente. Sein Handbuch verriet den

Aufstieg vom Neuling zum Meister in zwölf Stufen. Neben dem Buch wollte er noch einen Online-Workshop sowie auf einer Landingpage vertiefende Module, Ratschläge, Kurse und Methoden anbieten, um mit einer geschlossenen Wertschöpfungskette präsent zu sein.

Als Nullnummer druckte er 400 Exemplare im Eigenverlag. Ohne Inserate zu schalten oder sich um einen Vertrieb zu kümmern. Mit dieser niedrigen Stückzahl wollte Frank die Erstauflage bewusst klein halten. Innerhalb von zehn Stunden war die Startauflage vergriffen, und Sammler boten nach einer Woche für ein Exemplar beim Zentralverband der Antiquariate bereits 400 Euro. Das war ungewöhnlich für ein Buch im Eigenverlag, das er nur als Einstiegshilfe und Skriptum für seine Grundschulung geplant hatte. Frank ließ tausend Stück nachdrucken und auch die zweite Auflage war nach drei Tagen vergriffen. Barbara Stöckl rief ihn an und lud ihn zu ihrer Late-Night-Show ein. Die Moderatorin flirtete ein bisschen mit ihm, nannte ihn *Visionär* und *Vordenker*. Frank befreie die Menschen von negativen Gedanken und zeige einen Weg, gewinnen zu können, statt siegen zu müssen. Frank ergänzte ihr Lob nur noch um den Hinweis, dass seine Schule all jenen offenstehe, die mehr aus ihrem Leben machen wollten. Sieben Tage später lachte Franks Buch von der Spitze der Sachbuchcharts und verbuchte 1500 Voranmeldungen für seine Schule – erneut schrieb Frank Geschichte.

4

STATT ÜBER POLITIK, Kampagnen oder seinen unfreiwilligen Bestseller redeten sie gar nicht. Es war ungewohnt für einen Vollblutverkäufer, nicht zu sprechen. Stattdessen spielten sie eine Runde Basketball. Zur ersten Verabredung – das Wort *Date* hatte Sandra nicht verwendet – trafen sie sich zu einem Spiel eins gegen eins in einem von zu 85 Prozent von Migranten bespielten Park. Die Einladung hatte Sandra ausgesprochen und Frank hatte trotz seines dichten Terminkalenders zugesagt. Für eine Absage war sie zu attraktiv. Es war sein erstes privates Treffen mit einer Frau seit Langem. Nach seiner Klausur hatten sie mehrmals korrespondiert und sie hatte vorgeschlagen, ein paar Körbe zu werfen. Das war ein spannenderes Freizeitprogramm als ein fades Essen in irgendeinem Restaurant. Sandra trainierte wöchentlich mit einer Uni-Alumnigruppe und auch Frank warf gerne Bälle am firmeneigenen Korb. Basketball litt zwar unter sinkenden Quoten im Sportfernsehen, aber er hielt dem Spiel seiner Kindheit die Treue.

Frank schonte Sandra körperlich nicht, seine vermeintliche Rücksicht war nicht notwendig. Sie lief schneller, war wendiger und trickreicher, selbst ihre Ballbeherrschung war eleganter. Mit ihren geschätzt 1,72 Meter schaffte sie keinen Slam Dunk, aber ohne erkennbare Mühe Dreipunktewürfe. Sie versenkte Bälle nach Belieben und hatte mehr Luft, denn sie war um einiges jünger als Frank. Dieses Spiel konfrontierte Frank unvorteilhaft mit seinen körperlichen Grenzen; er bekam eine erste Ahnung vom Altwerden. Der vierzigste Geburtstag war ihm immer als abstrakte Zahl erschienen und er wollte auch diesen runden Geburtstag wie alle bisherigen ignorieren, aber hier am Platz spürte er seinen beginnenden Verfall.

Seine Brust schmerzte, er schnappte nach Luft und konnte nicht mehr laufen. Er winselte um eine Pause. Keine Chance. Unerbittlich wie der Aufseher in einem Bootcamp jagte Sandra ihn über den Platz. Wer als Erster 30 Punkte warf, gewann, hatten sie vereinbart. Als Sandra bei 26 Punkten angelangt war, schwindelte ihn und er bekam Seitenstechen. Er ließ sich nichts anmerken und rannte weiter. Wie atemberaubend sie selbst beim Sport aussah. Sandra trug ein Top mit Sport-BH zu eleganten weißen Turnschuhen aus Merinowolle; ihre wippenden Brüste lenkten ihn ab. Sie bemerkte seine Blicke und lachte ihn an oder aus, das war nicht eindeutig feststellbar.

»Na, du bist auch nicht mehr der Schnellste.«

»Ach, hab nur viel um die Ohren und komme nicht mehr regelmäßig zum Sporteln, uns rennen grad alle die Bude ein. Jeder will unser Technologiepaket kaufen. Ich stehe um vier auf, aber vor zwölf schaffe ich es nie ins Bett.«

Nach zwei weiteren Dreipunktewürfen war Franks Niederlage besiegelt. Das Spiel hatte nur beschämende acht Minuten gedauert und er fühlte sich ausgelaugt und ausgebrannt. Sie pausierten eine Weile und schauten den Migrantenkids zu, wie sie zu aktuellen Drillbeats tanzten. Einem der Tänzer hing eine Pistole aus der Hose, aber sonst wirkten sie friedlich. Nachdem sie die Jugend von heute ausreichend beobachtet hatten, gingen sie zu Fuß weiter auf eine Portion vegane Käsespätzle in irgendein von Sandra vorgeschlagenes Lokal. Frank fand es gut, ausnahmsweise nichts zu entscheiden. Er trottete ihr wie ein Dackel hinterher und ließ sich treiben.

Frank musste ungebunden sein, so wie er sprach. Ring trug er keinen. Sandra war sein Beziehungsstatus egal, sie nahm sich, was sie wollte. Dieser Termin war eine Geschäftsanbahnung und keine romantische Verabredung. Schwul war er nicht wie so viele andere in der Politikberatung. Frank versuchte charmant zu sein und schmeichelte nicht. Er war aufmerksam und vermied es, sie mit beruflichen Erfolgen oder männlichem Imponiergehabe zu beeindrucken. Sie war selbst Profi und nicht mit Parolen zu blenden.

Den gemeinsamen Abend verbuchten beide nicht als Zeitverschwendung, weshalb sie ihre Sportstunde wiederholten. Bald etablierten sie eine wöchentliche Routine: Jeden Mittwoch um fünf spielten sie in einem öffentlichen Park ihrer Wahl eine Stunde Basketball. Sandras Tops und Beine motivierten Frank zu regelmäßigem Sport. Wenn er allein oder mit seinem Assistenten Michael in einem Fitnesscenter trainierte, dachte er nur ans Geschäft.

Sie spielten meistens zweimal fünfzehn Minuten eins gegen eins. Basslastige Rapmusik von Gettojugendlichen mit Bärten und rasierten Schläfen, die am Nebenplatz spielten, begleitete sie. Die Kids blickten nicht so bemüht feindselig wie ihre ästhetischen Vorbilder in den Rapvideos. Sandra belustigte ihr Kleidungsstil. Frank versuchte Sandra und die Straßenkids mit seiner Ballbehandlung gleichermaßen zu beeindrucken, aber er war eingerostet. Ein bemühter Amateur, dessen Glanzzeit fünfzehn Jahre vorbei war. Slam Dunks versenkte er nur noch in seiner Fantasie.

Siege waren beim Streetball unwichtig, redete er sich seine regelmäßigen Niederlagen schön. Er verlor jedes Spiel. Mit jedem Körperkontakt lernte er Sandra besser kennen; er wollte in ihrer Nähe sein. Ihre Schönheit war einschüchternd, sogar der Anführer der Jugendlichen errötete, wenn er ihr einen Ball holen durfte. Für Frank war Nähe ungewohnt. Seit Ewigkeiten hatte er sich mit Gelegenheitssex mit Beratertussis und Escortgirls abgefunden; für eine richtige Beziehung war er nicht geboren. Er war mit seinem Unternehmen verheiratet.

Für gewöhnlich lernte er Frauen kennen, die über Gefühle sprachen, und das überforderte ihn. Sandra thematisierte nach den

Trainingseinheiten nie Persönliches, ihr reichte Basketball als Smalltalkthema. Sie hatte als Kind mit ihrem älteren Bruder Sammelkarten getauscht und ein fabelhaftes Gedächtnis, kannte alle Rekorde der NBA auswendig. Frank erstaunte ihr Detailwissen. Der Punkterekord von Wilt Chamberlain im Jahre 1962, der im Spiel zwischen den New-York-Knicks und den Philadelphia Warriors legendäre hundert Punkte erzielt hatte, war für ihn neu. Die 401 Dreipunktewürfe von Stephen Curry im Jahr 2016; die famosen Chicago Bulls, die in der Saison 1995/96 von 82 regulären Saisonspielen nur zehn Partien verloren, kannte er hingegen. Sandras Lieblinge waren die LA Lakers, deren Shirt der Saison 2015 sie gelegentlich trug.

Für Sandra strahlte die Vergangenheit des Spiels leuchtender als die aktuellen Entwicklungen. Was Basketball betraf, war sie Romantikerin, sie trauerte der goldenen Ära nach. »Die heutigen Spieler sind alles nur noch überzüchtete Roboter, keine echten Männer wie Scottie Pippen und Michael Jordan. Die meisten sind zu groß. Der Sport braucht bald neue Regeln oder ein größeres Spielfeld.«

Frank nickte. Sandra hatte vollkommen recht. Der Fitnessstandard der Spieler war mittlerweile zu hoch, um über ein Jahrzehnt aufrechterhalten zu werden. Über mehrere Saisonen alles zu gewinnen, war unmöglich. Durch die Digitalisierung war das Spiel vorhersehbar und langweilig geworden. Sandra hatte ihre Hausaufgaben gemacht. Und sie war vorlaut: »Nur in langsamen Langweilerbranchen wie der Politik gibt es Seriensieger wie dich.« Wollte sie ihn mit dieser Aussage reizen, necken oder einfach nur lustig sein?

Wegen der wenig glorreichen Gegenwart des Basketballsports spielten sie lieber selbst, als sich Wettkämpfe im Stream anzuschauen, aber für die Best-of-Seven-Finalserie vereinbarten sie eine Ausnahme und besuchten eine American Sportsbar. Sandra trank Leichtbier, Frank Wasser und Tee, beide aßen Tacos. Die erste

Begegnung der Endspielserie zwischen den Los Angeles Lakers und Miami Heat bot solide Unterhaltung und Gelegenheit, weitere Best-of-Statistiken und legendäre Spiele durchzukauen, aber ihr Urteil stand schon zur Halbzeit fest: Die große Zeit des Basketballs war endgültig vorbei. Sandra wechselte also im dritten Viertel der Partie das Thema. »Bist du eigentlich von Cambridge Analytica und der Verhaltensökonomie beeinflusst, oder hast du deinen Ansatz selbst entwickelt?«

Ohne seine Antwort abzuwarten, erzählte sie von ihrer Arbeit als Geschäftsführerin bei Ashoka Europa, ihrem Mandat beim Verband der Fundraiser Österreichs und ihrem Selbstverständnis als Sozialentrepreneurin. Sozial war für Sandras alles, was den gesellschaftlichen Zusammenhalt stärkte und dem Überleben der Menschheit diente. Umweltschutz, Tierschutz, Gewaltprävention, Anti-Mobbing, Transgenderinitiativen, Betreuung von Behinderten, Hochbegabtenförderung für Kinder aus bildungsfernen Schichten, generationenübergreifendes Wohnen für vereinsamte Senioren. Sandra umsorgte alle strukturell Benachteiligten und verschaffte ihnen Geld und Aufmerksamkeit. Sie verdiente ihr Geld als Spendensammlerin und sah sich als Kämpferin für soziale Gerechtigkeit. Spezialisiert war sie auf das Anwerben von Mitgliedschaften und Spenden für Nichtregierungsorganisationen, zudem zapfte sie staatliche und internationale Subventionstöpfe an. Sie keilte Gelder von Kirchen, Stiftungen, Philantropen und Mäzenen. Sie organisierte Umweltpreise, erfand Gütesiegel und gestaltete Nachhaltigkeitskonzepte für Konzerne. Sie half überall mit, wo ihre Tatkraft gebraucht wurde. Sandra hatte Legionen von Spendenwerbern ausgebildet und mit fünfundzwanzig ihre erste Million verdient.

Weltrettung als Geschäftsmodell war für Frank neu. In seinen Kampagnen waren Nachhaltigkeit, Umweltschutz und Klimawandel gleichwertige und austauschbare Themen wie Arbeitslosigkeit, Pensionsreformen und Infrastrukturpolitik. Den affektiven Mehrwert von Moral zur Ausweitung der Konsumzone hatte er nie beachtet. Sandra hingegen leitete die menschliche Bedürfnispyramide mit dem Vorrang der Ökologie als kleinstem gemeinsamen Nenner der Menschheitsgeschichte ab.

Sandra zahlte sich monatlich ein Geschäftsführergehalt von 18.000 Euro aus und lebte in einer Altbauwohnung mit nur fünf Zimmern. Ein sparsamer Umgang mit Ressourcen war ihr wichtig. Sie konsumierte regional erzeugte und biologische Lebensmittel, trug Von-der-Wiege-zur-Wiege-Kleidung und hatte die Null-Mist-Bewegung kommunikativ begleitet. Ihre Wohnung war ein Niedrigenergiehaus, die Straße, wo sie wohnte, ein Testgebiet für Stadtgärten, und sie verzichtete auf Flugreisen und hatte kein Auto. Die Ressource Gutes zu mehren, war mehr als ein Geschäftsmodell, es war ihr Lebensstil.

»Du musst leben, was du verkaufst. Die Leute wittern Unaufrichtigkeit. Aber das weißt du selbst, genau so positionierst du Bao Strauss. Die Grundlage meiner Geschäfte bildet die Idee des Guten. Gutes tun, will jeder. Deshalb schlage ich dir ein Geschäft vor. Ich plane ein Event mit dem Arbeitstitel ›Die Woche des Waldes‹ für meinen Waldverein. Magst du nicht als Markenbotschafter auftreten? Ein Pro-bono-Engagement ist für dein Imageprofil überfällig. Du giltst in der Öffentlichkeit als Mensch, für den nur Rendite und Gewinne zählen. Wenn du dich für die Umwelt engagierst, wirkst du menschlicher.«

Frank war skeptisch. Ständig schnorrten ihn Vereine, Freiwilligenorganisationen, Kirchen und sogenannte Neue Soziale Bewegungen an, für sie unentgeltlich zu werben. Schwule, Lesben, Transgenderaktivisten, Veganer, Frutarier, Tierrechtsorganisationen, Abtreibungsgegner, Abtreibungsbefürworter, so ziemlich jede

Ein-Thema-Lobbying-Organisation hatte schon angeklopft. Die Gemeinnützigen erhofften sich von seinem Gesicht Spenden und Aufmerksamkeit und versprachen im Gegenzug ein weicheres Image. Bisher hatte Frank stets abgewunken. Weniger aus Überzeugung; soziales Engagement machte ihn bei bestimmten zahlungskräftigen Klienten des alten Geldes nur angreifbar. Die Karte *Soziales Engagement* setzte er deshalb nur sparsam dosiert bei Sonntagsreden, Katastrophen oder sonstigen Ausnahmezuständen ein.

Sandra las seine Gedanken falsch. »Zier dich nicht so. Ich bin keine, die mit der pinken oder grünen Weißwaschungskarte unser verrottetes System kosmetisch aufhübschen will. Ich glaube an die Einheit von Natur und Wirtschaft. Die Waldwoche wird das Woodstock unserer Generation. Ganz bestimmt.« Für den Wald öffneten gestresste Städter ihre Geldbeutel. Bäume und Waldböden eigneten sich für mythische Überhöhungen und weckten den Anarchen in den verweichlichten Konsumentenbrüsten. Der Wald als Projektionsfläche und Sinnstifter hatte schon bei Ernst Jünger funktioniert, schwärmte Sandra.

Um das emanzipatorische Kapital der Wälder zu zeigen, plante Sandra ein ganzes, von der Landflucht entvölkertes, hochalpines Tal in Tirol anzumieten, abzusperren und dort über die Bedeutung und den Stellenwert des Waldes für die Gesellschaft zu diskutieren. Sie wollte nicht nur branchenüblich langweilig labern wie auf wissenschaftlichen Symposien, oder Produkte verkaufen wie auf kommerziellen Messen. Sie wollte einen Erlebnispark erschaffen in der Tradition André Hellers. Allerdings ohne dessen paternalistischen Hang zur kulturellen Aneignung wie in seiner Zirkusshow *Afrika! Afrika!*, wie Sandra selbstkritisch einschränkte. Der Wald als Lehrmeister des Menschen offenbarte viele Erwerbsmöglichkeiten. Das ganze Tal sollte gleichermaßen als Werkzeug, Kulisse und Erlebnisparcours dienen. Aufforstungen, artgerechte

Rodungen, Mischwaldexperimente, Baumpatenschaften, ziviler Widerstand gegen die Abholzung seltener Bäume, eine Datenbank für altansässige Baumarten, ein Haus des Waldes, und Holz als nachwachsender Rohstoff und nie versiegender CO_2-Speicher waren nur einige der von ihr geplanten Arbeitsschwerpunkte. Auch für klassische Geldanlagen eignete sich das Wunder Wald: Waldfonds mit dem Ziel, Mischwälder aufzuforsten und Waldbadeanstalten mit Eintrittspreisen von zehn Euro rundeten ihr Produktportfolio ab. Konkretere Inhalte verriet sie noch nicht, aber sie benötigte noch Markenbotschafter und Multiplikatoren. Die erfolgreichsten Ökolobbyisten hatte sie schon abgegrast, aber sie benötigte unverbrauchte und vor allem männliche Gesichter abseits der üblichen Verdächtigen wie Schauspieler, Altpolitiker und Bankiersgattinnen.

Sandra hatte eine Namensliste mit geeigneten Förderern, die sie Frank vorlegte; erst gestern hatte der Philantrop und Waffenfabrikant Gaston Glock 500.000 Euro für den Schutz der Rotbuche gespendet, da dieser Baum die Wertbeständigkeit und Präzision seiner Waffen verkörperte. Frank war überrascht. Sandra hatte keine Berührungsängste zum bekannten Waffenproduzenten. In der Politik waren Waffen-, Glücksspiel- und Alkoholproduzenten schon lange nicht mehr gern gesehene Spender. Ihr ergebnisoffener und vorurteilsfreier Zugang war ungewöhnlich für die Nachhaltigkeitsszene. Sandra registrierte seinen fragenden Blick und klärte ihn auf: »Ich weiß, viele Gerechtigkeitskrieger rümpfen die Nase beim Wort Waffen, aber Gaston liebt Bäume. Er wirbt nicht aus Imagegründen. Er bewirtschaftet selbst die Hälfte des Defereggentals in Osttirol, wo er Luchse und Murmeltiere erfolgreich angesiedelt hat. Wir werden auf seiner Eigenjagd auch eine Fasan- und Rehpirsch veranstalten, weil wir die Jägerei positiv framen wollen. Ein Waidmann tötet artgerecht gehaltene, frei laufende Tiere in ihrer natürlichen Umgebung. Es gibt keine humanere Art zu sterben als in freier Wildbahn. Die Lebewesen haben genug Auslauf und sind nicht eingesperrt. Das ist der Kreislauf des Lebens, wie wir alle seit dem König der Löwen wissen. Sterben gehört nun mal zum Leben, wie uns Mufesa gelehrt hat. Gastons Präzisionswaffen töten sanft und schnell. Er investiert vierzig Prozent seiner Gewinne in Forschung und Entwicklung, nur um noch schmerzloser zu töten. Aber Gaston ist auch ein bescheidener Gentleman und drängt nicht gern in den Vordergrund. Ich hätte dich daher gerne langfristig als Nachfolger aufgebaut, als Gesicht einer neuen Generation. Als Aushängeschild des österreichischen Waldes machst du sicher eine fabelhafte Figur. Wir haben bereits ein Imageprofil von dir erheben lassen. Du giltst als wagemutig, erfolgreich, kompromisslos und als Anführer. Hast du schon mal auf dem Waldboden geschlafen oder stundenlang Baumkronen beobachtet? Eben. Der Wald wird von den Konsumenten nach wie vor fälschlicherweise als weiblich wahrgenommen und mit Eigenschaften wie Ruhe, Entspannung und Sanftmut verbunden. Das ist mir viel zu einseitig. Ich will auch die wilden und ungezähmten Seiten des Forstes erzählen. Mit dir könnte ich den Wald als draufgängerisch, als Abenteuerspielplatz und Rückzugsgebiet für städtische Leistungsträger rebranden. Nach dem Trend zur Heimarbeit erfinden wir den Abenteuerspielplatz Wald. Der Baum, den ich dir zuordnen möchte, ist die Eiche. Stolz und widerstandsfähig wie eine Eiche, die niemand mehr brechen kann. Überleben, digitale Enthaltsamkeit, Ruhe, Naturgewalt, der Wald ist unser Lehrer. Neben der Jagd sehen wir Orientierungsmärsche als weiteren potenziellen Wachstumsmarkt. Auch das Image vom Pilz,- Kräuter- und Waldbeerensammlern werden wir entstauben. Mit Wiederaufforstungsplanquadraten könnten wir viel verdienen. Dabei setzen wir bewusst auf den Trend zum Selbermachen. Aktuell testen wir auch Lichtungen, wo Bürger für 100 Euro einen Baum pflanzen können oder für 1.000 Euro eine Baumpatenschaft übernehmen. Wir haben schon 20.000 Interessenten auf der Warteliste, die es kaum erwarten können, mit eigener Hände Arbeit das Klima zu retten. Wir wollen allen Aktivisten den Schritt vom Reden zum Tun ermöglichen, wie du in deinem Motivationsbuch so schön geschrieben hast.«

Frank fühlte sich weniger geschmeichelt als instrumentalisiert. Sie betrachtete ihn als Geschäftspartner, als Gratismaskottchen für ihre Unternehmungen und nicht als potenziellen romantischen Partner. Sogar sein Handbuch hatte sie gelesen, nur um ihn einzuseifen. Empfand sie nichts für ihn? Frank hasste seine ihm zugedachte Rolle als Sportkamerad und Werbeträger. Sandra führte ihre Überlegungen weiter aus: »Zahlen kann ich dir für dein Engagement als nicht gewinnorientierter Verein nichts, aber du unterstützt mit deiner ehrenamtlichen Tätigkeit die Umwelt. Gratis-Arbeit ist sehr befriedigend, wie du aus der Zufriedenheitsforschung selbst weißt. Und nebenbei – damit das Ganze nicht zu Mutter-Teresa-mäßig rüberkommt – profitierst du: Du wirst bei Jugendlichen und Erstwählern bekannter. Die nachwachsenden Generationen leben andere Werte als du mittelalter Mann. Der Wandel des Wertewandels ist in vollem Gange. Bei Erstwählern giltst du als altbacken wie Skinny Jeans. Das haben wir bereits abgefragt, so ehrlich muss ich sein …«

Frank lächelte gequält. Sandra war zehn Jahre jünger als er, zweifache Mutter und hatte dadurch bestimmt einen unmittelbareren Zugang zum Denken und Fühlen junger Menschen und deren Lebenswelten als er. Die einzigen Jugendlichen, die er kannte, waren Praktikanten in seinem Unternehmen und die waren nicht repräsentativ. Frank kannte das rätselhafte und für die Marktforschung kaum mehr valide vorhersagbare Wahlverhalten der Erstwähler nur durch den Filter von Fokusgruppen und den Idealtypen der

Jugendforschung. Beide Instrumente hielt er für methodisch veraltet und überholt. Wahrscheinlich stimmten Sandras Einschätzungen also. Aber ihre joviale Art stimmte ihn misstrauisch; ihr ganzes Auftreten war anders als das der handelsüblichen Gemeinnützigenvertreter. Normalerweise betrachtete dieser Menschentyp die Wirtschaft als natürlichen Feind und das absolut Böse. Sandra hingegen schwärmte von Gewinnmargen, nannte Glock einen Menschenfreund und sprudelte über vor Geschäftsideen. Nur der technologisch-industrielle Komplex verfügte laut ihrer Überzeugung über das Wissen und die finanziellen Mittel, Natur und Wirtschaft zu einen. Sandras Begeisterung für renditeorientierten Umweltschutz war echt. Ihr positives Denken verwendete Apokalypsen, Katastrophen und Endzeitszenarien als Werkzeug, um Spendengelder zu lukrieren. Frank hatte Umweltkriegerinnen bislang als frustrierte Kleinbürger abgestempelt, von der Wahnvorstellung besessen, die Welt vor einem stündlich drohenden Untergang zu retten. Dieses Endzeitdenken hatte ihn abgestoßen. Sandra hingegen glaubte an die Zukunft; sie entwarf gesinnungsethisch korrekte Möglichkeiten, die Welt zu verbessern und verdiente damit ihr Geld.

Bäume und Wälder seien nicht nur nachwachsende Rohstoffe, sie versinnbildlichten die nachhaltige Kreislaufwirtschaft, präzisierte sie ihre Überzeugung. Alles, was gerodet werde, wachse nach. Vom Samen bis zum Tannenzapfen alles zu verwerten sei ihre Pflicht. Aus den Schnittabfällen hatte ihre Forschungsabteilung Industrieparkett entwickelt. Zurzeit testete sie Jeansstoff aus Rindenmulch. Sie saß auch im Beirat der Null-Müll-Bewegung. Es war ihr ein Anliegen, nichts wegzuwerfen. Mülltrennung war ihr als Konzept zu reaktionär.

Alle geplanten Waldaktivitäten bündelte sie im Verein »Waldliebe«. Diese gemeinnützige Organisation bestand neben den Einheiten Mitgliederbetreuung, Spenden und Medienarbeit auch aus einer Forschungs- und Entwicklungsabteilung. Ihr mittelfristiges Ziel war der Aufkauf ganzer Täler und Landstriche. Sie verortete sich als legitimen Gegenspieler zum Landraub der transnationalen Konzerne. Bislang hatte der Verein erst drei Täler im Portfolio, noch agierte sie unter dem Radar der Öffentlichkeit. Sandra pflanzte im hinteren Drittel des Defereggentals neue Urwälder und experimentierte in diesem menschenleeren Raum auch mit der Ansiedlung nicht-kontaktierter Urvölker. Dabei nutzte sie geschickt die rapide voranschreitende Landflucht. Ihren Berechnungen nach würden bereits in dreißig Jahren sechzig Prozent der gesamten Fläche Österreichs unbesiedelt und für konventionelle und biologische Landwirtschaft uninteressant sein. Nach solchen menschenverlassenen Perlen der Natur hielt der Verein Ausschau und kaufte sie günstig und systematisch auf. Ausschließlich zu diesem Zweck verwendete der Verein die Spendengelder. Sandra erklärte Frank ihr zweckgewidmetes Geschäftsmodell. »Von jedem eingenommenen Spendeneuro bekommen meine Verkäufer zwanzig Prozent und ich dreißig. Wir verwenden also fünfzig Prozent der eingenommenen Gelder für das Projekt, das sind vierzig Prozent mehr als im NGO-Bereich üblich. Wir halten unsere Personalkosten gering, indem wir die Werber als Selbstständige und nicht als Angestellte anmelden.«

Sandras Geschäftsphilosophie war ertragreicher als Franks, stellte dieser erstaunt fest. Von ihr ließ er sich gerne inspirieren. Sie dachte in Generationen und nicht nur in Legislaturperioden. Bislang bewirtschaftete ihr Verein erst einen zwanzig Hektar großen Leuchtturmwald im Defereggental, den sie als Laboratorium der Zukunft und als *Arche Artemis* vermarkten wollte. Rotbuchen, Eschen und andere vom Aussterben bedrohte Laubbäume bekamen dort genügend Raum und Zeit, um sich zu entfalten. Weil nichts gerodet wurde, entwickelte die *Arche Artemis* eine sinnlichere Energie als handelsübliche Nutzwälder. Besucher, die diesen Wald einmal betreten hatten, verweigerten nachher Fichtenmonokulturen. Die Luft war gefilterter, die Böden fester, die Blätter dichter, die Sonneneinstrahlung weniger. In der *Arche Artemis* wollte sie auch die Waldwoche abhalten. Sandra war eine Umweltkriegerin, aber eine ohne Scham vor dem Wort Gewinn. Sie akzeptierte Gewinne und Umsatzsteigerungen als Grundlage jeder Weltrettung. Laufend entwarf sie neue Formate: Urlaub in selbstausgehobenen Erdlöchern, Leben ohne Strom, Waldnudisten, Gehen ohne Schuhe auf dem Waldboden. Sandras Waldliebeverein hatte außerdem noch drei Subdivisionen, wo Permakultur betrieben, Tauernscheckenziegen gezüchtet sowie mit alten Getreidesorten experimentiert wurde. Auch Fischansiedelungen in Hochgebirgsbächen standen zur Disposition.

»Weißt du, die Menschen sorgen sich, dass Staatenlenker, Konzernbosse, Finanzjongleure nur ihre eigenen Interessen verfolgen und sich nicht genug um Zukunftsthemen wie Klimaerwärmung und Umwelt-/Ressourcenzerstörung, Menschenrechte, ein würdevolles Leben für alle und Verteilungsgerechtigkeit kümmern. Und genau bei diesem Unbehagen setzen meine Tätigkeiten an. Mit Umweltschutz und Weltrettung wird laut einer internen Studie meines Partners Münchner Rück mehr Geld als mit Religionen erwirtschaftet. In unseren Vereinsstatuten steht als freiwillige Selbstverpflichtung, dass wir mehr Besitztümer als die katholische Kirche anhäufen wollen. Die Natur wächst, die Wirtschaft wächst, Wachstum ist natürlich, solange es ökologisch korrekt ist.«

Neben ihren gemeinnützigen Aktivitäten arbeitete sie auch als Geschäftsführerin von *Ashoka*. Sandra klärte ihn über ihren Tagesjob auf. *Ashoka* legitimierte sich als Schnittstelle zwischen Wissenschaft, Medien und Zivilgesellschaft. Sie vermittelte Redner, kuratierte Talkshows, sichtete Experten, verkaufte Rednerlisten, suchte geeignete Kanidaten für den Hans-Raab-Umweltpreis, den Energy Globe Award, den Goldman Environmental Prize und erfand laufend neue Branchenrankings wie den »Umweltförderer des Jahres«, »Baum des Monats«, »artgerechten Bauernhof« und vieles mehr. Für jedes Podium, jeden Preis und jede Rangliste fand sie passende Experten, immer nach den gerade gültigen Quotenparametern wie Alter, Geschlecht, sexueller Präferenz und ethnischem Background vorselektiert.

Sandra handelte, kuratierte und verkaufte die Idee des Guten. Etwas so Profanes wie ein Geschäft mit der Idee des Guten zu verbinden und Biologie als Grundlage jeder Wertschöpfungskette zu begreifen, beflügelte Frank. Sandra führte digitale Ökonomie und Umweltschutz im Begriff der Technonatur zusammen. Von jeder Suchanfrage bei Bing spendete Microsoft einen Cent für den Ankauf weiterer Wälder …

Ihr noch nicht ganz druckreifer Leitspruch lautete: Zeig mir, wie viel du spendest, und ich sage dir, wie gut du bist. Die Gleichsetzung von Spendenvolumen mit einer Gutheitsskala war schlüssig, aber der Spruch erinnerte zu sehr an den bekannten IKEA-Werbeclaim. Wie dem auch sei, mit Spenden unterstrich der Konsument mehr seine Persönlichkeit als mit dem Erwerb überholter Statussymbole. Wer Anteile am ersten Urwald Österreichs und Parzellen vom von konventioneller Landwirtschaft befreiten Tal kaufte, zeigte Haltung und erhöhte sein postmaterialistisches Distinktionsguthaben.

Sandra hatte Frank weichgeklopft. Er sagte ihr nach diesen anregenden Ausführungen zu, ihr Werbeträger zu werden. Ob das sein Image bei Jugendlichen aufbesserte oder den Klimakollaps hinauszögerte, war ihm egal. Aber als Sandras Werbeträger konnte er noch öfter in ihrer Nähe sein, die wöchentlichen Sporteinheiten waren ihm zu wenig. Er kannte all ihre Basketballtricks und ihre

Geschäftsphilosophie, aber immer noch wusste er nichts Privates. Über ihre Kinder sprach sie nie. Auch unterstützende Internetrecherchen halfen Frank nicht weiter. Soziale Netzwerke nutzte sie als Kommunikationsprofi ausschließlich zur Anpreisung ihrer Firmen und laufenden Projekte. Auf ihren Profilen fanden sich weder Informationen zum Beziehungsstatus noch Fotos von Kindergeburtstagen.

Wenn er mehr von ihr wissen wollte, musste er fragen. Am besten bei einem veganen Dinner im angesagten Innenstadtlokal *Meatless Spartan*, welches ihm Michael als Mekka der Nachhaltigkeitsszene empfohlen hatte. Mit einem Nopales-Salat und Kichererbsen-Tacos musste das gelingen.

»Ich kenne alle deine Basketballtricks und auch deine Leidenschaft für den Wald, aber ich weiß nichts von dir. Du hast nur erwähnt, du bist Mama. Wie geht's denn deinen Kindern und dem Vater so?«

Sandra antwortete distanziert und leidenschaftslos. Wenn sie über Wälder sprach, leuchteten ihre Augen. »Ach, da gibt es nicht viel zu erzählen. Ich habe meinen Ex-Mann Franz mit achtzehn kennengelernt. Franz Kern, du kennst ihn aus den Medien. Er ist ständig in irgendwelche Prozesse verwickelt, er gilt als geistiger Vater und führender Theoretiker der Bewegungslinken und studiert nach wie vor Philosophie. Seit mittlerweile dreißig Semestern. Ewig zu studieren betrachtet er als legitimen Protest gegen das Nützlichkeitsdenken unserer Gesellschaft … Ich habe Franz bei einem Workshop über zivilen Widerstand kennengelernt. Bald darauf sind wir zusammengezogen und drei Jahre später war ich Mutter und verheiratet. Ich habe meine Jugend mit antikapitalistischen Protesten und Kindererziehung verbracht. Meine Kinder sind elf und sieben, und ich habe neben dem Aufbau meines Unternehmens und meiner Vereine nur für die Familie gelebt. Mir hat nie was gefehlt, nur waren meine Zwanziger eben nicht so wild wie in F. Scott Fitzgeralds Romanen. Aber Franz und ich hatten eine schöne Ehe.«

Mit Franz hatte sie demonstriert, Straßen blockiert, sich an Bäume gekettet, Tierfabriken besetzt. Franz hatte sie während einer direkten Aktion wegen der uigurischen Straflager vor der chinesischen Botschaft angesprochen. Bei der Sitzblockade, die der praktische Teil und die Mutprobe des Workshops gewesen war, hatte Franz den chinesischen Botschafter, der die Uiguren als chinesischen Stamm bezeichnete, getortet und einen Vertreter der Boulevardpresse als Stricher eines Unrechtsregimes gemaßregelt. Diese Wildheit hatte Sandra angezogen. Wie Sarah Connor in *Terminator II* hatte Franz sie zur Widerstandskämpferin ausgebildet; Franz lehrte sie alle Formen der Selbstorganisation und Herrschaftslosigkeit. Sie übermalte Plakate, zerschnitt Grenzzäune, lenkte Flüchtlingsboote, organisierte Konsumboykotts, solidarisierte sich mit Papierlosen und streikte mit Erwerbslosen. Sie warfen Steine auf Polizisten, kappten Stromleitungen, begrünten Straßen und waren irgendwann im Bett gelandet. Franz hatte sie vor dem Koitus eine gegenseitige Einverständniserklärung unterschreiben lassen.

Franz, der feministische Bewegungslinke aus einer mittellosen Arbeiterfamilie, und die neunzehnjährige Sandra aus großbürgerlichem Hause waren ein statusinkompatibles Pärchen gewesen, was sich allerdings erst im Ehealltag herausstellte. Franz, Dogmatiker und Idealist, verachtete Geld. Er lebte in freiwilliger Armut, wie er es nannte. Er besaß drei Kleidungsgarnituren, einen Laptop und verzichtete auf Smartphone und Social-Media-Profile. Er hatte Lebensmittelcontainern populär gemacht und verbrauchte nur 200 Euro monatlich. Mit neunzehn hatte Sandra diese Form des radikalen Protests noch romantisiert, bis sie seine Gesellschaftskritik als Grundlage eines Geschäftsmodells erkannte.

Nicht so Franz. Der studierte nach wie vor, war ständig pleite, schnorrte sie an und lebte von ihrem Kindergeld. Sandra hatte ein Leben ohne Geld mit neunzehn als Auszeit aus dem goldenen Käfig ihres Elternhauses verbucht, aber als Mutter von zwei Kindern eine Sehnsucht nach Sicherheit entwickelt. Jeden Tag Nudeln mit Humus oder Fastenspeise des Buddha zu essen, war eintönig und eine 37-Quadratmeter-Wohnung für vier Personen zu klein.

Sandra gründete als Ausweg aus der selbstverschuldeten Armut mit dreiundzwanzig Jahren ihre Spendenfirma, um ihre Familie zu ernähren. Sie monetarisierte das Wissen von Franz. Sie schulte Verkäufer für die Mitgliederwerbung von Greenpeace, Rotem Kreuz und Blindenverein. Bald darauf begann ihr innerbewegungslinker Richtungsstreit. Franz warf ihr vor, Fußtruppen des Kapitals auszubilden. Franz bekämpfte das Kapital als Feind, Sandra nutzte das Kapital als Verbündeten. Ihre Weltbilder erwiesen sich als inkompatibel. Sandra arbeitete gern und dachte nicht in männlichen Feindbildern; sie brauchte Geld für den ökologischen Umbau der Gesellschaft. Sandra hatte den Dachverband Österreichischer Spendenorganisationen gegründet, mit dem Haus der Philantropie eine Kraftkammer und Lobbyingorganisation für Sozialunternehmer etabliert und war stolz auf ihre Arbeit.

Mit dieser Professionalisierung überwand sie die antikapitalistische Selbstzufriedenheit von Franz. Ohne Geld war der Planet nicht zu retten. Der sozial-ökologische Komplex war ein Geschäftsfeld wie jedes andere, nur mit einer höheren Moralrendite als Waffenhandel oder Prostitution. Die Österreicher spendeten gerne für einen guten Zweck, und für ökologisch hergestellte Waren zahlten sie freiwillig höhere Preise. Solche einfachen Wahrheiten akzeptierte Franz nicht. Du kannst dir den Kapitalismus nicht mit Mandelmilch und Hafergetränken schöntrinken, hatte er ihr störrisch vorgehalten. Erst ein Unrechtssystem wie die Marktwirtschaft habe Wasser privatisiert, beckmesserte er. Statt Leitungswasser gratis zu zapfen, degradiere ein krankes System die Menschen zu freiwilligen Flaschenträgern des Kapitals. Franz hatte zum Schluss ihrer Beziehung begonnen, Mineralwasserhersteller zu bekämpfen und war immer mehr ins Verschwörungslager abgedriftet. Ihre Beziehung hatte bis auf zwei gemeinsame Kinder keine tragfähige Grundlage mehr. Sandra brauchte allerdings noch einige Jahre, um ihn und die Kinder endgültig zu verlassen.

Der Scheidungsvertrag war klar formuliert und die Trennung folgte einvernehmlich: Sie überwies Franz 3500 Euro monatlich Unterhalt für ihn und die zwei Kinder, die sie nur einmal im Monat sah. Als Feminist blühte Franz in seiner Rolle als alleinerziehender Vater auf und die Zahlungen ersparten ihm weiterhin Erwerbsarbeit. Aktuell schrieb er an einem Manifest über direkte Aktionen für Burkaträgerinnen.

Nach der Trennung expandierte Sandra. Sie war jetzt dreißig und hatte vor dem charismatischen Franz nur einen Jugendfreund gehabt. Sie war es gewohnt, begehrt zu sein, hatte aber nie das Bedürfnis verspürt, sich nach ihrer Ehe auszutoben. Sie stammte aus einer angesehenen Rechtsanwaltsdynastie. Ihre Kindheit hatte sie auf 300 Quadratmeter mit großem Wintergarten verbracht und dort hatte sie mit siebzehn Jahren auch ihre Unschuld verloren. Sie war mit ihrem ersten Freund zusammengeblieben, bis Franz auftauchte. Sein intellektuelles Charisma hatte sie angezogen. Er zitierte regelmäßig aus den Werken von Karl Marx und Robert Kurz und war Anhänger der Krisentheorie. Als Teenager hatte Franz' spätpubertärer Antikapitalismus sie angezogen.

Sandra verfolgte ihre Ziele gleich konsequent wie Frank, nur war sie mit dem natürlichen Selbstbewusstsein des Großbürgers ausgestattet. Frank hingegen plagte die Nervosität des Aufsteigers. Er besaß nur zwei kleine Eigentumswohnungen, war Inhaber von zwei

GmbHs und hatte 100.000 Euro auf dem Wertpapierkonto. Zur finanziellen Unabhängigkeit fehlte ihm viel. Sandras Familie gehörten Zinshäuser mit vierzig Mietwohnungen und zwei Geschäftszeilen in der Innenstadt.

Sandra plagte auch kein schlechtes Gewissen, weil ihre Kinder bei Franz lebten. Die beiden hatten sich aufgrund ihrer ökonomischen Differenzen nie gestritten. Franz war zu genügsam. Der Mann war glücklich, wenn er Bücher las und hatte keine Ansprüche. Seine zur Schau gestellte Genügsamkeit war so elitär. Franz kochte für die Kinder, Franz fuhr die Kinder mit der Straßenbahn in die Schule, Franz organisierte den Haushalt, Franz gab gratis Deutschkurse für Flüchtlinge, Franz unterrichtete zum Selbstkostenpreis Arbeitskreise für praktischen Widerstand. Mit den Unterhaltszahlungen seiner Frau kam er gut zurecht. Sandra alimentierte ihn großzügig und fand das nicht bevormundend. Franz verbrachte gerne Zeit mit ihren Kindern. Sie hingegen hasste Legospielen, verachtete UNO und Erziehungsarbeit. Ihr fehlte das Frauen gerne als naturgegeben angedichtete Muttergen. Sie war Mutter, fühlte sich aber nicht schuldig, weil ihre Kinder bei Franz lebten. Hunderttausende Kinder lebten bei Alleinerziehenden, egal ob bei Müttern oder Vätern. Ihre Kinder hatten sich freiwillig für Franz entschieden, und sie genoss ihre Wochenenden ohne Kinderlachen und nervige Fragen. Sie sah ihre Kinder nur wenig und war erleichtert, wenn die Besuchszeit vorbei war. Sie schenkte den Jungs Comics, Videospiele und nachhaltig produzierte Kleidung, erkundigte sich nach Freunden und Erfolgen in der Schule, aber die Gemütslage ihrer Söhne blieb ihr fremd. Sie war kein Mitglied der Mutterschaftsbereuerinnenbewegung; sie hegte nur wenig Muttergefühle, was nach wie vor mit einem gesellschaftlichen Tabu behaftet war. Nur bei der Ausbildung duldete sie keine Kompromisse: Ihre Kinder Samuel und Moritz besuchten entgegen dem erbitterten

Widerstand von Franz wie alle Besserverdienerkinder die englische Ganztagsschule. Der Narr hatte sie in eine Restschule mit Deutsch als Regelsprache sperren wollen. So blieb sein ganzer Stolz, 99 Prozent der Erziehungsarbeit zu erledigen. Bei Geburtstagen gab es veganes Eis für Samuel und Moritz, sie gingen nie ins Kino, weil Franz Hollywood als Teil der Kulturindustrie boykottierte, aber sie besuchten Ausstellungen. Wenn die Jungs ins Freie wollten, besuchten sie eines der Täler, die Sandra aufzukaufen beabsichtigte. Sandra hatte eine Landkarte mit Flächen markiert, die sie als Objekte für ihre autarken *Artemis*-Ländereien ins Auge gefasst hatte. Dreißig Stecknadeln umfasste die Karte und sie hatte mit ihren Kindern erst vier besucht. Bis zur Volljährigkeit konnten sie noch einige lohnende Ausflugsziele abarbeiten. So gerne sie Wälder ausspähte, so sehr hasste sie Familiensonntage. Kinder wollten permanent unterhalten, bespaßt und bespielt werden; Parks, Spielplätze, Zoobesuche, Treffen mit Freunden, all diese Tätigkeiten sah Sandra als Zeitdiebe. Sie mied Kindergeburtstage und Spielplätze, und diese kleinen Marotten fand Frank charmant. Endlich erzählte sie aus ihrem Leben. Sie war kein Muttertier und definierte sich mehr über ihre Rolle als Geschäftsfrau. Projekte wurden ihr angetragen, sie wurde eingeladen, angerufen, umschwärmt und um Rat gefragt. Männer winselten um ihre Privatnummer und ihre Privatmailadresse. Sandra entwickelte ihr Selbstbewusstsein aber eben nicht über die Anzahl der Männer, die ihr nachliefen. Was ihr fehlte, war ein Liebhaber auf Augenhöhe. Seit ihrer Scheidung hatte sie keinen Mann mehr getroffen, mit dem sie sich gepaart hatte. Dieses unfreiwillige Zölibat war ihr peinlich. Diesen Fakt verschwieg sie Frank, denn auch Sandra war verunsichert: Frank hatte sie bislang nie offensichtlich angemacht.

Möglicherweise war er gehemmt, weil sie hübsch war. Oft zögerten Männer aufgrund ihrer Schönheit, sie anzusprechen. Diese spontane Erkenntnis kam Sandra beim dritten Cocktail. Nach jedem Training gingen sie etwas trinken und Frank trank ausschließlich Wasser oder ungezuckerten Tee, während sie Leichtbier oder Cocktails schlürfte. Diese Zurückhaltung konnte nur drei mögliche Ursachen haben: ein Suchtproblem, eine übersteigerte Gesundheitsphase oder die Angst, vom Alkohol fett zu werden. Frank war hübsch anzusehen mit seinen lockigen Stirnfransen und seinen Pausbacken, aber er neigte zu Doppelkinn und Bauch. Eitel, wie moderne Männer waren, verzichtete er seiner Figur zuliebe auf Alkohol.

Sandra wollte ihn mit Hochprozentigem enthemmen. Beim nächsten Training schenkte sie ihm ein Paar Merino-Wollschuhe, nachhaltig und klimaneutral produziert. Frank probierte die Schuhe, warf die alten in die Mülltonne und wollte nie mehr etwas anderes tragen. Die Umwelt zu schützen fühlte sich gut an. Hautreizungen, Jucken und das unangenehme Schwitzen verschwanden. Nach dem Training aßen sie nepalesisch und Sandra bestellte eine Flasche Rotwein. Sie schenkte auch Frank ein Glas ein, doch der nippte nur am stillen Wasser. Sie aßen Dal Bhat und Gemüsecurry mit scharfer Sauce und keiner traute sich initiativ zu werden. Sandra war zu makellos, zu schön, zu zart. Diese Kostbarkeit verdiente Geduld. Seine Zurückhaltung interpretierte Sandra als Desinteresse. Er wollte sie möglichst lange ansehen. Ihre weiße Haut und ihre leicht gelockten, halblangen Haare bildeten mit dem Dekolletee ein magisches Dreieck. Sie war keine Frau, die nur durch Training, Verzicht, Schönheitsoperationen und Kosmetik ein makelloses Antlitz zusammenbrachte. Verschwitzt nach dem Sport gefiel sie ihm am besten.

Sandra hatte ihre Reproduktionspflichten bereits abgearbeitet, Frank noch nie über Kinder nachgedacht. Stammhalter für seine Firmen suchte er keinen, er dachte nicht in Generationen. Auch die gängigen Beziehungsmodelle hatten ihn nie gelockt. Warum machte dieser Mann einen auf bester Freund? Vielleicht war er doch homosexuell oder er hatte ein ungelöstes Mama-Problem? Redselig vom vierten Glas Wein teilte Sandra ihm ihre Gedanken mit.

»Laut *Cosmopolitan* bist du Junggeselle des Jahres, hast du echt keine Freundin?«

»Freundin? Was meinst du damit? Zusammenwohnen, gemeinsam in den Urlaub fahren, miteinander kochen? So etwas ist mir zu mühsam. Ich orientiere mich lieber an den Homosexuellen. Gelegenheitssex auf *Tinder* reicht mir vollkommen. Die Schwulen trennen seit jeher Sex und Beziehung, und das find ich ganz vernünftig.«

Hieß das, er wollte mit Sandra schlafen, aber rein unverbindlich, und er wollte keine Beziehung mit ihr? Das direkt anzusprechen, war zu heikel. Also wechselte sie das Thema.

»Sag mal, warum trinkst du nie Alkohol. Bist du suchtkrank?«

»Nein, wie kommst du denn darauf, ich hatte nur vor Kurzem eine Gesichtslähmung, weil ich so viel arbeite, und mein Arzt hat mir empfohlen, ein Jahr nichts zu trinken. Außerdem habe ich eine Entzündung und nehme gerade Antibiotika. Da darf man sowieso nichts trinken.«

»Sagt wer?«

»Steht doch auf jeder Packung groß drauf.«

»Und du liest alles, was auf Beipackzetteln steht? Im Gegenteil, Trinken und Antibiotika sind eine perfekte Kombination.«

Sandra schenkte ihm ein Glas Rotwein ein. Frank fühlte sich herausgefordert. Er trank sein Glas in einem Zug aus, er trank ein zweites, er trank ein drittes. Er fühlte sich befreit. »Sandra, magst du mit mir heimfahren? Ich habe aber keine Einverständniserklärung dabei.«

»Endlich fragst du. Gerne, aber wir fahren lieber zu mir.«

Vielleicht hatte er doch die Idee einer festen Beziehung zu früh abgeschrieben, dachte Frank beim Aufwachen. Viele Unternehmer heirateten erst, wenn ihre Firmen erfolgreich waren. Sie zeugten Nachwuchs, um ihr Reich weiterzuvererben. Er stellte sich vor, wie eine Mischung aus Sandra und ihm aussehen könnte. Beim gemeinsamen Frühstückskaffee erwischte Sandra ihn am falschen Fuß.

»Hast du Mama-Probleme oder ein komisches Frauenbild? Mag sein, dass ich bis gestern nie von meiner Familie gesprochen habe, aber du redest auch nie von deiner. Du bist ziemlich verschlossen.«

»Da gibt es nichts zu erzählen. Meine Mutter hat mich allein großgezogen, sie ist Verkäuferin und hat mich nach dem Grundsatz ›Geschäft geht vor‹ erzogen. Sie hat immer gearbeitet und kann Zuneigung nur mit Geld ausdrücken. Sie war fünfmal die erfolgreichste Verkäuferin des Jahres. Und das in verschiedenen Branchen. Lies dir mal ihren Wikipedia-Eintrag durch, den habe ich für sie geschrieben. Wir sehen uns nur selten, weil sie mich nervt. Sie wirft mir vor, nichts aus meinen Talenten zu machen, obwohl ich ganz andere Voraussetzungen hatte als sie. Sie war schwanger mit mir, als sie einundzwanzig war. Wegen mir hat sie nie studiert, und mein Vater hat uns verlassen und nie was gezahlt.«

Das klang gefährlich. Vaterlos aufgewachsen und um die Liebe einer unzufriedenen Mutter buhlend. War Frank aufgrund einer komplizierten Mutterbeziehung ein auf das Geschäftsleben fixierter Mann? Aber selbst wenn Frank beziehungsunfähig war, Sandra hatte ihre Familienplanung abgeschlossen.

5

MONOKULTUREN GAB ES in der Natur nicht. Bei diesem Gedanken lachte Frank laut. Langsam begann er zu denken wie Sandra und verwendete ihm bis vor Kurzem unbekannte Wörter. Er eignete sich nach und nach ihren Soziolekt an. Bei seinem letzten Verkaufsgespräch hatte er auf die Energieeffizienz seiner technologischen Infrastruktur hingewiesen. Wenn er Ausdrücke von Sandra übernahm, waren das ernste Indizien für eine feste Beziehung. Diese Erkenntnis ängstigte ihn nicht, denn auch als Pärchen änderten sie nicht ihre Besuchsfrequenz. Bei ihren prallvollen Terminkalendern erforderte es schon viel Geschick, ihre wöchentlichen Basketballspiele einzuhalten.

Das Geschäft geht vor, sagte Sandra und war nie verärgert, wenn Frank oder sie ein Treffen absagten oder verschoben. Sie führten eine Beziehung, ohne sich viel zu sehen. Ihr Vorbild für ein geglücktes Familienmodell war Familie Jelinek. Die Schriftstellerin war seit 1974 mit ihrem Mann Gottfried verheiratet gewesen, und dennoch hatte das Paar in verschiedenen Städten und getrennten Wohnungen gelebt. So taktvoll organisierten auch Frank und Sandra ihre Liebschaft. Ihre Unternehmen befanden sich in einer kritischen Wachstumsphase.

Sandra lebte anders, als Frank es sich vorgestellt hatte. Ihre Wohnung entsprach nicht den Stilvorgaben von Frauenzeitschriften. Alle Räume waren klinisch weiß und nur dank Reinigungspersonal sauber. Aufgrund der Raumhöhe und der wenigen Möbel hallte es. Bis auf einen Riesenbildschirm, wo sie Sportübertragungen der NBA schaute, und ein Sofa stand ihr Wohnzimmer leer. Keine Bilder, keine Dekorationen, keine Kunstdrucke, keine Pflanzen, keine Erinnerungsstücke, keine Sammlungen. Alles war reduziert, aufgeräumt, mit viel Weiß und einem Echtholztisch in der Küche. Die wenigen Möbel waren keinem Stil zuordenbar, fielen in die Kategorie »teuer, aber lieblos«, sie waren funktional und klimaneutral produziert, strahlten aber keine Behaglichkeit aus. Nirgendwo fanden sich Hinweise auf persönliche Leidenschaften. Sandra hatte keine Fotos von ihren Kindern oder ihren Eltern aufgehängt; sie verdunkelte ihre Wohnung auch tagsüber, was ihr wie jener von Frank einen Höhlencharakter verlieh. Nur zwei riesige vier Meter lange Kleiderschränke, vollgestopft mit Vom-Ursprung-zum-Ursprung-Kleidung, und eine tierlederfreie Schuhsammlung kontrastierten diese asketische Anmutung. Selbst die Wandfarben rochen noch frisch.

Am von Franz vertretenen Minimalismus hatte sie nach ihrer Scheidung zweifellos festgehalten, oder sie hatte in den Jahren nach ihrer Trennung keine Zeit gefunden, sich wohnlich einzurichten. Frei hängende Glühbirnen ohne Lampenschirme und ein Klo mit tropfendem Wasserhahn unterstrichen den vorläufigen Charakter. Nur die Raumhöhe von 4,80 Meter sorgte für eine gewisse Leichtigkeit. Ansonsten war die Einrichtung hyperfunktional. Das, was an Möbeln vorhanden war, wie Küche, Sofa, Bett und Schränke, war farblich nicht abgestimmt. Die Gegensprechanlage war kaputt, zwei der vier Herdplatten ebenfalls, sowie die Lampe im Kühlschrank. Die Privatperson Sandra performte anders als die Geschäftsfrau. Sie trug Jogginghosen, weite, ausladende Oberteile und glotzte entweder Kabel-TV oder streamte Serien in Dauerschleife. Sie war augenscheinlich niemand, der zur Schöner-Wohnen-Fraktion gehörte oder sich seine Freizeit mit als weiblich konnotierten Beschäftigungen wie Stricken, Kochen oder Inneneinrichtung vertrieb. Auf dem Sofa liegend musste sie nicht den Gepflogenheiten der neuen Dienstleistungsfreundlichkeit einer sozial engagierten Geschäftsfrau entsprechen. Privat blieb sie einsilbig. Zuhause im verdunkelten Zimmer sich von der amerikanischen Unterhaltungsindustrie berieseln zu lassen, bot ihr eine Abwechslung nach Sechzehn-Stunden-Arbeitstagen.

Im Pyjama rumlümmeln, Berieselung mit drittklassiger Ware von Kabelanbietern mit möglichst vielen Werbeunterbrechungen erdeten die beiden Vielarbeiter und entsprachen ihrer Idealvorstellung eines gelungenen Feierabends. »Für die nächsten Wochen planen wir überhaupt nichts. Wir können uns sämtliche Staffeln von *Melrose Place* anschauen. Das ist meine absolute Lieblingsserie.« Sandra strahlte.

Frank war überrascht. »Du magst diese Retro-Yuppie-Serien aus den Neunzigern? Identifizierst du dich etwa mit Amanda Woodward aka Heather Locklear, Alison Parker aka Courtney Thorne-Smith oder mit der Fotografin Jo Reynold aka Daphne Zuniga?«

»Ich glaub, ich bin eine Mischung aus den dreien. Ehrgeizig, undurchschaubar, voller Abgründe …« Sandra kicherte. »Nein, im Ernst. Bei diesen alten Serien muss man im Unterschied zu den neuen nicht mitdenken. Der Zuseher muss nicht aufpassen. Ich mag die Sonne, die Intrigen und die Locations. Die Neunzigerjahre waren ein unschuldiges Jahrzehnt. Ich durfte mit acht Jahren natürlich nicht *Melrose Place* schauen und war aber dann Fan als Teenager, als die Serie auf RTL 2 lief.«

Frank nickte. Partys, Städtereisen, Kino, Freunde treffen, sogenannte Pärchenaktivitäten verachtete Sandra. Ihre einzige Aktivität außerhalb ihrer Wohnung blieb das Basketballspielen. Seit sie offiziell zusammen waren, hatte Sandra auch das gemeinsame Essengehen ersatzlos gestrichen. Sandra war eine asoziale Einzelgängerin, wenn sie sich von ihren Geschäften erholte. Sie hörte kein Radio und hatte keine Musiksammlung.

An ihrem gemeinsamen Abend verbunkerten sie sich und Sandra kokste gelegentlich. Frank war überrascht, als sie bei Episode 4 der zweiten Staffel von *Melrose Place* ihre Koksutensilien am Küchentisch auspackte und ihm eine Straße anbot. Er fühlte sich überrumpelt und konnte sich nicht mehr auf die Folge konzentrieren. Amanda war wie immer mit einer Werbekampagne beschäftigt, stiftete Unruhe und sah dabei scharf aus und wie eine ältere Schwester von Sandra. Aber in der Serie soffen die Darsteller nur und niemand kokste. Warum zog Sandra beim Fernschauen? Koks war für Sandra ein hundertprozentig natürlicher und nachwachsender Rohstoff und beruhigte sie, erklärte sie Frank. Aber Koks war doch nicht nachhaltig und wurde von der organisierten Kriminalität unter Ausbeutung indigener Bauern angebaut? Frank verzichtete auf dumme Fragen und lehnte die Einladung ab, was ihm ein leicht abfälliges Augenrollen einbrachte. Er vermied Ermahnungen sittlicher Natur und Sandra sah keinen Erklärungsbedarf für ihr Verhalten. Sie zog ohne Hast die für Frank bestimmte Line mit und dann schauten sie noch die Folgen »Fahrt ins Verderben« und »Beziehungskrisen«. Nach diesem peinlichen Zwischenfall vermieden sie das potenziell gefährliche Thema Drogenkonsum. Sandra kokste fortan lieber allein. Freundinnen auf ihren Konsum toxischer Substanzen anzusprechen, verbot sich im Zeitalter der Gleichberechtigung und war bevormundend. Als Erklärbär brauchte er Sandra nicht zu kommen. Entspannungsdrogenkonsum war gesellschaftlich akzeptiert.

Nicht nur in ihrer Vorliebe für Kokain war Sandra ungewöhnlich. Sandra kochte nie, weder für sich noch für Gäste oder ihren Freund, und in ihrer Küche stapelten sich hunderte Prospekte von Essenslieferanten. Vegane Zulieferer, vegetarische Zulieferer, indische Zulieferer und vietnamesische, thailändische, japanische, chinesische, koreanische und taiwanesische Asiaten gehörten zu ihren Favoriten. Zweimal wöchentlich putzte ein Pole, der auch kleinere Erledigungen machte und für die ganze Woche portioniert vorkochte. Für subalterne Tätigkeiten engagierte sie lieber einen Mann.

Sandra hatte wie Frank keine Zeit für die Veredelung ihres Eigenheims. Früh aufstehen, spät heimkommen, dem Beruf alles unterordnen, Freizeit als Lüge verachten; Sandra verzichtete bis auf komatösen Fernsehkonsum auf Zeiträuber.

Für ihren ersten gemeinsamen Auftritt in der Öffentlichkeit war es noch zu früh. Da Sandra Veranstaltungen hasste, die sie nicht beruflich verwerten konnte, trafen sie sich ausschließlich bei ihr. Diese Beziehungsform war für die gängigen Ideale von Frauenzeitschriften fragwürdig, aber für Sandra und Frank funktionierte es. Wenn sie zu zweit waren, legten sie ihre lockende Sprache ab und durften schweigsame Couchlurche sein. Fernsehen befreite vom Denken und vom Reden. Sandra liebte *Melrose Place* und Frank mochte Heather und Daphne. Stundenlang ließen sie sich berieseln. Pausen nutzten sie für den Austausch von Zärtlichkeiten oder geschäftliche Unterredungen. Sandra wollte Franks Datenbank-Knowhow für *Ashoka* anzapfen, Frank vermittelte ihr einen Termin bei Bernhard, weil dieser ihre Bedürfnisse besser einschätzen konnte. Er versprach ihr einen Preisnachlass, weil er seine Probono-Engagements ausbauen wollte.

Sandras Höhle war ein Ort der Entschleunigung. Bei gemeinsamen Frühstücken tranken sie Espresso aus der Bialetti, denn beide praktizierten Intervallfasten. Sandra langweilte Haushaltsarbeit, Frank liebäugelte mit Weltraumflüssignahrung; Essen war wie Beziehungen ein Zeitdieb. Offiziell lebte Sandra vegan, aber heimlich aß sie Sushi und Lamm; nur Schweinefleisch und Wurst waren tabu. Sandra fermentierte nicht, buk kein Brot und weigerte sich beim allgegenwärtigen Selber-frisch-kochen-Megatrend mitzumachen.

Bei den Frühstücksespressi briefte sie Frank regelmäßig über aktuelle Entwicklungen. Seit der Gründung von Greenpeace und Rotary hatte sich das NGO-Business professionalisiert. Frank lernte viel bei der Durchsicht der Branchenanalysen, die Sandra ihm vorlegte. Gefühlt jeden dritten Euro erwirtschafteten mittlerweile Gemeinnützige, Vereine oder sonstige Sozialunternehmer. Die aktivistische Aufladung des Geldverdienens mit sozialer Rendite war ein Milliardenmarkt, Sandra suchte permanent nach noch unerschlossenen Geschäftsfeldern.

»Einen Tag der Gebirgsseen gibt es noch nicht. Wir könnten See-Patenschaften anbieten, weil sich niemand um die Rechte von Gebirgsseen kümmert.« Frank war nicht überzeugt. Sandra verfeinerte ihren Gedankengang: »Wenn ich was von Franz gelernt habe, dann dass sich die Bedürfnispyramide seit den neuen sozialen Bewegungen grundlegend geändert hat. Bei Herbert Marcuse kannst du nachlesen, wie die Black Panther von einer Idee zum millionenschweren Konzern anwuchsen. Aktivisten verdienen mehr als ausschließlich an Rendite denkende Unternehmer. Ethnische Ökonomien sind eine Gelddruckmaschine. Auch der Feminismus und die Queerbewegung sind Industriezweige mit zweistelligen Wachstumsraten, wie Angela Davis nachgewiesen hat.«

Neben der Technologie war die Sozialwirtschaft der am schnellsten wachsende Wirtschaftszweig in den westlichen Industrienationen. Soziale Aktivisten genossen zudem ein hohes Ansehen bei der Bevölkerung, während die Techunternehmer des Silicon Valley in der Öffentlichkeit als skrupellose Ausbeuter und Steueroptimierer galten.

»Deswegen funktioniert meine Rednervermittlungsagentur so gut. Die Medien und die Bevölkerung gieren nach positiven Identifikationsfiguren. Teenager als Umweltkämpferinnen, Senioren gegen den Klimawandel, Witwen gegen Walfang, Nachhaltigkeitspreise für Waffenhändler, Atomstromproduzenten, Chemiefabriken und Glücksspielkonzerne, die Nachfrage nach ethischem Konsum explodiert gerade. Franz hatte schon recht: Der Kapitalismus weckt Begehren und Bedürfnisse, die es ohne ihn nicht gäbe. Klar wäre die Menschheit ohne Smartphones weniger gestresst, aber wenn wir schon ständig erreichbar sein müssen, sollten die Dinger wenigstens fair produziert werden. Den Fortschritt grün anmalen ist die letzte Evolutionsstufe des Kapitalismus. Bis diese schlichte Wahrheit alle Konsumenten verinnerlicht haben, werden wir noch viele Rechnungen schreiben …«

Sandras Weltanschauung verkörperte die Zukunft; das große Geld lag in einer grünen Wirtschaft. Eine ökologische Freiwilligenbewegung, gesponsert von Konzernen, Banken, Rückversicherern und dem Weltwirtschaftsgipfel in Davos. Sandras ökologische Interventionen ergänzten Franks Portfolio nachgerade ideal. Neben der Schule, der Beratung und den Datenbanken konnte er ihre Expertise ideal für Synergien nutzen; so bekam ihr Techtelmechtel einen wirtschaftlichen Mehrwert. Mit vierzig Jahren hatte er seine Premium-Frau gefunden. Ihr Zynismus amüsierte ihn, sie produzierte laufend brillante Ideen, sie roch teuer und frisch und dachte an ihre Mitmenschen und die Rettung der Welt. Sollte er ihr gleich einen Heiratsantrag machen? Oder sollte er ihr als Liebeserklärung zuerst lieber ein Originaltrikot ihres Lieblingsspielers Scotty Pippen besorgen?

Sie konnten für immer zusammenbleiben und dennoch getrennt wohnen, wie es neben Familie Jelinek auch das Schriftstellerpärchen Friederike Mayröcker und Ernst Jandl vorgelebt hatte. Beide wollten nichts überstürzen. Frauen waren für Frank ein zwiespältiges Thema. Im schlimmsten Fall waren sie wie seine Mutter: fordernd und nie zufrieden. Seine Mama tadelte ihn noch immer: Sie hatte ihn als Alleinerziehende durchgefüttert, er hatte sie um ihre Jugend betrogen, sein nutzloser Vater hatte keine Alimente bezahlt und dennoch hatte es ihm nie an etwas gefehlt. Sie hatte Klinken geputzt und keine Angst vorm Endkunden. Sie hatte Mobiltelefone, Tee und Gebrauchtwagen verkauft. In drei verschiedenen Branchen war sie landesweit erfolgreichste Verkäuferin gewesen. Schon als Vierjährigen hatte sie Frank an die Werbung verkauft. Er hatte als Gesicht der Kindermilchschokoladepackungen das kollektive Gedächtnis seiner Generation geprägt. Seine Mama verkaufte alles, inklusive ihn. Frank hatte ihr nachgeeifert, doch immer war es zu wenig gewesen. Wenn er seinen Umsatz verdoppelte, verlangte sie das Dreifache. Akquirierte er vier Kunden, forderte sie zehn. Sandra hingegen kritisierte ihn nie. Sie lobte ihn für seine Kampagnen, sein Buch und seine Verkaufsschule. Sie wollte dort selbst unterrichten. Er erweiterte seinen Lehrplan gleich um das Modul Gemeinwohlökonomie.

Sandra war ehrgeizig wie seine Mutter, aber zufrieden mit ihm und nannte ihn zärtlich »Führer des Führers«. Sie verweigerte das Renditedenken der Nachkriegswirtschaft, dem seine Mutter verhaftet blieb. Seine Mutter liebte Geld, Sandra die Natur. Bäume betete sie an. Auf Instagram postete sie für 150.000 Follower gefährdete Bäume, Wälder, Fische, Seen. Frank war selbstbewusste Frauen gewohnt, aber die meisten waren überehrgeizige und provinzielle Kleinbürgerinnen mit kaum Auslandserfahrung und Selbstzweifeln. Sandra hingegen war selbstsicher und verfolgte eine Mission. Mit seinem kleinen Sprachfehler, dem maßgeschneiderten Hemd, dem Stecktuch und den Manschettenknöpfen wirkte er in ihrer Gegenwart wie ein neureicher Blender. Frank fühlt sich unterlegen. Seine Mutter hatte ihm seine Ausbildung finanziert, aber sie würde ihm nichts vererben außer dem schlechten Gewissen, zu wenig erfolgreich zu sein.

Sandra wollte keinen Beschützer, sie suchte eine Möglichkeit, ihre Einflusssphäre auszuweiten. Sandra blieb autonom, obwohl sie ihn in ihre Familie einführte. Diese behandelte ihn freundlich, aber erstaunlich unverbindlich. Sandra baute ihre Unternehmungen auf Glauben und nicht auf betriebswirtschaftlichen Kennzahlen auf. Strategisch wie sie vorging, hatte sie Frank nicht nur wegen seiner hübschen Locken ausgewählt. Sie hatte ihn als einen der fünf Knotenpunkte für Erfolg im kommenden Jahrzehnt identifiziert.

Ihr Ideenreichtum nötigte Frank Respekt ab. Sie verkaufte Waldanteile an Spender und besaß mittlerweile 4392 Hektar. Und sie entwarf laufend neue Formate. Wald-Oscars für die Bundesforste, ein Gütesiegel für Baumschnitte, sogar bei der Initiative Grüne Atomenergie mischte sie mit. Bei der geplanten Gaston-Glock-Jagd – wo sie die auf dreißig Teilnehmer limitierten Plätze um 50.000 Euro verkauft hatte – wollte sie sich gemeinsam mit Frank zeigen. Beim gemeinsamen Frühstücksespresso überreichte sie ihm die Einladung.

Danach verließ sie ihre Wohnung und Frank genoss die Stille. Die Wohnung war einmalig ruhig. Wie ein Museum kurz vor der Sperrstunde. Keine elektronischen Geräusche, kein Kinderkreischen, keine Nachbarn, kein Straßenlärm. Die Fenster waren dreifachverglast und alle Räume mit Geräuschdämpfern ausgestattet. Die schwere Sicherheitseingangstür eliminierte potenzielle Lärmquellen von Nachbarn. Ohropax, wie Frank sie in seiner Firma verwendete, brauchte er hier nicht. In dieser Ruheoase konnte er seinen Arbeitstag beginnen. Aber Frank dachte nicht ans Geschäft. Ob sich hier nicht doch etwas finden ließe, was sie ihm vorenthielt? Er durchsuchte ihre Wohnung Raum für Raum. Im Arbeitszimmer blieb er hängen. Er fand nichts Privates, dafür Schätze ihres Berufslebens. In Schreibtischschubladen, in Ablagekisten, in der Bibliothek und bei den Drucksorten lagen angefangene und abgeschlossene Projekte, theoretische Abhandlungen, Skizzen, Statistiken,

Reden, Manifeste, Argumentationsrichtlinien, Verhaltenskodizes und Briefings. Scheinbar ohne Pausen verfasste Sandra Schriftstücke. Notizen, Post-its, lose Blätter, interne Studien! Tausende Schriftsätze ergaben ihr Weltbild. Fasziniert studierte Frank ihre Handschrift: schnörkellos, sauber, mit leichtem Rechtsdrall, nie hingeschmiert, selbst wenn es flüchtige Gedanken waren. Frank las Schriftsatz um Schriftsatz, um sich grob zu orientieren.

In diesen Schriften legitimierte Sandra den Kauf als politischen Akt und pries die Macht des Konsumenten. Neben Konzepten wie Kreislaufwirtschaft fand er ein Gutachten für die Vom-Kopf-bis-Schwanz-Bewegung, einen Anwenderbericht zur abfallfreien Wirtschaft, Berechnungsmodelle für den ökologischen Fußabdruck, die ökologische Hand, den ökologischen Kopf und andere Parameter, die ethischen Konsum rechtfertigten. Der Grundgedanke war stets derselbe – Konsum war gut, wenn er ethisch war. Dachte man Sandras Gedankenwelt zu Ende, gab es nur einen Sündenfall: Nichtkonsumieren. Aktivismus und Mitmachen waren bei Sandra Bürgerpflichten. Gleichgültig, ob man Schafe züchtete, Gemüsekisten zusammenstellte oder Tomaten mit Erdwasser düngte, alles trug zur Verwirklichung einer totalen Ökologie bei. Sandra arbeitete am grünen Gesellschaftsvertrag, der von der CO_2-freien Geburt bis zur klimaneutralen Beerdigung alles abdeckte.

Ihr Glaubensbekenntnis hatte Sandra im Manifest »Prologema der grünen Kehre« niedergeschrieben:

»Das Wort Revolution ruft bei vielen Bürgern nach wie vor berechtigte Ängste hervor, weshalb wir das Wort *Kehre* wählen. Die *Grüne Kehre* beschreibt die Abkehr von der Apokalypse und entwirft eine heilende Marktwirtschaft. Die Natur ist nach den gescheiterten Monotheismen unsere letzte verbleibende Religion. Wer den Planeten retten will, braucht die herrschenden Eliten. Unsere Bewegung sieht sich als Bindeglied zwischen Hochfinanz und sozial Bewegten. Unsere planetarischen Visionen werden mit Geldern der Rand Foundation, der Bertelsmann-Stiftung und verschiedenen arabischen Fonds unterstützt. Menschenfreunde wie die schwedische Immobilienfirma Vasakronan, Credit Agricole, Tesla Energy und Glock-Automatikwaffen unterstützen uns. Weltweit investieren wir in grüne Anleihen, kaufen Wälder und gründen Siedlerkolonien. Schauspielerinnen und Adelige machen unsere Bewegung glaubwürdig und mit Pensions- und Versicherungsanlagen finanzieren wir die Kehre generationenübergreifend. Laufend gewinnen wir hochqualifizierte Grundlagenforscher, Investoren und Kreditgeber, Politiker und Banker für unsere Bewegung. Eine geplante Steuer auf das Atmen sichert nachhaltig unsere Liquidität. Es gibt kein Geschäft ohne Ökologie. Nachhaltigkeit, Identität und Soziales bilden die Grundlage alles Wirtschaftens. Die wahnhafte Globalisierung und die systematische Verelendung Afrikas, Asiens, Lateinamerikas und mittlerweile auch der industrialisierten Welt passierten, weil die Menschen auf Mutter Natur vergaßen.

Wir kämpfen für die radikale Neuschaffung der Weltwirtschaft. Wir versorgen Medienkartelle, Unternehmen und Endkonsumenten mit wohldosierten Schreckensvisionen und hoffnungsspendenden Leuchtturmprojekten, um die Bürger nicht mit Gleichgültigkeit zu vergiften. Woran Wissenschaft, Gott, Marx und alle Weltreiche scheiterten, wird der Grünen Kehre gelingen. Alle Hauptakteure der Grünen Wirtschaft verfolgen keine Eigeninteressen. Sie kämpfen für gesunde Wälder, freie Menschen, fairen Handel, Chancengleichheit, Solidarität und eine transparente, auf Gleichberechtigung basierende Ökonomie. Wir garantieren Vollbeschäftigung, das Ende des Artensterbens, den Stopp der Klimaemissionen und ein weltweites Mindesteinkommen von tausend Euro pro Kopf. Den Preis für die Benzinsteuer, verdeckte Kompensationen, Emissionsablässe, Reduktionsvergütungen und sonstige Gemeinwohl-Zombie-Konstruktionen übernehmen ab sofort freiwillig die bislang steuerminimierenden transnationalen Konzerne.«

Begeistert las Frank ihr Manifest. Sandra streckte ihre Fühler überall aus; neben Gaston Glock arbeitete sie auch mit dem Rothschild-Schatzmeister der City of London zusammen. Sandra hatte den Briten einen Verhaltenskodex aufgeschwatzt, wo sie als Leitziele die Überwindung des permanenten Kriegszustands, das Ende des zügellosen Handels und die Einführung von Höchststeuersätzen für transnationale Konzerne festschrieb. Ihre ökologischen Bekenntnisse klangen gottgefällig wie die Ordensregeln des heiligen Benedikt. Frank bewunderte ihre Selbstlosigkeit. Soweit er ihr Wollen verstand, pflegte Sandra keine Vorurteile gegenüber Geld, wie er es sonst von Vertretern des ökologisch-sozialindustriellen Komplexes gewohnt war.

6

DATEN, DATEN, DATEN. Nur Daten eliminierten jede Intuition. Alle Informationen lückenlos aufzeichnen und dokumentieren und jeden Datensatz in Echtzeit auswerten. Das menschliche Leben berechenbar und maschinenlesbar machen, auch Gefühle und Stimmungen empirisch messen. All das und einen zu hundert Prozent transparenten Wähler versprach Alpha Growth. Geheimnisse und Unbekanntes gehörten der Vergangenheit an. Mithilfe von Metadaten den Wähler besser als er sich selbst zu verstehen, war das Produkt, mit dem Frank Wahlkämpfe modernisiert und auf evidenzbasierte Entscheidungsgrundlagen gestellt hatte.

Frank lebte gut davon, künftige Wahlergebnisse vorauszusagen. Nur besaß sein Geschäftsmodell leider keinerlei technische Grundlagen! Diese Erkenntnis traf ihn unvorbereitet. Alexandra, eine Datenspezialistin aus Chisinău, zeigte Frank in einer Zoom-Session eine Excel-Tabelle: Die von Alpha Growth erstellten Wählerprofile waren pseudowissenschaftlicher Nonsens, ihre Werkzeuge veraltet und nicht auf dem letzten Stand der Technik, so viel stand fest. Frank hatte Alexandra – eine alte Freundin aus gemeinsamen Praktikumstagen bei Obama – routinemäßig mit der Überprüfung der technischen Infrastruktur beauftragt, weil er eine externe Sicht haben wollte, um eventuell notwendige Optimierungen seines Systems vorzunehmen. Nicht weil er einen Verdacht gehegt hatte oder misstrauisch gegenüber seinem Partner war. Und nun hatte Alexandra schonungslos die Schwachstellen seines Produkts offengelegt. Frank fragte nach, Frank suchte Ausreden, Frank verwünschte ihre Entdeckungen. Alexandra schüttelte den Kopf: »Tut mir leid, dir das so direkt zu sagen. Aber es besteht überhaupt kein Zweifel, dein Produkt ist weder technologisch ausgereift noch besitzt es irgendein Alleinstellungsmerkmal. Es ist halt so ein typisches Wahlkampftool mit wenig Substanz abseits vom ganzen Marketingblabla …« Alexandras Auswertungen erwischten ihn unvorbereitet. Ihre Zahlen waren vernichtend; Bernhard hatte gefälscht und gelogen.

Nach einer Schrecksekunde sortierte Frank seine Gedanken nach der Zoom-Konferenz, die sich länger als der vergangene Wahlkampf angefühlt hatte. Er fühlte sich ertappt und hilflos. Nur mit drei Tassen Tee beruhigte er sich wieder: Augenblicklich bestand kein Grund zur Panik. Sein politisches Mandat war um eine Legislaturperiode ohne Ausstiegsklausel verlängert worden. Und niemand außer Frank ahnte, dass er heiße Luft anstatt exakter Wählerprofile verkaufte. In Wirklichkeit hatte Frank die Wahl überragend gewonnen. Allerdings mit falschen Daten, wie in Alexandras Report schwarz auf weiß stand. Sie hatte ihm ihren Endbericht vor Wochen per Mail vorab geschickt und er ihn nie gelesen. Nur weil er unvorbereitet war, konnte ihn Alexandra bei der Besprechung überrumpeln. Jetzt war er eingeweiht und konnte die Lage analysieren. Bernhard, sein vermeintliches Technikgenie, hatte Daten frisiert. Was Frank an den Auswertungen am meisten beunruhigte, war folgende Zusatzinformation von Alexandra: Laut einer Frank vorenthaltenen Wahlsimulation von Bernhard hätte Bao Strauss die Wahl verlieren müssen. Bernhard hatte ihm eine drohende Niederlage verschwiegen, bei einem Wettanbieter hinter seinem Rücken auf eine Niederlage Strauss' gewettet. Frank haute laut auf seinen Schreibtisch. Wutausbrüche halfen nicht. Er musste ruhig bleiben: Was wusste Bernhard, was er nicht wusste? Und warum verschwieg ihm sein Partner, dass er Daten systematisch manipulierte, weil ihr Produkt nicht konkurrenzfähig war?

Frank grübelte über den Unterlagen. Alexandra arbeitete genau. Sie hatte ihr Geschäft beim KGB gelernt. Tabellen, Wahrscheinlichkeiten, Korrelationen, Kausalitäten, Zusammenhänge. Er verstand fast nichts, aber Ungereimtheiten fielen ihm auf. Wie weit Thomas Zabel, Vorsitzender des wissenschaftlichen Beirats von Alpha Growth, in die Forschungsdesigns und Auswertungen dieser Studien involviert gewesen war?

Irgendwo musste er mit der Aufarbeitung beginnen. Folgender Sachverhalt stand außer Streit: Bernhards Algorithmen und Datenbanken waren fehlerhaft und stellten keine technische Grundlage ihres Erfolgs dar, wie er sich und seinen Kunden jahrelang eingeredet hatte. Frank war Unternehmer, aber ihn faszinierte die Schönheit und der logische Aufbau der Kontrollstudie. Alexandras Argumente waren klar, widerspruchsfrei, überzeugend. Hätte er sich mehr der Wissenschaft als dem Geschäft gewidmet, könnte Frank diesen Schriftsatz in seiner ganzen Tragweite verstehen. Eine Sehnsucht übermannte ihn, die sich in einem Gedanken konkretisierte: Er wollte verstehen, was er verkaufte.

Mit Sandras Weltbild und Alexandras Unterlagen verfügte er über zwei Korrektive seines aufgrund der vielen Erfolge aufgeblähten Egos. Bei Alpha Growth umgaben ihn Lakaien und Wasserträger. Nur Alexandra und Sandra muteten ihm die Wahrheit zu. Was sie sagten, war bitter. Nachzudenken war ungewohnt für Frank. Er sah sich als Tatmensch. Vom Denken entstehen keine Imperien, hatte er in seinem Handbuch behauptet. Als Macher hatte er sich nach seiner Doktorarbeit vom systematischen Denken verabschiedet. Aber seine Instinkte halfen ihm nicht mehr weiter, er benötigte dringend eine wissenschaftliche Antwort und keine Binsenweisheiten aus der Beraterwelt. Franks Siegesserie war Alexandras Expertise nach einer Reihe von Zufällen geschuldet; der Schwäche der Konkurrenz, dem Ankauf der Software, dem parteiinternen Putsch, der Entkernung der Parteiideologie, dem Umbau der Altherrenorganisation in eine effiziente Söldnertruppe, einer für

Omnia günstigen Großwetterlage, der Sehnsucht der Wähler nach einem unverbrauchten Gesicht.

Dieses Gemisch aus günstiger Fügung, Unverschämtheit, Gespür für den richtigen Augenblick und technologischem Vorsprung aufgrund nicht vorhandener Konkurrenz hatte ihn von Erfolg zu Erfolg gespült. Seine Datenbanken waren gewartet, aber mehr als die handelsüblichen soziodemografischen und psychografischen Variablen wie Alter, Parteinähe, Konsumpräferenzen und Bewegungsdiagramme spuckten sie nicht aus.

Seine Analysen waren voller Fehler. Sie widersprachen sich, was aber weder Journalisten, Politikanalysten noch irgendjemandem bei den Veilchen aufgefallen war. Beispielweise erklärten seine Dossiers Bao Strauss' Erfolge mit weiblichen Wählern über sechzig vom Land, während er laut Alexandra seinen Erfolg vor allem Männern unter fünfzig verdankte. Laut hausinterner Wählerstromanalyse war Omnia eine überproportional von Arbeitern gewählte Akademikerpartei. Verwurzelt in der schwach besiedelten Provinz räumten sie in städtischen Ballungsräumen ab. Alexandra sagte es freundlich, aber mit Nachdruck: »Dein Erfolg beruht auf deiner Überredungskunst, keinesfalls aber auf einem ausgeklügelten Produkt oder dem Programmiergenie Bernhards. Deine Kampagne hat die Wahl weder negativ noch positiv beeinflusst.«

Wo aber lag das Problem, solange er gewann? Er hatte mit einfacher Sprache und Inhaltsleere gewonnen. Frank hatte das Verschwinden der Politik nicht erfunden. Er hatte sich auf die Umfragen Bernhards verlassen. Sie gaben viermal mehr Geld für Social Media, Suchmaschinenoptimierung und Wahlwerbung aus als ihre Mitbewerber. Beim Einsammeln von Geld für die Kriegskasse war Frank unbesiegbar.

Bernhard häufte Datenberge ohne Struktur und Verstand an und besaß keine Formel, wie man Wahlen gewinnen konnte. Auch

Frank verstand von Wahl zu Wahl weniger, warum er erfolgreich war. Nachdenken strengte ihn an. Normalerweise fragten ihn die Leute um Rat; er gab Antworten und stellte keine Fragen. Er war Berater. Doch Frank wollte verstehen, wie der Wähler dachte und wie man Wahlen gewinnen konnte. Es war auch aus kaufmännischer Sicht überfällig, sein Geschäftsmodell auf ein tragfähiges Fundament zu stellen. Er konnte nicht länger heiße Luft verkaufen. Rein praktisch gab es für Grundlagenforschung nach wie vor keine Notwendigkeit. Alpha Growth expandierte und musste regelmäßig Neukunden ablehnen. Niemand kannte die Schwachstellen in seinem Geschäftsmodell. Die internen Revisoren von Omnia waren auch nur Wichtigtuer, die nach einem Grund für ihre Bullshitjobs suchten. Die hatten keine Indizien oder Beweise, warum Bernhard ein Idiot war.

Frank sah zwei Möglichkeiten: Er konnte dumm sterben und mit seinem gut etablierten Produkt noch bestenfalls drei Wahlen gewinnen. Mit fünfzig würde er seine Firma verkaufen, mit Sandra als Privatier leben und sich ganz seiner Verkaufsschule widmen.

Die zweite Alternative war mit Arbeit verbunden: Er konnte mit dem Denken beginnen und Grundlagenforschung betreiben. Wie konnten Parteien Wahlerfolge generalstabsmäßig planen? Das ganze Feld der empirischen Wahlforschung war von schwachen Hypothesen durchdrungen. Fundiertes Wissen war Mangelware.

Frank wollte nicht als tragische Figur enden, die von Journalisten in jedem zweiten Leitartikel indirekt zum Rücktritt aufgefordert oder rhetorisch gefragt wurde, warum Bao Strauss, diese treue Seele, so lange an einem Schaumschläger festhielt. Dieselben Schmierfinken, die Fischbach heute ehrfürchtig Kanzlermacher nannten, würden ihn als Witzfigur, Hasardeur, Glücksritter und aufgeblasenen Gockel verspotten.

Frank fühlte sich von Alexandras Auswertungen in die Ecke

gedrängt. Aber er spürte auch seinen Ehrgeiz erwachen und echtes Erkenntnisinteresse. Die Frage, mit welcher Strategie man Wahlen gewann, war es wert, beantwortet zu werden. In der Hektik des Tagesgeschäfts hatte er seit Ewigkeiten keine grundsätzlichen Fragen gestellt, die über betriebswirtschaftliche Erbsenzählerei hinausgingen. Sein Geschäftsmodell bestand zu achtzig Prozent aus falschen Versprechen und zu zwanzig Prozent aus einer gut gewarteten Datenbank. Herzstück seines Erfolgs waren 500.0000 Datensätze. Das war keine Grundlagenwissenschaft. Ewig konnte er nicht mit den Schlagwörtern Digitalisierung, Kundenprofil, Individualisierung und Anreizsystem überleben.

Frank griff sich ans Herz und spürte – nichts. Seine Ohren hörten in die Stille. Ein Herzinfarkt käme nicht ungelegen; ein Burnout oder Sabbatical erschien ihm zu zeitgeistig. Sein Herz wollte ihm etwas mitteilen. Vierzig Jahre lang hatte er sich durchgeschummelt und Produkte verkauft, ohne sie zu verstehen. Hatte sich wissenschaftliche Reputation zugekauft und mit Zweitverwertungen von Vorgedachtem gedealt, ohne jemals die Grundlagen seines Tuns zu verstehen. Frank fühlte in den Schwindel hinein. Wenn er umfiel und nicht mehr aufwachte, musste er sich nicht mehr rechtfertigen. Dann war das erwerbsmäßige Lügen vorbei. Als ungeschlagener Champion zu sterben wäre ein eleganter Abgang. Er musste der Wahrheit ins Auge sehen: Sämtliche Wahlkampfgurus, die ihn inspirierten, waren als Verlierer abgetreten. Die Taktiken und Moden der Wahlkampfführung änderten sich wie im Basketball und im Boxen alle fünf bis zehn Jahre.

Noch war er unbesiegt wie Michael Air Jordan. Selbst dieser Titan war auf der Spitze seines Erfolges zurückgetreten. Vielleicht war es auch für ihn an der Zeit, sich zurückzuziehen. Ihm wurde gehuldigt und Kunden zahlten freiwillig die vierfachen Honorarsätze des Branchenschnitts.

Warum Bernhards Rechenmodelle und Wahlsimulationen falsch waren, hatte ihm Alexandra beantwortet. Aber auch die moldawische Alleskönnerin wusste nicht, wie man Wahlen gewann. Alexandras Expertise bezog sich auf die gelenkte Demokratie eines Einparteiensystems. »Du hast erfolgreich eine verstaubte Mitgliederpartei in einen Kanzlerwahlverein umgebaut. Fusioniere eure Bewegung einfach mit den Mitbewerbern, verkaufe den Wählern ein Einparteiensystem als Zukunft, in Russland haben wir beste Erfahrungen damit. Die Zufriedenheit mit unserem politischen System ist viel höher als bei euch. Das belegen sämtliche Studien von mir.« Alexandra war eben auch eine Zynikerin. Ihr Vorschlag war nicht schlecht, aber kaum umsetzbar. Die Wähler Österreichs waren es gewohnt, zwischen Alternativen zu wählen, die keine waren.

Ungemach drohte Frank auch von der realpolitischen Front. Bao Strauss schwächelte, Bao Strauss langweilte sich, Bao Strauss spielte mit dem Gedanken, zurückzutreten. Bao Strauss wollte sein Medizinstudium beenden, sich mehr um seine Familie kümmern und Landwirt werden. Jeden Tag überraschte er Frank mit einer neuen halbausgegorenen Idee. Bao Strauss kannte das Kanzlersein nach zwölf Jahren in allen Schattierungen und hatte es satt. Bankenkrisen, Seuchen, Attentate, Inflation, Erdölfördermaximum, Intrigen, Staatspleiten, Flüchtlingsströme, Versorgungsengpässe, Reformstau, holprige Lieferketten, leere Staatskassen, steigende Sockelarbeitslosigkeit, Klimakipppunkte; die permanenten Ausnahmezustände belasteten langsam auch den bisher alle Krisen weglächelnden Politikdarsteller. Vereinfachen und beschönigen, kosmetische Korrekturen als historische Reformen verkaufen, substanzielle Entscheidungen vertagen und dem Souverän, dieser Ansammlung verkommener Subjekte, nach dem Maul zu reden, war anstrengend. Und das alles für ein mit 25.000 Euro nicht gerade üppiges Gehalt. Alle Investmentbankerfreunde von Strauss verdienten mehr. Frank verstand seinen Verdruss, aber ohne Strauss drohten auch seine Geldflüsse zu versiegen.

Bao Strauss entwickelte Marotten. Er verweigerte Selfies und Fernsehauftritte. Statt sich bei Interviews an Argumentationsrichtlinien zu halten, gab er spontane Antworten. Frank konnte seinen Kanzler nur noch schwer motivieren. Zeigte er nach drei Legislaturperioden eine menschliche Seite? Formkrisen hatte er nie gehabt. Obwohl Frank ihn lange kannte, konnte er nichts Schlechtes über ihn sagen. Bao Strauss beschiss niemanden, hielt Wort, brüllte nie, mochte Tiere und Kinder und liebte sein Land. Zu Depressionen und Selbstzweifeln hatte er bislang nie geneigt. Gut, er war ein einfaches Gemüt, aber die Wähler hassten Gebildete und Besserwisser sowieso. Der Mann war gelangweilt von den jährlichen Gehaltsverhandlungen und Schulreformen. Wenn die nächste Wahl anstand, war er sicher auf Knopfdruck wieder motiviert. Bao Strauss liebte das Werben um Wählerstimmen; die aktuellen Regierungsgeschäfte unterforderten ihn.

Der Kanzler brauchte eine neue Leidenschaft, ein Lebensprojekt, mit dem er sich identifizieren konnte. Frank verpflichtete Sandra kurzerhand als Klimabotschafterin der Regierung. Um die von Feinstaub und Allergien gequälte Bevölkerung zu heilen, vergab sie Baumpatenschaften. Unter der Schirmherrschaft des Kanzlers bekam jeder Bürger Baumsamen und durfte bis zu fünf Bäume pflanzen. Ziel des Projekts war die CO_2-Neutralität jedes Bürgers. Das genügte als Zwischenkampagne, und schon verbesserte sich die Laune des Kanzlers: Als Retter des Waldes wollte er in die Geschichtsbücher eingehen.

Die Probleme in der Firma waren schwieriger zu lösen; zwei Kunden beklagten die mangelnde Nachvollziehbarkeit seiner Dienstleistungen und warfen ihm vor, dass seine Auswertungen lediglich auf Google Analytics basierten. Dass sich Klienten beschwerten, war ein Frühwarnindikator, den er keinesfalls ignorieren durfte.

Die Auswertungen von Bernhard hatte er nie gelesen, nur die Kurzzusammenfassungen überflogen. Seine Kunden kauften sein Gewinnerimage und lasen für gewöhnlich ebenfalls keine Detailanalysen, Fußnoten und statistischen Auswertungen. Soweit Frank wusste, wertete Bernhard Informationen maschinell aus und visualisierte damit Meinungsverläufe. Bernhard sammelte Daten, reicherte sie mit verhaltenspsychologischem Brimborium an und leitete daraus Moden, die Zukunft der Welt oder wenigstens die seiner Kunden ab. Sämtliche Arbeitsschritte waren computerunterstützt und voll automatisiert, um die Kosten niedrig zu halten.

Die aggregierten Daten Bernhards nobilitierte ihr wissenschaftlicher Chefberater Thomas Zabel. Frank hatte seinen alten Professor vom Institut für Verhaltensökonomie eigenhändig angeschrieben, und Zabel war seinem Ruf gerne gefolgt. Zabel machte überall mit, wo er Geld witterte. Tausendsassa Zabel arbeitete als Meinungsforscher, als Kulturwissenschaftler und saß auf einem Lehrstuhl für Verhaltensökonomie. Zabel sah sich als letzter lebender Schüler des legendären Paul Lazarsfeld und hatte von ihm das Handwerk gelernt. Als letzter Universalgelehrter Österreichs hatte Zabel die Mathematisierung der Sozialwissenschaften vorangetrieben und früh computerunterstützte Methoden angewandt. Zabel hatte die empirische Kehre wortmächtig vorangetrieben, Sozialwissenschaften auf Zahlen getrimmt und seine Projekte nach dem Vorbild der amerikanischen Departments arbeitsteilig organisiert. Er arbeitete mit Teams und Anwesenheitspflicht und täglichen Arbeitstreffen, wo alle Arbeitsschritte protokolliert wurden. Jeder Handgriff musste nachvollziehbar sein, lautete sein Credo. Zabel hatte Codebücher und Kontrollgruppen als Branchenstandards etabliert und als Erster seine Studien mit dem Gütesiegel mathematischer Exaktheit beworben. Als kritischer Intellektueller hatte er alle akademischen Moden des letzten Jahrhunderts mitgemacht, sich als Existenzialist, Postmodernist und Poststrukturalist positioniert. Seine Steckenpferde änderten sich im Jahrestakt, aktuell nannte er auf seiner Homepage kritische Weißseinsforschung, Postkolonialismus und die Morphologie der Daten- und Wissenskonzerne als Forschungsschwerpunkte.

Wegen seiner fächerübergreifenden Expertise und seiner progressiven Gesinnung allein hätte Frank ihn nicht verpflichtet; mit Zabel kaufte er sich wissenschaftliche Reputation und einen allgegenwärtigen Lautsprecher. Bernhards Datenberge, Auswertungen und Schlussfolgerungen, Executive Summaries und Studien beglaubigte Zabel mit seiner Unterschrift. Wie sich Bernhard und Zabel die Arbeit konkret aufteilten, hatte Frank nie hinterfragt.

Bei den unregelmäßig stattfindenden Treffen des wissenschaftlichen Beirats hatte Zabel Bernhards Arbeitseifer stets lobend erwähnt. Als gutmütiges Arbeitstier hatte er ihn schon zu Studienzeiten genutzt. Bernhard war sich für keine Hilfsarbeit zu schade: Kabel verlegen, Kabel tragen, Software installieren, Datensätze anlegen, Fragebögen kodieren, Kisten schleppen, Protokolle schreiben, Kontrollgruppen durchführen. Bernhard hatte im Feld überall mitgearbeitet und sich mit seinem Fleiß unentbehrlich gemacht.

Diese Arbeitsteilung hatten sie auch bei Alpha Growth beibehalten; Frank war der Verkäufer und Bernhard der Maschinenhirte. War Bernhard über die Jahre faul geworden? Seit er Ines geehelicht hatte, hatte er sich von sämtlichen Programmiergruppen abgemeldet und erzählte Frank nur noch gelegentlich von bahnbrechenden Entwicklungen im Bereich der Informations- und Kommunikationstechnologien. Vor ihrer Eheschließung war Ines mit Frank liiert gewesen. Franks Liebe hatte sich für den bodenständigen

Bernhard, die ewige Nummer zwei, entschieden. Ihrer Freundschaft hatte diese Frauengeschichte nicht geschadet, zumindest redeten sich das beide ein. Wenn Bernhard sprach, dann von seiner geliebten Frau und seinen zwei Kindern Oskar und Mia. Weil er mit Kinderaufzucht ausgelastet war, ließ er seine Weiterbildungspflichten als technischer Direktor schleifen. Bernhard, so Franks Verdacht, musste die Schwachstelle im System sein. Zabels Expertise stand außer Streit. Er musste schleunigst seinen wissenschaftlichen Berater kontaktieren und nach seiner Einschätzung fragen. Um Bernhards Algorithmen noch mal zu testen, beauftragte er Alexandra mit weiteren Prüfungen.

Alexandras Nachforschungen bestätigten ihre ersten Ergebnisse, lückenlos dokumentierte sie alle Schwachstellen. Schon beim Erhebungsprozess passierten Fehler. Das Sammeln der Daten und ihre Aktualisierung wies strukturelle Schwächen auf. Bernhard trackte nicht lückenlos, die Wiederholbarkeit der Ergebnisse und Automatisierung der einzelnen Arbeitsschritte holperte ebenfalls. Bernhard kaufte extern Daten zu und was er über seine Wähler wusste, reimte er sich zu 99 Prozent aus Sekundärauswertungen via Google Analytics zusammen. Es war deprimierend: Bernhard verwendete handelsübliche Software und war technisch zu limitiert, um einen Superalgorithmus zu programmieren. Ihre Firma arbeitete mit denselben Inhaltsverwaltungssystemen und E-Mail-Marketing-Programmen wie alle anderen auf dem Markt.

Frank verkaufte veraltetes Wissen. Alexandra belegte ihre Behauptungen mit akribisch zusammengetragenen Unterlagen. Samplezahlen, Reliabilitätskoeffizient, Suchpfade, Semantik, Vertrieb, überall fand sie Stümpereien. Bernhard dilettierte vor sich hin und verlor den Anschluss an aktuelle Industriestandards.

Warum Frank mit diesem Produktportfolio Wahlen gewann, konnte Alexandra nicht erklären. Abseits der Hochglanzbroschüren, in denen Frank seine Technologieführerschaft anpries, tat er wenig mehr, als Wähler mit Vornamen anzusprechen und sie regelmäßig mit Videofilmchen und Newslettern bei Laune zu halten. Anfragen von Sympathisanten beantwortete er mit vorgefertigten Wortbausteinen von Bots. *Imitation von Individualität* nannte er das.

Nach zwei weiteren Korrekturschleifen schrieb Alexandra ihr abschließendes Urteil. Trotz zahlloser Fehler gewann Frank Wahlen, was ursächlich der Schwäche des Mitbewerbs geschuldet war. Frank hatte nur als Erster die Wichtigkeit von Datenbanken erkannt. Vor ihm hatten Karteileichen mehr als sechzig Prozent aller Omnia-Datensätze ausgemacht. Eine gewartete Datenbank war nicht viel, aber für Österreich ausreichend. Diese Wahrheit deprimierte Frank weniger, als dass sie ihn zu einer Frage führte: Wenn er mit falschen Daten Wahlen gewann, wie groß würden seine Triumphe dann mit echtem Knowhow ausfallen?

Diese Frage wollte er Zabel stellen, denn in der Wahlforschung gab es so viele Wahrheiten wie im Basketball. Frank betrachtete Wissenschaft als Dienerin. Gab es überhaupt noch eine von Auftraggeberinteressen unabhängige Wissenschaft? Ihm als Verkäufer dienten Studien als Untermauerung seines Standpunkts und als Verkaufshilfe. Ob Daten richtig oder falsch waren, war irrelevant.

Wenn es exakte Methoden zum Gewinnen von Wahlen gab, dann kannte sie Zabel. Erst gestern hatte Frank von Zabels Auszeichnung zum *Kulturpublizisten des Jahres* erfahren. Entweder Zabel, der Alleskönner, oder sein in der Öffentlichkeit unbekannter Widersacher Lenz. Das war eine blendende Idee, dachte Frank. Noch einmal wollte er sich nicht nur auf eine Meinung verlassen. Er würde Zabel und Lenz, seine beiden Lieblingsprofessoren aus dem Studium, um ihre Einschätzung bitten. Sie waren die einzigen Lehrenden, die wie Popstars mit Entourage aufgetreten waren.

Beide hatten Wissenschaft als sexy und Denken als erstrebenswert vorgelebt; sie konzipierten Vorlesungen als Happenings und selbst wenn sie nur aus Skripten vorlasen, klang es wie eine Offenbarung. Leidenschaftlich hatten beide auf der Verpflichtung der Wissenschaft auf Wahrheit beharrt. Die Starlehrer verband neben ihrer Anziehungskraft auch eine gegenseitige Abneigung. Warum sich Lenz und Zabel nicht riechen konnten, hatte Student Frank auf inhaltliche Differenzen und nicht auf persönliche Abneigung zurückgeführt. Seine beiden ehemaligen Lieblingslehrer hatten ihn alles gelehrt, was er wusste. Das war nicht viel, denn ihre Skripten hatten sie immer mit Hinweisen auf vertiefende Lektüren versehen. Vielleicht boten jene Lehrinhalte, die er damals ignoriert hatte, Rückschlüsse auf das wahre Wissen, welches er nun brauchte. Ein formaler Studienabschluss, so hatte Lenz gespottet, war nur der erste Schritt auf dem steinigen Weg zur Alphabetisierung.

Wenn ihm jemand Antworten geben konnte, dann einer der beiden Meisterdenker. Zabel, weil er Einblicke in die Studiendesigns Bernhards hatte. Oder Lenz, weil der ihn schon während seines Studiums auf originelle Denkpfade gestoßen hatte.

Wie konnte er Lenz und Zabel für sein Projekt gewinnen? Lenz hatte er aus den Augen verloren; vor Jahren hatte er ihn für eine Kanzlerfestschrift angefragt und der hatte natürlich abgesagt. Für Parteiauftragsarbeiten stand er als unabhängiger Wissenschaftler nicht zur Verfügung. Zabel hingegen hatte keine Berührungsängste mit der Politikelite und zu Wirtschaftskapitänen und tauschte sich mit Frank über den Rahmen seines Beratungsmandats hinaus regelmäßig aus. Frank vermittelte Zabel gut bezahlte Auftritte bei Parteitagen, besuchte dessen Buchpräsentation, und der Kanzler hatte auf sein Anraten hin Zabel für eine Studie zur digitalen Transformation der Humanwissenschaften mit dem Titel *Wissenschaftler des Jahres* ausgezeichnet.

Persönlich gesprochen hatte er Zabel zuletzt vor ein paar Monaten. Er schrieb ihm gleich eine Mail mit der Frage, wie er die Entwicklung der Wahlforschung im Zeitalter von Massendaten bewerte? Im Anhang schickte er ihm einen umstrittenen Essay von Kasper Anderson. Dieser behauptete das Ende der Theorie durch Massendaten. Wissenschaft hieß gegenwärtig nur noch, alle Tätigkeiten lückenlos zu dokumentieren und zu messen. Wer am meisten Daten hortete, gewann. Und er wollte fragen, wie er den Algorithmus von Bernhard einstufte?

Zabel war seit Ewigkeiten in den Bestenlisten der wichtigsten zwanzig Intellektuellen. Wenn Zabel Bernhards Fehler nie aufgefallen waren, war er laut Alexandra selbst eine Niete oder hatte nie auch nur eine Kurzfassung seiner Arbeiten gelesen. Oder Bernhards Stümpereien waren Zabel egal, solange er ein arbeitsfreies Zusatzeinkommen erwirtschaftete. Die dritte Möglichkeit war, dass auch Alexandras Nachforschungen mangelhaft waren. Um diese Möglichkeit aus dem Weg zu räumen, musste er Lenz kontaktieren. Frank googelte Lenz. Dieser hatte keine Social-Media-Profile, nur eine nachlässig gewartete Homepage ohne Kontaktdaten. Doch Lenz und Bernhard standen in geschäftlichem Kontakt. Er musste ihn nur um dessen Nummer fragen. Bernhard programmierte auch Werkzeuge für Lenz' Beratungsfirma. Soviel Frank wusste, entwickelte Lenz unikate Methoden, um Themenentwicklung, Themendurchsetzung, Chronologie und Intensität von Themenflüssen zu messen und interpretierte computerunterstützt repräsentative Meinungsäußerungen. Lenz schätzte Bernhard als zuverlässigen Programmierer, verweigerte aber Geschäfte mit Alpha Growth, weil Frank mit Zabel als wissenschaftlichem Berater arbeitete. Lenz war also bestimmt verstimmt, weil er Zabel und nicht ihn als wissenschaftlichen Berater engagiert hatte. Also war jetzt der richtige Zeitpunkt für eine Charmeoffensive.

Die Fragestellungen, die ihn beschäftigten, waren noch unklar und nicht ausformuliert und thematisierten eher Alltagsbeobachtungen als trennscharfe Hypothesen. Warum kann man trotz falsch erhobener und widersprüchlicher Daten Wahlen gewinnen? Wie kann Technologie die Wahlkampfstrategie verbessern? Frank freute sich beim Nachdenken. Mit dem kommenden Projekt betrat er inhaltliches Neuland. Seine Schwachstelle war die Grundlagenforschung. Bislang hatte er mit den Baukastenweisheiten amerikanischer Unternehmensberatungen überlebt. Dieses sich auf betriebswirtschaftliche Kennzahlen beschränkende Denken gab ihm aber keine Antworten auf die fehlerhafte technische Infrastruktur. Vielleicht verwendete Bernhard auch nur falsche Parameter und programmierte sogar richtig. Eine Totalniete konnte er nicht sein, sonst würde er nicht mit Lenz zusammenarbeiten. Neugier verdrängte seine Angst. Verkaufen konnte er, überreden konnte er, Kampagnen designen konnte er … Wenn er den Fehler im System fand, war das eine willkommene Ablenkung zum eintönigen Tagesgeschäft. »Wahlen gewinnen – Der Gewinner-Schlüssel für modernes Kampagnenmanagement« klang als Arbeitstitel marktschreierisch, aber es verdeutlichte seinen Anspruch und beschrieb ihn knackig. Frank wollte einen Schlüssel finden, wie man Wahlen plante und gewann.

Zabel antwortete innerhalb von drei Stunden, und die positive Tonalität seines Schreibens überraschte Frank. Zabel lobte ihn für seine Beobachtungsgabe. Die Fragen, die ihn beschäftigten, seien exakt die gleichen, die auch die internationale Forschungsgemeinde gegenwärtig beschäftigten. Angewandte Politik und theoretische Grundlagenforschung zusammenzudenken sei bei den rezenten Entwicklungen nachgerade wissenschaftliche Pflicht. Frank beweise somit ein untrügliches Gespür für Themenkonjunkturen.

Nach diversen weiteren Freundlichkeitsfloskeln schlug er Frank vor, seine Fragestellungen in Form einer Habilitationsschrift zu beantworten. Bei seinem Lebenslauf, seinem unternehmerischen Erfolg und seinen politischen Verbindungen wäre die Verleihung einer Lehrbefugnis reine Formsache. Die Habilitation sei an sich ein veraltetes Verfahren und nur noch im deutschen Sprachraum üblich. Mit seinen Beziehungen bekäme er auch so eine ordentliche Professur, für einen Lehrstuhl brauche man auch keine Habilitation, nur eine Berufung und eine Finanzierung. Die könne ihm der Kanzler auch so besorgen, wenn Frank titelaffin wäre. Weil er in seinem Projekt aber eine wichtige Frage stellte, empfahl Zabel eine Einreichung an seiner Fakultät. Rein formell könne er auch eine Sammelhabilitation seiner bisherigen Schriften einreichen, doch wenn ihn die Beantwortung seiner Fragen ernsthaft interessiere, solle er sich reinknien und etwas Eigenständiges schaffen. Wichtiger als die Ergebnisse sei die institutionelle Anbindung. Er brauche Zabel als Anschieber, als Gutachter und als Bestandteil der Prüfungskommission mit guten Verbindungen zum Senat. Wegen des Inhalts sei an seinem Institut noch keiner abgewiesen worden. Er müsse sich nur überlegen, für welches Fach er eine Lehrerlaubnis anstrebe. Er solle seine Arbeitshypothese konkretisieren und ihm ehestmöglich einen zwei- bis dreiseitigen Problemaufriss schicken. Es freue ihn, wenn ein ausgewiesener Kampagnenguru Grundlagenforschung betreibe. Die Rohdaten von Alpha Growth seien erstklassig und bei seiner Arbeit gehe es eher um Sichtung der Literatur und einen überzeugenden Theorieentwurf.

Der führende Intellektuelle Österreichs schmierte Frank Honig ums Maul und wollte ihn zu neuen geistigen Höhen führen. Das kam unerwartet, schmeichelte aber seiner Eitelkeit. Zwei Stunden später schickte Zabel ein langes Postskriptum:

Organisatorisch ist das alles kein Problem. Ich kann gerne als

Mentor agieren, wenn man das so nennen will. Wir organisieren zwei Gutachter, einen internationalen aus der EU, einen aus den USA, und der Rektor muss dich kennenlernen und dir eine Empfehlung schreiben. Ohne formelles Entree läuft nichts. Die Wissenschaft denkt so wie die Kirche in Jahrhunderten. Sonst könnte sich jeder dahergelaufene intellektuelle Freigeist einfach so bewerben. Sei froh, dass ich dir helfe. Denn auf der Universität ist es wie in der restlichen Welt – niemand braucht und fördert neues Denken. Was haben meine Kollegen von einer Habilitation? Unbezahlte Mehrarbeit in Kommissionen, lästige Sitzungen und einen neuen Mitesser, der ihnen vorführt, wie gering der Erkenntnisgehalt ihrer eigenen Papiere ist. Und das Schlimmste ist: Sie müssen sich mit Thesen auseinandersetzen, die sie nicht interessieren. Überfordere nie verbeamtete Professoren. Im Normalfall wollen sie dich nur kurz beschnuppern. Du musst betonen, wie dankbar du für diese Chance bist. Nachdem du dich erniedrigt hast, werdet ihr über die neuesten Trends aus Amerika sprechen und wie man diese in Österreich implementieren kann.

Als Arbeitstitel schlage ich vor: »Wahlen gewinnen im Zeitalter der Hyperindividualisierung«. Bleib vage und baue möglichst viele Schlagwörter aktueller Debatten ein. Das Thema »Wahlen gewinnen« interessiert Machthaber und Wissenschaft seit Cicero. Aber so weit musst du nicht ausholen. Die moderne, sprich amerikanische, sprich empirische Wahlforschung hat mit Paul Lazarsfeld Neuland betreten, alles davor ist nicht relevant. Zielgruppen, Data-Mining, das schreibt sich von allein mit den aggregierten Daten eurer Firma. Du musst nicht ins Feld gehen, das erspart dir Zeit. Die Sichtung der Literatur ist deine Hauptaufgabe. Deine staatspolitischen Überlegungen sind für die Professoren, Geldgeber und Entscheider weniger wert als Faustregeln; Skalierbarkeit, Messbarkeit und Diagramme helfen allen weiter. Am besten plauderst du aus dem Nähkästchen. Die Wirtschaft arbeitet viel effizienter als die hohe Wissenschaft. Schließlich habt ihr höhere Etats als wir auf den unterfinanzieren Hochschulen.

Frank begann sofort mit seinen Lektüren. Ob die Mehrarbeit seinen Brotberuf beeinflusste, war nicht absehbar. Wenn es sein musste, reduzierte er eben seinen Schlaf oder engagierte einen weiteren Geschäftsführer. So eine Chance kam mit vierzig zum letzten Mal. Die Praxis beherrschte er, nun musste er seine theoretische Meisterschaft beweisen. Zabel wollte sich bald mit ihm auf ein Arbeitsessen treffen und lobte die Erhebungsstandards von Bernhard. Zabel riet ihm, auf den Datenapparat von Alpha Growth zurückzugreifen und nicht selbst ins Feld zu gehen. Das war ein Indiz, dass Zabel Bernhards Knowhow nicht infrage stellte. Oder der Vielbeschäftigte las ihre Studien nicht gründlich. Wie dem auch war, bei seiner Grundlagenarbeit konnte er ihm weiterhelfen. Er verfügte über einen Gesamtüberblick sämtlicher Klassiker seit dem Zweiten Weltkrieg und kannte die europäischen und amerikanischen Traditionen. Nur warum bot er ihm an, eine Habilitation zu schreiben? Die Bedeutung dieses Worts musste Frank nachschlagen. Den Wert dieses gestelzten Ausdrucks konnte er nicht einschätzen. Eine Habilitation war mit einer Venia Legendi verbunden, das war eine von der Universität verbriefte Lehrerlaubnis. Erst mit dieser Befugnis konnte er belegen, zur Zunft der satisfaktionsfähigen Wissenschaftler zu gehören. Magister und Doktoren waren Denker dritten und zweiten Ranges. Niemand sprach darüber offen im exklusiven Professorenkreis, aber die Meinung eines Kampagnengurus belächelte man in den Gremien der hohen Wissenschaft; seine Analysen galten als fachlich irrelevant.

Zabel nannte die Anforderungen überschaubar und wollte sein Mentor sein. Frank verdoppelte als kleine Geste dessen Beratungshonorar. Wenn die Kameras ausgeschaltet waren und er nicht den kritischen Intellektuellen spielte, freute Zabel sich wie jeder vernünftige Mensch am meisten über Geld.

Lenz zu kontaktieren war schwieriger, aber Frank benötigte eine zweite Meinung. Zabel und Lenz sollten ihn parallel und ohne Wissen voneinander beraten. Das war fachlich das Sicherste. Lenz, der Widersprüchliche, von vielen Angefeindete, galt als solitäre Begabung, aber auch als schwierig, unverständlich, launisch, herablassend und distanziert. Frank hatte dieser Ruf angezogen. Elitär, antidemokratisch, rechtsradikal, linksextrem, antikapitalistisch, anarchistisch, unverständlich – kein anderer Professor hatte die Studentenschaft so gespalten. Ein Aktivist der Studentenberatung hatte Frank damals abgeraten, Vorlesungen bei diesem Reaktionär zu besuchen. Man musste lesen, es gab keine Literaturtipps, keinen Handapparat; Lenz zwang jeden Einzelnen zum Sprechen und verwies unwürdige Studenten des Hörsaals. Die Gleichbehandlungskommission hatte ihn wegen sexistischer Äußerungen bereits abgemahnt. Beim zwanzigjährigen Frank hatten die gut gemeinten Warnungen der Studienberatung Neugierde geweckt, er meldete sich für sämtliche von Lenz' Lehrveranstaltungen an.

Lenz inszenierte seine Vorlesungen wie Rockkonzerte; er hatte Taschenträger und studentische Hilfskräfte, die gratis für ihn arbeiteten. In seinen Vorlesungen saßen die attraktivsten Studentinnen und Männer mit Vaterkomplexen, wie Ines über seine Hörerschaft spöttelte. Die Studierenden saßen auf dem Boden, um ihm zuhören zu dürfen. Nur wen er als fähig einstufte, durfte bleiben. Wer mit ihm debattieren wollte, bekam keine Antwort. Zuerst qualifizieren, dann diskutieren, war sein Motto. Pflegte Lenz seine veraltete und aristokratische Geisteshaltung noch immer? Oder war er milder geworden?

Lenz hatte nie eine Berufung zum Professor erhalten. Seine universitäre Karriere hatte nach sechs Jahren als Universitätsassistent geendet. Seitdem arbeitete er in der außeruniversitären Forschung und agierte unter dem Radar der öffentlichen Wahrnehmungsschwelle. Wenn Frank von ihm hörte, dann in ungewöhnlichen Zusammenhängen: bei Kunstankäufen, bei Krisenkommunikationsmandaten, bei streng geheimen Projekten des Militärs oder als Experte bei ausgewählten Publikumsveranstaltungen.

Frank schrieb Lenz per Mail und erntete Schweigen. Nach einem Monat schrieb er eine Erinnerung und bat um Antwort. Lenz antworte nach weiteren drei Wochen lakonisch: *Du stellst die falschen Fragen. Was du untersuchen willst, ist sinnlos. Ich habe keine Zeit für diesen Blödsinn. P.S. Wenn du ernsthafte Fragen hast, kannst du dich melden.*

Die falschen Fragen! Was wollte Lenz ihm mit dieser schnoddrigen Formulierung mitteilen? Mit seiner Abfuhr spornte er Frank an. Diese Überheblichkeit war typisch für Lenz und gerade dieses Elitäre hatte ihn als jungen Mann angezogen. Schon als Student hatte Lenz ihn mit Widersprüchen, Anekdoten, Hinweisen, Rätseln, Anspielungen und Ausfälligkeiten zum Selberdenken angeregt. Wo Zabel lobte und lockte, spielte Lenz das widersprüchliche Orakel. Lenz sah sich als Vertreter der ewigen Wahrheiten, hatte Frank aber nie erklärt, worin diese bestünden. Seine Seminare hatte Frank verzückt verfolgt; Sie haben eine starke Lehrerorientierung, hatte Lenz gespottet. Sie waren Meister und Schüler mit klarer Rollenverteilung. Lenz hatte ihn mit leicht verständlichen Einführungen in die Werke der klassischen Denker neugierig gemacht und ihn mit strenger Hand von Technik zu Technik geführt. Syllogismen, eristische Dialektik, alle rhetorischen Finessen kannte er von ihm. Lenz' Lektionen hatte er verinnerlicht und deshalb wusste er, was Lenz ihm sagen wollte – neben der Kritik enthielt seine Antwort eine versteckte Aufforderung.

Frank entschuldigte sich unterwürfig für seine Nachlässigkeit. Er habe Lenz kontaktiert, weil er ein überraschendes Angebot zur Habilitation bekommen habe und er dank dieser Chance seine intellektuellen Mängel, seine Defizite, kurz: sein Nicht- und Halbwissen überwinden könne. Seine Denkfaulheit sei nur seiner Beratungstätigkeit geschuldet. Durch die Politik habe er strukturiertes Denken verlernt. Niemand außer Lenz kritisiere ihn, er sei von Schmeichlern umgeben, von denen keiner sage, was er denke. Eben deshalb erbitte er Rat und Direktiven. Noch heute denke er in ruhigen Stunden gerne an Lenz' Unterricht. Franks handgeschriebene Mitschriften seien die Einzigen, die er aufgehoben habe.

»Das zweite Buch«, antwortete Lenz. »Du fühlst dich bereit für das zweite Buch. Aber cave! Eine Habilitation kann die letzte große Demütigung im Erwachsenenleben mit sich bringen. Die Wissenschaft ist eine noch größere Hure als die Politik. Als angewandte Wissenschaft behauptet die Politik wenigstens nicht, etwas anderes als Macht zu wollen. Viele werden dich bekämpfen. Denn du bist erfolgreicher Unternehmer, und arrivierte Menschen hasst die verbeamtete Wissenschaft. Ich selbst arbeite, wie du weißt, nur außeruniversitär. Ich kann dich also nur informell betreuen. Du darfst niemandem von unserer Arbeitsgemeinschaft erzählen. Ich bin dort aus Gründen, die dich nichts angehen, Persona non grata. Eine Habilitation heißt für mich: Streng dich an, lies 500 Standardwerke und arbeite anhand der Klassiker aus 2500 Jahren Geistesgeschichte fächerübergreifend jene Sachverhalte auf, die dir am Herzen liegen. Eine Berufung war im alten Griechenland eine Initiation in das ernsthafte Denken abseits betriebswirtschaftlicher Verwertungszwänge, also ein schöpferischer Akt. Du wirst am Ende deiner Reise etwas verstehen, was du augenblicklich noch nicht begreifst. Du musst für dein Fach etwas Neues aufgreifen und es in seiner Tiefe durchdenken. Und das für keinen Lohn, nur für die Verleihung der Lehrbefugnis, die dir erst recht keine Anstellung einbringt.«

Lenz willigte ein, ihn mit ausgewählten Lektüren zu unterstützen. Das Thema »Wahlen gewinnen – ein Leitfaden« sei allerdings zu ratgebermäßig formuliert. Alles, was Frank bisher geforscht habe, diene der Machterhaltung und enthalte keinen theoretischen Wert; es sei Marketinggewäsch und pfauenhafte Eigenwerbung. Lenz beeindruckten seine sechzehn Wahlerfolge kein bisschen.

7

Von den zwei führenden Denkern Österreichs betreut zu werden, hieß die Wissensbestände der zwei so unterschiedlichen Geistestitanen zusammenzuführen. Beide lebten Wissenschaft komplett anders: Zabel wollte die Welt gestalten und formen, Lenz wollte erklären und verstehen. Diese Zugänge waren unversöhnlich.

Für seinen Problemaufriss brauchte Frank einen griffigen Arbeitstitel, er entschied sich für »Wahlen gewinnen im digitalen Zeitalter«; dieser bewusst offen gehaltene Titel verdeutlichte seinen Anspruch, eine Methode zu finden, wie Wahlkämpfe gewonnen werden konnten. Seine Siegesserie war sein Erfolgsnachweis. Er schrieb sein Exposé auf Zabels Anraten wie eine Wettbewerbspräsentation: Auf zwei Seiten erklärte er seinen Ansatz zum Meilenstein für die Grundlagenforschung.

Technologiegetriebenes Datenmanagement hatte die Wahlwerbung modernisiert und auf eine evidenzbasierte Grundlage gestellt. Dennoch waren die Erfolgsparameter der Wahlwerbung seit der Antike unverändert. In seiner Studie wollte er die wesentlichen Bestandteile erfolgreicher politischer Kampagnen verdeutlichen.

Ursächlich stand und fiel jede Wahl mit dem Budget. Wie im Basketball gewann zu 99 Prozent das Team mit der prallsten Kriegskasse.

Zweitens war eine Wahl nur erfolgreich, wenn die Bewegung mit einer glaubwürdigen Persönlichkeit antrat. Menschen wählten keine Programme, keine Ideologien, auch keine Parteien, sie wählten Kandidaten. Der Bewerber durfte kein Intellektueller sein und sollte verständlich sprechen. Der ideale Volksvertreter war als landliebender Städter überall zuhause und beherrschte den Umgang mit Sense und Hummerschere. In den Bergen hatte er am Gebirgsbach die Unschuld verloren und im Problembezirk als Marktstandverkäufer die Sorgen der kleinen Leute kennengelernt.

Drittens benötigte jeder Feldzug einen Grund, warum ein Kandidat überhaupt gewählt werden sollte. Dieses Anliegen, egal welche Position vertreten wurde, musste die Mehrheitsmeinung abbilden.

Viertens brauchte man ein Thema; Angst, Neid, Gier waren notwendige Bestandteile eines Gewinnerthemas. Grob gerastert bestand die Wählerschaft aus vier Gruppen: Stammwähler, Wechselwähler, Gelegenheitswähler und Nichtwähler. Wenn eine Kampagne neben den Stammwählern Wechselwillige ansprach, war sie erfolgreich. Die Wähler wählten den Kandidaten, der ihre Hoffnungen abbildete und von dem sie sich eine bessere Zukunft erwarteten. Der Algorithmus von Alpha Growth berücksichtigte all das. Ein weiterer Erfolgsgarant war eine flächendeckende Medienarbeit in klassischen und sozialen Medien. Dabei hatten TV-Diskussionen und die reichweitenstärksten Leitmedien nach wie vor Priorität.

Fünftens war es wichtig, bei den Kernbotschaften zu bleiben und diese nicht zu ändern. Wankelmut und Meinungsumschwünge legte der Wähler als Führungsschwäche aus. Wählerstimmungen wurden von der Markt- und Meinungsforschung laufend auf Mehrheitstauglichkeit abgetestet. Bei den Klatschbasen der Statistik galt es streng zwischen veröffentlichten und internen Daten zu differenzieren. Mit offiziellen Daten und Leaks steuerte ein Kampagnenleiter die Stimmungen von Wählern und politischen Kommentatoren, mit den internen wusste er, wo er wirklich stand.

Eine Wahl war so wie ein Basketballspiel Teil der Unterhaltungsindustrie. Die Parteien wetteiferten mit Sport, Musik und der Freizeitwirtschaft um das knappe Zeitbudget der Wähler. Eine Wahlbewegung war so gut wie ihre Datenbank: Freunde, Weggefährten,

Bekannte, die effizientesten Multiplikatoren fanden sich im Parteiumfeld. Sympathisanten und Mitglieder mussten in ihrem Umfeld je fünf Wähler anwerben. Das Zeitalter der Zielgruppen war vorbei. Jeder Wähler wollte persönlich angesprochen werden. Eine erfolgreiche Kampagne redete jedem ein, wahlentscheidend zu sein. Stammwähler, Erstwähler, Wechselwähler, Gelegenheitswähler, Nichtwähler, Senioren, Jugendliche, Frauen, Kinder, Neubürger, jede Stimme zählte.

Eine Wahl war eine Wette auf die Zukunft. Was der Kandidat bisher geleistet hatte, war hinfällig. Hatte der Regierungschef in der vergangenen Legislaturperiode Urlaubsansprüche verlängert, Schulden erlassen, den Klimawandel gestoppt und die Inflation bekämpft, war das Schnee von gestern. Dankbarkeit war keine politische Kategorie. Die Bedürfnisse des Wählers waren maßlos, er wollte immer mehr und wählte den Kandidaten, der am meisten versprach. Wähler brauchten wie Kranke Hoffnung und etwas zum Festhalten. Sogar Atheisten glaubten an Politik, und ein erfolgreicher Kandidat stand daher für die Religiösen, die Nichtreligiösen und die Mehrheit der Taufscheingläubigen.

Werkzeuge aus der Kommunikator-, Wirkungs- und Aussageforschung und Framing und Agenda-Setting waren für die Kampagnenplanung ebenso wie verhaltensökonomische Ansätze je nach Bedarf spielentscheidend. Mit dem datengetriebenen Marketing standen der Grundlagenforschung erstmals viele Daten zur Verfügung. Bisherige Ansätze argumentierten kulturhistorisch, demokratietheoretisch, ökonomisch und systemtheoretisch. Der in Franks Studie verwendete Ansatz arbeitete nutzerorientiert. Entscheidend war die Aktivierung des Einzelnen, und aus diesem Gedanken leitete Frank seine umfassende Wahlgewinnformel ab. Ein Baukastensystem mit Erfolgsgarantie für alle kommunalen und nationalen Wahlen zu entwerfen, war sein vollmundig versprochener

Anspruch. Franks Untersuchung sollte die Kluft zwischen der Realität der Wahl und der Theorie schließen.

Diese Rohfassung präsentierte Frank dem Rektor des Instituts für Verhaltensökonomie persönlich. Dieser lobte seinen realitätserprobten Zugang und gab Frank ein Empfehlungsschreiben zur Zulassung für den Senat. Zabel hatte ganze Arbeit geleistet; die Unterredung verlief freundschaftlich, Franks transdisziplinärer Ansatz wurde gewürdigt und der Rektor wähnte sich stolz, einen Vollprofi für sein Haus zu gewinnen. Sein Projekt sorgte institutsintern für Aufruhr. Frank war der Fachöffentlichkeit bislang als Marketinggenie, doch nicht als Wissenschaftsfreund bekannt. Dass er sich ohne erkennbaren Nutzen diesem Monsterprojekt stellte, verwunderte das Institut. Gewiss, die Wahlforschung war durch die explodierende Rechnerleistung exakter geworden; seit den Siebzigerjahren war alles lückenlos dokumentiert. Aber das Feld galt als überforscht wie die Fischbestände der Antarktis. Dass jetzt ein Praktiker wie Frank aus dem Nähkästchen plaudern wollte, kam überraschend. Frank hatte die Spielregeln neu definiert und mit seinen unkonventionellen Methoden die Theorie in ihren Grundfesten erschüttert.

»Das Institut für Verhaltensökonomie möchte mit Ihrer externen Expertise auch Betriebsblindheit vermeiden, wir sind ein offenes Haus«, sagte der Rektor. »In zwei, drei Jahren gibt es eine Pensionierungswelle und Posten werden neu ausgeschrieben. Das sollte Ihnen Ansporn genug für einen zügigen Abschluss Ihres Vorhabens sein.«

Frank schüttelte den Kopf, er wollte nicht an die Universität, dort verdiente er ein Viertel seines jetzigen Gehalts. Er wollte nur eine sensationelle Arbeit abliefern. Das Leben eines Professors stellte er sich eintönig vor: Klausuren korrigieren, Vorlesungen halten, Förderanträge ausfüllen und Papiere für die Schublade schreiben. Das alles konnte nicht das Gefühl einer gewonnenen Wahl ersetzen …

Frank traf Zabel gleich im Anschluss an das Treffen in einem panasiatischen Lokal. Zabel aß aus Figurgründen nur noch asiatisch, wie er Frank halbironisch mitteilte, und war blendender Laune. Schon zu Mittag bestellte er zum Dim-Sum-Menü zwei Flaschen Wein. Zabel lobte die Teigtaschenfüllung aus Kohl und Schweinefleisch, erbat sich dann aber sofort eine Kurzfassung des Rektoratstermins. Als ihm Frank alles erzählt hatte, nickte er: »Wie ich dir versprochen habe, alles reine Formsache.«

Von Zabels Wahrheitsstreben war Frank immer ausgegangen. Zabel hatte den entrückten Gelehrtenhabitus mit den Anforderungen des Medienzeitalters verbunden. Er war Bestsellerautor, gut gebuchter Gast im Talkshowkarussell und pflegte das Image des scharfzüngigen Intellektuellen. Zabel hatte die angewandte mit der theoretischen Forschung versöhnt und galt als Vertreter einer anwendungs- und nachfrageorientierten Wissenschaft. Mit seinen Kampagnen hatte Frank Millionen Wähler erreicht, begeistert und bewegt. Gemeinsam wollten sie nun die Wahlforschung auf das nächste Level heben. Lazarsfeld hatte die Gestaltung der Gesellschaft durch die Sozialforschung begründet und niemand hatte seinen Anspruch seither hinterfragt. Seine Designs und Methoden waren weltweit Forschungsstandards, die digitalen Sozialwissenschaften hatten das hermeneutische Rätselraten abgelöst. Tausende Computer und Datenbanken lasen genauer als die Augenpaare verschrobener Bücherwürmer. Forscherische Intuition war ein Konzept aus der Vergangenheit.

Lenz sah das völlig anders. Das wunderte Frank nicht. Deswegen wollte er ja auch mit Lenz zusammenarbeiten. Warum er aber weiterhin auf Intuition als Methode setzte, verriet er Frank nicht.

Bis Lenz Frank zu einem ersten Arbeitstreffen in seinem französischen Lieblingsbistro einlud, verging wieder ein Monat. Lenz, wenn er gnädigerweise einem Treffen einwilligte, speiste nur in Restaurants mit französischer Landküche. Lenz sprach über die Speisekarte, den Koch, die Kunst, die Krise der Wissenschaft im Allgemeinen und lästerte über den allgegenwärtigen Trend zur panasiatischen Küche. Sushi sei der McDonald's der Zwanzigerjahre, aber wenigstens gesünder als der Amifraß. Lenz bestellte ein Käsesoufflé mit grünem Blattsalat. Der für das Soufflé verwendete Käse war von einem Affineur aus Rognaix, wie er genüsslich feststellte. Erst nach drei Gläsern Rotwein ging er auf Franks Vorhaben ein. Lenz hatte während des Hauptgangs die Kurzfassung überflogen. Er kritisierte Franks Ansatz als banal und lachte über das Lob von Zabel.

»Das von dir Vorgelegte ist Legitimationswissenschaft. Der Glaube an Zahlenreihen, Regressionstabellen und Statistiken hat den Geist aus den Geisteswissenschaften vertrieben. Um deine Ziele zu erreichen, musst du zuerst die historisch relevanten Texte aufstöbern und zweieinhalbtausend Jahre Geistesgeschichte aufarbeiten. Die sorgfältige Lektüre – früher standesgemäße Berufspflicht – ist durch den Siegeszug der computerunterstützten Forschung verdrängt, vergessen, ja, vernichtet worden. Die Herrschaft der Zahlen zerstört das Urteilsvermögen. Die Geisteswelt dient anderen Göttern als Gewinn und Macht. Wenn du das Wesen von Wahlen verstehen willst, musst du lesen lernen und alles vergessen, was dir Zabel als Wahrheit verkauft. Dem Einfaltspinsel geht es um Einfluss, nicht um Wissen.«

Zum fünften Glas Rotwein bestellte Lenz als Nachtisch Mousse au Chocolat. Bevor er mit Frank weiter über die Häresien des denkfaulen Wissenschaftsbetriebs sprach, wollte er ihm mehr über Zabel verraten. Nur wenn Frank dessen Antrieb verstand, konnte er auch den Wert seines Denkens realistisch einschätzen. »Der Charakter eines Menschen offenbart sich in seinen Werken.« Lenz verzog angewidert sein Gesicht: »Die Feigheit Zabels ist in seinen Essays, seinen öffentlichen Auftritten und seinen Interviews ausreichend dokumentiert. Zabel vertritt nie nicht-offiziell nobilitierte Thesen. Er argumentiert nur im Raum des Erlaubten, des Modischen und des sicheren Terrains. Wenn er Kritik übt, verkleidet er diese mit Nebelgranaten und schicken Worthülsen, sodass seine Urteile niemanden konkret benennen. Seine Nicht-Kritik begnügt sich mit Gemeinplätzen und nur deshalb speist Zabel am Bankett der Wirtschaftsbosse. Seine Kritik affirmiert die Macht. Zabel übt Opposition nur in der Theorie. Praxis im Sinne von Protest gegen das Machtzentrum gibt es bei ihm nur als folgenloses Sprachspiel, er gefällt sich in der Pose des einsamen Rufers. Und nur aus Feigheit spielt Zabel den Verzweifelten. Sein Einfluss auf Kultur, Medien, Wissenschaft, Politik ist groß und somit wäre seine Macht auch praktisch, aber Zabel versteckt sich hinter der Maske des objektiven Wissenschaftsdarstellers. Mit Gemeinplätzen wie ›Zahlen lügen nicht‹ schindet er Eindruck. Der Habitus des Gönnerhaften, Jovialen, Großzügigen, Witzigen und Weltgewandten ist gespielt und offenbart nichts über sein Innenleben. Zabel spricht das Gegenteil von dem, was er meint, und er sagt das Gegenteil von dem, was er tut.«

Lenz redete sich in Rage. Für ihn war Zabel eine infame Person, die echten Problemen auswich, weil sie sich nicht traute, das Gefährliche zu denken. Nach einer kurzen Trinkpause schimpfte er ansatzlos weiter.

»Die Opposition Zabels ist eine Chimäre. Die tiefe Ironie seiner unfreiwilligen Witzigkeit führt dich zum Kern seines Wesens. Zabel verkörpert die Spitze der Gedankenlosigkeit eines Denkens in dürftiger Zeit; was seine einzige Bestimmung ist: Allen zu zeigen, in welcher verblödeten Epoche wir leben. Zabels Gedanken sind weder tief noch edel. Er hortet Einfluss, Macht, Geld und will gleichzeitig Rebell, Querdenker und kritischer Geist sein. Dass dieser Widerspruch niemandem auffällt, bringt ihn nicht zum Verschwinden. Zabel schmückt seine Reden mit Fremdwörtern, um zu bluffen, und mischt Paradoxes in seine Nichtigkeiten, um eine geheimnisvolle Aura vorzutäuschen. Er hat nichts zu sagen, aber wie er dieses Nichts formuliert, macht ihn zum Star der Mediendemokratie. Mehr als Belanglosigkeiten hat er nie veröffentlicht. Er hat seine Laufbahn mit Zusammenfassungen, Kommentaren und Drittverwertungen von Vorgedachtem aus Frankreich und den USA bestritten. Das Herausragendste ist seine Durchschnittlichkeit und die Voraussagbarkeit seiner Aussagen. Das zwanghafte Einebnen spannender Problemstellungen hat bei Zabel Systemcharakter«, spottete Lenz. »Er muss verstecken, vereinfachen und täuschen, um von seiner Leere abzulenken. Zabels Methode ist eine Nichtmethode, er zergliedert komplexe Sachverhalte, die er nicht versteht, in einfache Fragestellungen, um diese dann in Handlungsanweisungen zu gießen. Dieser Sophist entlastet feige Menschen von der Bürde des Selbst-Denkens. Er entscheidet für entscheidungsschwache Entscheider, weil diese von seinen fragwürdigen Neologismen geblendet sind.«

Frank musste mehrmals laut lachen. Lenz war richtig gemein. Frank war überrascht von der Schärfe seiner Worte, aber nicht überzeugt von seiner Kritik. Zabel war erfolgreich und galt als Meisterdenker. Er war als Kulturpublizist vielfach ausgezeichnet, beliebt als Professor, und Leitartikler nannten ihn das moralische Gewissen einer ganzen Generation. Hatte er sich all diese Auszeichnungen nur erschwindelt und ganz Österreich über Jahrzehnte getäuscht? Frank äußerte seine Bedenken, aber Lenz verstärkte seine Kritik. Nur seine Forschungsarbeit könne Frank helfen, die Dummheit Zabels in seiner ganzen Bandbreite zu verstehen.

Frank vermutete persönliche Motive für Lenz' Abneigung. Dass jemand aus inhaltlichem Antrieb eine andere Person so entschieden ablehnte, war ungewöhnlich. Frank vertraute auf seinen Instinkt und ignorierte Lenz' Bedenken. Er brauchte Zabel auch für seine institutionelle Anbindung. Lenz' Wissen und Belesenheit und Zabels Einfluss und Macht bildeten die Grundlage für eine Arbeit, die ihn gegen Angriffe aus allen Wissenschaftslagern schützte.

Lenz lag in allen Rankings hinter Zabel, aber er hatte Franks Weltbild geprägt. Er hatte seine Vorlesungsmitschriften gesammelt und diese auf einem russischen Server für die Nachwelt abgespeichert. Lenz' unveröffentlichte Schriften und seine zwei vergriffenen Monografien verzeichneten konstant hohe Downloadzahlen. Das war ein Indiz für eine kleine und treue Gefolgschaft und die Güte seines Werks. Frank wollte Lenz' verstreute Schriften wieder lesen, um seine Polemik an Zabels Denken besser nachvollziehen zu können. Er sah in Zabels Vorschlag, die Rohdaten seiner Firma als Primärdatenquelle für seine Abhandlung zu verwenden, nur eine forschungsökonomische Hilfe und keine Bösartigkeit.

Wenn Lenz Frank aufforderte, Lesen zu lernen, war das ärgerlich. Denn konkrete Tipps und Lektürehinweise hatte er ihm im Bistro vorenthalten. Lenz orakelte herum, weigerte sich aber, Namen zu nennen. Er verstieg sich nur zur wirren Festlegung, Methodenfragen und Stichprobengrößen als Probleme nachgereihter Wichtigkeit zu bezeichnen. Die Wissenschaft leide unter der Vielzahl erhobener Daten, von denen die meisten sinnlos seien. Durch zu viele Zahlen, Studien und Statistiken werde der Zugang zum Wissen verunmöglicht …

Wie man Wahlen gewann, war die falsche Frage, sagte Lenz. Die richtige Frage laute, was dem Gemeinwohl diene. Politik, die sich mit der Machtfrage begnüge, verkenne ihr Wesen. Und eine Habilitation müsse den Anspruch haben, den bleibenden Kern der

Staatsführung zu erkunden. Ein guter Kanzler sei der erste Diener seines Volkes, lebe bescheiden, orientiere sich nicht an Mehrheitsmeinungen, fiskalpolitischen Notwendigkeiten oder den Zwängen der sogenannten Realpolitik. Staatskunst als angewandte Philosophie sei eine Lebensweise, bläute Lenz ihm ein.

Mit diesen normativen Regeln konnte Frank nichts anfangen. Sie halfen ihm bei seinem Forschungsvorhaben nicht weiter. Aber es war Balsam für seine Seele, sich ab und zu mit Lenz über Klassiker der Geistesgeschichte auszutauschen, um ihre Essenz kennenzulernen. Konkrete Hilfe erwartete er sich von solchen erratischen Aussagen keine.

Lenz neckte ihn im Bistro bei der dritten Flasche Wein mit Rätsel- und Fangfragen. Warum willst du ein Gelehrter sein? Warum schwanken Intellektuelle und warum ist die Wissenschaft frei nach Heidegger tot und denkt nicht? Warum willst du eine Lehrerlaubnis, wenn auf der Universität Denken verboten ist? Der gute Lenz war gekränkt, weil er nie einen Lehrstuhl erhalten hatte. Vielleicht war Lenz auch nur ein gelangweilter Snob. Er hatte geerbt, konnte sich also den Luxus des freien Denkens aufgrund seiner finanziellen Unabhängigkeit leisten.

Lenz weckte mit seinen Anspielungen Franks Ehrgeiz. Hinter seinen politischen und wirtschaftlichen Erfolgen klaffte das Nichts, aber darüber konnte er auch mit Sandra nicht sprechen. Sandra erwartete von ihm Erfolg. Sie hatte seine wissenschaftlichen Ambitionen als Zeitverschwendung kritisiert. Geld, Macht und Einfluss waren die einzigen legitimen Gründe, tätig zu werden. Bislang hatte Frank sich ausschließlich auf diese Bereiche fokussiert. Medien, Mandanten und Politiker konnte er täuschen. Nur Lenz war für seine Überredungskommunikation unempfänglich. Er konfrontierte ihn mit seinem Nichtwissen. Diese Konfrontation schmerzte ihn und weckte seinen Ehrgeiz. Er wollte Lenz von seiner Fähigkeit zu denken überzeugen. Er buhlte um die Anerkennung von Lenz und je öfter er ihn traf, desto mehr verschob sich sein Ehrgeiz von der Oberfläche auf das Inhaltliche. Jede Anmerkung von Lenz hatte Hand und Fuß und folgte einem System. Mit jedem Satz steigerte Lenz seine Wissbegierde. Lenz' Sprache hypnotisierte ihn. Fischbach, der Menschenfänger, fühlte sich angezogen. Er konnte sich diese Anziehungskraft nicht erklären. Die Quelle seines Ehrgeizes hatte keine materiellen Ursachen, denn Geld hatte er genug. Ihn lockte anderes.

Die Begegnungen mit Zabel verliefen professioneller und erwartbarer. Das Gesagte irritierte, überraschte Frank nicht. Zabel versorgte ihn fürsorglich mit Studien und Lektüren, mit Vorgedachtem und von Entscheidern verwendetem Herrschaftswissen. Aber diese Gedanken waren abgestanden wie panasiatische Modegerichte. Zabel war vom Falstaff-Magazin zum *Feinschmecker des Jahrzehnts* ernannt worden. Diese Auszeichnung musste andere Gründe als einen feinen Gaumen haben, dachte Frank. Zabel hantierte mit seinen Essstäbchen ungelenk wie mit Drumsticks. Er schlürfte sein Pho wie ein vietnamesischer Reisbauer, weil lautes Schmatzen beim Suppenessen als Ausdruck von Wohlbefinden galt. Der Mann hatte keine Scham vor kultureller Aneignung und biss in seine Schweinelende. Dieser Industriepreis erlaubte keinerlei Rückschlüsse auf profunde Kenntnisse der Esskultur, grauste sich Frank. Seit seiner Ernennung zum Chefgourmet wählte Zabel für jedes Arbeitstreffen einen anderen, in drittklassigen Lebensstilmagazinen abgefeierten Fusion-Schuppen. Zabels Körper war aufgequollen wie ein nordchinesisches Germbrötchen. Um abzunehmen wollte er eigentlich nur noch Wokgemüse und Reis essen, aber er entschied sich entgegen seines Vorsatzes für eine Suppe. Vietnamesische Suppen verkörperten für Zabel *le dernier cri*, wie er auf Französisch formulierte, seit er die *Seinfeld*-Episode mit dem

Suppennazi gesehen hatte. Zabel löffelte Suppe und textete Frank nieder. Mit seinen Meinungen, Einschätzungen und Expertisen hielt er sich nie zurück. Zabels Denken war geschult an den Phrasen der Beraterindustrie und klang für Franks sattsam bekannt.

Lieber als über die Thesen seiner Arbeit sprach Zabel über Etats und die Vertiefung ihrer Geschäfte. Frank wunderte sich, warum sich Zabel nicht für seine Arbeit interessierte. Auch Sandra begeisterte sich nur mäßig für die Fortschritte seiner Habilitation. »Schließ diese Liebhaberei endlich ab. Du vergeudest nur wertvolle Zeit. Ich glaube, du halst dir die ganze Mehrarbeit nur auf, weil du um die Zuneigung deiner beiden Besserwisser buhlst. Das Ganze riecht nach unaufgearbeiteten Vaterproblemen.« Sandra witzelte über die Motive seiner Zusatzarbeit und sorgte sich um seine Geschäfte. Mit beidem hatte sie recht. Frank zweigte immer mehr Zeit für seine Habilitation ab.

Lenz war der Einzige, der seine fachlichen Fragen bereitwillig beantwortete. Zwar manchmal ruppig, aber ohne herablassend zu werden. Steckte hinter Lenz' gewöhnungsbedürftiger Pädagogik Absicht? Oder ein ausgeklügelter Plan? Was Lenz ihm mitteilte, sprach er über die Bande, verklausuliert und nie direkt. Bevorzugt verpackt in Sticheleien über Zabel. Zabels Prinzipien hinter seinen Binsenweisheiten waren willkürlich und ortlos, insistierte Lenz, wenn er Franks nach Zabels Lektüreempfehlungen zusammengestellte Kapitel akribisch durchlas. Lenz beschränkte seine Kritik auf fachliche Aspekte, auch wenn er persönlich wurde. »Zabels Abhandlungen sind meinungsgetrieben, und Meinungen interessieren mich nicht. Sie beinhalten nie mehr als den kleinsten gemeinsamen Nenner des Massentauglichen.« Mit solchen Aussagen war Frank überfordert. Die Grundlage von Zabels Denken war Prinzipienlosigkeit, urteilte Lenz unerbittlich. Das war schon wieder so ein wirrer Begriff. Was hatten Prinzipien mit Wissenschaft zu tun? Und warum kanzelte Lenz evidenzbasiertes Wissen als Plattitüde ab?

Das einzige ernstzunehmende Korrektiv für seine fachlichen Fragen blieb Lenz, aber dieser verkrachte Intellektuelle konnte ihm verfahrenstechnisch nicht weiterhelfen. Für sein laufendes Verfahren brauchte er ausschließlich Herrschaftswissen und Kontakte und kein Hintergrundwissen. Zabel ermunterte ihn immer, wenn Frank von seinen Recherchen erzählte. »Mit deiner Arbeit betrittst du Neuland. Deine Thesen zeichnen sich durch Nachvollziehbarkeit, Berechenbarkeit und Reliabilität aus.«

Die abwechselnden Treffen empfand Frank als bizarr. Zabel schmeichelte und bestärkte Fischbach, Lenz intensivierte und verfeinerte seine Kritik: »Zabel reproduziert die herrschende Moral, die wiederum von den Vorstellungen der gängigen Vorurteile sanktioniert ist.« Bei den Arbeitsessen mit seinen Mentoren tauchte Frank in konträre Denkwelten und Gastrokulturen ein. Er musste zwischen den Fürs und Widers eine eigene Linie finden. Zabel drängte zur Fertigstellung: »Du verlierst dich in unwichtigen Detailfragen. Das Einzige, was zählt, ist die Abgabe. Es geht um die Lehrbefugnis, nicht um eine Welterklärungsformel. Sei nicht blauäugig, Wissenschaft funktioniert wie Politik. Zwei emeritierte Professoren am Institut stehen dir kritisch bis ablehnend gegenüber. Da aber mein Freund Draxler höchstwahrscheinlich den Senatsvorsitz übernimmt, gibt im Fall negativer Gutachten immer noch die Stimme des Vorsitzenden den Ausschlag zu deinen Gunsten. Eine Habilitation ist zu 95 Prozent Strategie und nur zu fünf Prozent Inhalt. Dein Forscherehrgeiz hilft dir nicht weiter. Belaste dich nicht mit Formalien und institutsinternen Streitereien und überlasse das mir. Du benötigst einen klaren Kopf für die Niederschrift. Schreib alles, was dir noch an erprobten Wahlkampftricks wie Negativkampagnen, Rufmord, Demobilisierung und Feindbeobachtung einfällt, nieder, behaupte in der Einleitung einen Paradigmenwechsel zu begründen und gib deine Arbeit ab. Inhalte sind überbewertet.«

Frank bezweifelte diese Aussage, aber er befolgte Zabels Rat. Fünf Assistenten kopierten Aufsätze, sichteten Quellen, besorgten schwer zugängliche Literatur über russische Server oder kostspielige Abonnements und Nachforschungen in Antiquariaten, um all seine Thesen zu belegen. Franks Rechercheteam exzerpierte 3500 Bücher und Fachbeiträge, um sein praktisches Kampagnen-Knowhow ausreichend mit Klassikern zu unterfüttern. Mit dem vorgelegten Datenapparat zeigte sich Zabel zufrieden: »Damit überlebst du jede Kommission.«

Zabel und Lenz dachten und lebten komplett verschieden. Zabel machte Frank mit institutionellen Gebräuchen und akademischen Ränkespielen vertraut, während Lenz Entbehrungen forderte und über antike Weisheiten nachdachte. Frank verschmolz beide Ansätze. Vom Erfolgsmenschen Zabel übernahm er Ratschläge, wie ein Abschluss am effizientesten zu erreichen war. Von Lenz übernahm er Worte und Anregungen. Frank wunderte sich über die Anziehungskraft von Lenz: Seine Worte lockten ihn, obwohl er sie nicht unmittelbar verwerten konnte. Aber hinter jedem Gedanken von Lenz verbarg sich eine neue Welt. Gegen den Glauben an die Messbarkeit vertrat Lenz die Wahrheit des Begriffs. Zabel begnügte sich mit der Rolle des Vermessers und erklärte die Welt mit Zahlen. Gegen diese Zahlenmagie vertraute Lenz auf die Tugenden Widerspruch und Intuition.

»Wer Zahlen absolut setzt wie Zabel, verwechselt Wissenschaft und das Leben mit einer Maschine«, bläute er Frank ein. »Mechanistische Metaphern und Erklärungsmodelle sind im amerikahörigen Wissenschaftsbetrieb mittlerweile unhinterfragter Standard. Diese Reduktion von Leben auf ein keimfreies Labor unter klinischen Idealbedingungen kann man in den deinen Ergebnissen nachlesen, Zabel verkauft die Illusion der ruhigen Hand eines wertneutralen Wissenschaftlers, der nur auf Daten, Zahlen und Fakten setzt und die Subjektivität des eigenen Empfindens verneint. Wahrheit existiert für Zabel und in der empirischen Wissenschaft nur in der Zahl und in der Wiederholbarkeit. Ideengeschichtlich gibt es aber noch andere: die Wahrheit der Stolzen, der Fleißigen, der Gierigen, der Geldaffinen, der Ruhmsüchtigen, der Trinkfreudigen, der Asketischen, der sexuell Orientierten … Jede Schule begründet ihre Wahrheit mit einer eigenen Weltsicht. In der Moderne gilt nur noch die Wirklichkeit von EXCEL-Tabellen und Ökonometrie. Damit hat die Forschung ihre Mannigfaltigkeit preisgegeben. Angewandte Wissenschaft beschränkt sich auf die Funktion eines Beschleunigers und Erfüllungsgehilfen von Wirtschaft und Politik, und denkt nicht mehr eigenständig«, beklagte Lenz.

Frank verstand nicht ganz, was sein Mentor ausdrücken wollte. Frank vergegenwärtige sich sein bisheriges Leben. In seiner Beratungstätigkeit hatte er gewonnen, weil er die meisten Daten gesammelt hatte. Durch die Digitalisierung und Itembatterien war es leicht, Sieger vorauszusagen. Den Wählerwillen zu formen und in gewünschte Bahnen zu lenken, war keine Kunst. Was Menschen begehrten, wussten sie von den Datenkonzernen, dem Internet und der Unterhaltungsindustrie und nicht von ihren Eltern, Freunden, den Weltreligionen oder der Politik. Zabels Glaube an die Wahrheit der Zahlen war weniger Forschung als Bestätigung der Herrschaftsideologie. Lenz hingegen hütete ein verborgenes Wissen, von dem Frank sich Aufschlüsse erhoffte.

Zabel behandelte Frank bei ihren Treffen wie einen Geschäftspartner, Lenz behandelte Frank wie einen Schüler, dem er gelegentlich aus einer diffusen Menschenfreundlichkeit heraus Nachhilfe gab. Trotz seiner Gesprächsbereitschaft gab ihm Lenz zu verstehen, wie wenig er wusste. Jedes Treffen bohrte neue Fragen in Franks Herz. Er blickte in den Abgrund seiner Existenz. War er nur erfolgreich, weil er die Dinge nicht verstand? Lenz schämte sich erstmals für sein Nichtwissen und für seine oberflächlichen Beraterweisheiten. Sein Weltbild wankte, seine Selbstsicherheit schwand. Sein Tun zu hinterfragen, vermochte nur Lenz. Frank wollte wissen, wer sich hinter dem Erfolg verbarg.

Für Lenz war Wissenschaft nicht die Magd der Wirtschaft; die Wirtschaft war die Dienerin des Denkens und Forschung eine Kunst. In der Wüste der Wahlwerbung und der Marketingwissenschaftsprosa gewannen nach Franks Erfahrungswissen jene Kräfte, die dem Endkonsumenten alles einredeten und aufschwatzten, nicht jene, die zum Kern eines Sachverhalts vordrangen. Aber Lenz beharrte darauf, ein Problem in seiner ganzen Tiefe zu durchdenken. Und hielt störrisch am Begriff des gerechten Lebens fest. Frank Fischbach hatte bislang nie über Gerechtigkeit nachgedacht. Solange er Geld verdiente, Wahlen gewann und sein Bett mit Sandra teilte, war er zufrieden.

Frank und Zabel verkauften Formeln mit Gebrauchswert und ebendieses Nützliche und Gewinnbringende verachtete Lenz. Über die Stehsätze und Halbweisheiten der Ratgeberliteratur mit ihren normierten Versprechungen war Franks Denken nie hinausgekommen.

Lenz konfrontierte Frank beim nächsten Treffen im Bistro wieder mit seinen Defiziten: »Du misst, was du siehst und gewinnst dein Wissen durch Beobachtung, Befragung und Statistik. Wer Zahlen zur Grundlage seines Menschenbilds macht, will betrügen. Nur das reine Denken der Theorie und der kanonischen Bücher zeigen Wege zur Erkenntnis des wahrhaft Wahren.«

Seine inhaltliche Kritik an Franks bisher Geschriebenem war kurz: »Du setzt Sender und Empfänger gleich, Aussage und Inhalt.

Du denkst vom Ergebnis her und argumentierst in Zirkelschlüsseln. Es ist ein Irrtum, Wahrheit allein spekulativ und mit Zahlenkolonnen zu begründen. Schon die Grundannahmen deiner Arbeit sind falsch«, beharrte Lenz. »Gewinnen ist nicht das Wesen einer Wahl. Warum willst du siegen? Hast du dir jemals diese einfache Frage gestellt?« Frank schüttelte den Kopf. »Du kannst wie Zabel von deinen Zeitgenossen hofiert werden, umschmeichelt und geliebt, aber spätestens in zwei Generationen wirst du vergessen sein. Denn dies ist die einzige Spur zur Wahrheit: sich zu frei machen von den Vorurteilen seiner Zeit. Dafür brauchst du keinen Computer. Reines Denken ist das einzig taugliche Mittel, Wahrheit zu erlangen; jedes andere Wissen ist bloße Meinung, doxa nannten das die alten Griechen. Die Feldforschung, die Statistik, die Meinungsforschung, die Anhäufung Tausender Datensätze und deine kunstfertige Anordnung Hunderter Variablen sind nachgeordnete Hilfsmittel zur nur durch reines Denken erreichbaren Wahrheit. Deine Thesen beruhen weder auf dem Wissen des Allgemeinen noch des wahrhaft Wirklichen. Sie sind Schund, mit diesen aufgeblasenen Zahlenwüsten beeindruckst du höchstens die traurigen Figuren von Zabels Witzfigurenkabinett, aber keinen Soldaten Platons. Bis heute lesen wir Platon falsch durch die aristotelische Brille. Dessen Krämerseele des Vermessens, des Aufschreibens, des Skripteverfassens, der Fleißigkeit, der Geschäftstüchtigkeit, kurz: dessen gefürchtete aristotelische Langeweile lugt aus jeder Zeile deiner Abhandlung hervor. Es ist so erbärmlich unkreativ, dein Urvertrauen auf die Objektivität und Unfehlbarkeit von Algorithmen. Echte Wissenschaft und Kunst sind kreative Tätigkeiten, wie wir seit Xenophons Schrift ›Apologie des Sokrates‹ wissen. Forschen heißt mit Sokrates fragen, nicht Ergebnisse dekretieren, wie du es in deiner eitlen Untersuchung machst. Deine These zu widerlegen ist einfach. Wenn du alle Wahlen gewinnst, wird keiner mehr wählen wollen. Der Wettbewerb stirbt und du wirst die Demokratie, das Wählen von Alternativen, zerstören. Deine Arbeit läuft auf die Abschaffung von Wahlen hinaus. Du musst weiterdenken. Deine Selbstbeschränkung auf Legislaturperioden ist gefährlich. Was bedeutet es für Wahlkampfclowns wie dich, wenn du selbst Opfer deiner eigenen PR und deiner Wahlkampflügen bist? Glaubst du ernsthaft, deine halbseidenen Thesen wären echte Wissenschaft? Sinus-Milieus, Buyer-Personas, ich bitte dich, das ist doch alles Nonsens und Marketinggewäsch …«

Die Nachdrücklichkeit, mit der ihm Lenz seine Unfähigkeit unter die Nase rieb, ärgerte Frank, denn er strengte sich an. Er hatte mit achtzig Multiplikatoren qualitative Experteninterviews geführt und die Basisliteratur des letzten halben Jahrhunderts gesichtet. Lenz zerstörte all seine Mühen mit einer einzigen Frage: »Wenn deine Thesen allesamt auf falschen Vorannahmen aufbauen, was hilft dir da ein 1000er Sample?«

Lenz nahm keine Rücksicht auf Franks Befindlichkeiten. Seine Verkaufsschule, seine Beratertätigkeit für den Kanzler, sein Geschäftsmodell, alles, was Frank vorzuweisen hatte, nannte Lenz irrelevant. Wie konnte Lenz so von sich selbst überzeugt sein? Diese Selbstsicherheit zog Frank an. Aber er misstraute Lenz auch, da die Wirklichkeit auf seiner Seite stand. Er war der Kanzlermacher. Zabel nutzte Bernhards Daten. Sandra nutzte ihn als Testimonial. Die Konkurrenz arbeitete mit den Rohdaten von Alpha Growth. Jeder in Österreich verwendete ihre Zahlen, und Lenz kanzelte ihn als Schulbub ab. Frank spürte die Wahrhaftigkeit von Lenz' Einwänden, dennoch ignorierte er seine Bedenken. Er wollte abgeben. Zur Rückversicherung gab er sein Manuskript Zabel.

Zabel aß Entenbrust auf Sojasprossen und redete auch heute lieber über die Kalorienarmut der japanischen Küche als über die zentralen Erkenntnisse seiner Arbeit: »Der Schlusspunkt ist das Wichtigste einer Abhandlung. Du hast eine gültige Formel für Wahlkämpfe gefunden. Stell dein Wissen in eine Vitrine. Putz es heraus.« Die einzige inhaltliche Anmerkung war ein Gähnen Zabels, als er resignierend festellte: »Demokratie durchlebte schon spannendere Zeiten als den Spätkapitalismus. Aber immerhin ist die Parteiendemokratie eines der wenigen Geschäftsfelder, wo man über Konjunkturzyklen hinweg mit fixen Budgets planen kann. Die Parteienförderung beschert allen Parteien ein bekömmliches Auslangen. Politik ist leicht verdientes Geld.« Zabel mahnte zur Abgabe: »Gib vorm Sommer ab, dann bekommst du einen Freund von mir als externen Gutachter. Wer dich vom Institut begutachten wird, weiß ich nicht, aber wahrscheinlich werde es ich es selbst machen. Wenngleich es mühsam ist, die ganze Arbeit für 350 Euro zu lesen. Warten wir ab, für dein Thema fühlt sich seltsamerweise keiner zuständig. Wahlkampfforschung ist so angesagt und umstritten wie Klimaforschung. Jeder hat eine Meinung, keiner eine Ahnung …«

Frank widmete jede freie Minute der Fertigstellung seiner Arbeit. Er schlief wenig, überließ den Kanzler anderen Beratern und traf Sandra wie immer einmal pro Woche. Frank führte Zabels und Lenz' Weltbilder zusammen. Er schuf eine Symbiose aus Macht und Denken. Dieses Themenfeld in der Tiefe ganzheitlich selbstständig zu erarbeiten war sein Akt der Selbsterschaffung. Frank identifizierte sich mit seiner Rolle als Wissenschaftsnovize und schrieb die Wahrheit demokratischer Wahlkämpfe nieder. Fünf Kilo leichter und mit drei Stammkunden weniger reichte Frank seinen 300-Seiten-Text angereichert mit 200 Seiten tabellarischem Anhang nach insgesamt dreizehn Monaten ein.

8

FRANK WARTETE DREI Monate. Frank wartete sechs Monate. Frank rief beim Vorsitzenden des Prüfungssenats an, erreichte ihn nicht und wartete weiter. Um nicht dauernd an das laufende Verfahren zu denken, widmete er sich dem Aufbau seiner Schule. Sechs Module mit 75 Teilnehmern betreute er persönlich. Anders als konzeptioniert, war der Versageranteil größer als angenommen. Trotz Vorauswahl qualifizierten sich nur zwei für das Gütesiegel eines *Young Titan.* Nicht jeder verfügte über Franks Potenzial sich zu schinden. Frank schärfte seinen Lehrplan nach. Menschen und ihre Leistungsfähigkeit richtig einzuschätzen, benötigte mehr Zeit als drei Wochenenden.

Das Kleeblatt, welches sich in der Testgruppe ausgezeichnet hatte, bereitete ihm hingegen Freude. Tom, Steve, Pam und Doris hatten sich bewährt und für höhere Aufgaben empfohlen. In Praktikum hatten sie 2000 Zeitungsabos, 100 Gebrauchtwagen und 20 Häuser verkauft und damit alte, für die Ewigkeit gedachte Rekorde von ihm selbst überflügelt. Dieser Einsatz musste belohnt werden. Frank beförderte die fantastischen vier zu persönlichen Betreuern bei der Waldwoche. Sie durften Sandra und ihn beim Gaston-Glock-Eichenblattschießen als Teilnehmer begleiten. Sandra war über jede unbezahlte Zusatzkraft dankbar, und die jungen Titanen lernten bei der Jagdgesellschaft Leistungsträger im privaten Umfeld kennen. Zu sechst setzten sie sich in ein E-Auto und fuhren zur Waldwoche. Nach der Südautobahn fuhren sie in Spittal an der Drau auf der Landstraße weiter bis St. Johann im Defereggental. Nach der Ortschaft passierten sie einen Schranken. Hier betraten sie das Umweltdisneyland für Einheimische und Touristen. Die angepflanzten seltenen Bäume rochen frisch und Franks Blick blieb an ein paar Parasolen hängen. Zum Auspacken blieb keine Zeit. Sie waren nicht hier, um sich zu erholen oder die Natur zu genießen, und besprachen ihren Einsatzplan.

Die Gruppe nächtigte in einer Holzhütte mit Pelletsheizung und da im Tal Handys, Wecker und Elektronik verboten waren, verschliefen sie. Vor der Hütte standen Mountainbikes. Frank musterte die Modelle. E-Bikes standen hier natürlich auch auf dem Index und nur ihre Muskelkraft war erlaubt. Sie radelten zum Veranstaltungszentrum: eine in alttirolerischem Landhausstil orginalgetreu nachgebaute Siedlung mit einem Aussichtsturm als Zentrum, wo sich die Geladenen sammelten. Der Turm in Form eines Jagdgewehrs ragte zwanzig Meter in die Höhe. Kathrin Glock stand oben im Catwoman-Kostüm und winkte ihnen zu. Sie blies in ein goldenes Jagdhorn und ballerte mit ihrer handgefertigten G-17-Pistole fünfter Generation in die Luft. Diese Einzelanfertigung hatte ihr Gaston zur Verlobung geschenkt. Die Spiele waren eröffnet. Tom, Steve, Pam und Doris kletterten in einen Heißluftballon. Als sie fünzig Meter in der Höhe waren, warfen sie Eichenblätter hinaus. Das war das Signal für die Jäger: 25 Männer und Frauen schossen auf die herunterfallenden Blätter. Wer in zehn Minuten die meisten traf, gewann eine zwanzig Hektar große Parzelle im von Gaston Glock originalgetreu nachgebauten germanischen Arminius-Waldtal. Liebhaber historischer Schlachten konnten hier den Sieg der Germanen über die Römer in der Varusschlacht nachspielen. Zur Wiederaufforstung des Originalwaldes hatte Sandra Experten verpflichtet.

Familie Glock hatte ein tötungsfreies Unterhaltungsspiel als Alternative zur Hirschjagd erfunden. Frank nahm sich eine Pistole und ballerte in die Luft. Er zerfetzte einige Blätter, obwohl er das erste Mal im Leben eine Faustfeuerwaffe verwendete. War er ein Naturtalent? Richtig Spaß machte ihm das Schießen nicht. Umso überraschter war er, als Sandra ihn zum Sieger des Wettbewerbs kürte. Frank stiftete die 50.000 Euro Preisgeld und die Parzelle umgehend an Sandras Waldverein. Seine Freundin strahlte über diese kleine Liebeserklärung und schenkte ihm eine lebenslange Patenschaft für die achtzig Meter hohe Eiche Aeterna.

Beim anschließenden geselligen Beisammensein teilten Frank und Sandra mit dem bosnischen und libyschen Regionalmanager von Frontex, Robert Maderthander, den Tisch.

»Warum sind Sie Gastons Einladung gefolgt?«, fragte Frank.

»Wir sorgen in den Flüchtlingslagern mit Glock-Waffen für Ruhe und Ordnung. Das größte Problem der Flüchtlinge ist die viele Freizeit. Die meisten langweilen sich.«

»Wir könnten die Zeit bis zum Abschluss der Asylanträge abkürzen«, schlug Sandra vor. »Die Flüchtlinge könnten Baumkolonien pflanzen. Laut Statistik reduzieren Wälder und Bäume Gewaltdelikte in amerikanischen Gettos wie New Orleans und Chicago um mehr als sechzig Prozent. Wenn Flüchtlinge ihren Beitrag zum Umweltschutz leisten und Bäume sie von destruktivem Verhalten abhalten, gibt das erfreulichere Bilder als handelsübliche Elendsreportagen mit kinderanknabbernden Ratten.«

Maderthander nickte begeistert. Weniger Gewaltdelikte hieß zwar weniger Einsatzmöglichkeiten für Glock-Präzisionswaffen, aber Schusswaffentote belasteten das Image von Glock-Waffen trotz ihres Dauereinsatzes in Quentin Tarantinos Filmen nach wie vor. Das Image von Knarren mit Wäldern und Aufforstung zu verknüpfen und somit aufzufrischen, bewies die Zukunftsfähigkeit der Waffenschmiede. Sandra regte als weitere Attraktion für die Flüchtlingscamps noch eine limitierte Sonderedition von Gewehren mit autochthonen Baummotiven an. Maderthander und Gaston waren begeistert und sagten Sandra als Anschubfinanzierung eine einmalige Finanzspritze von zwei Millionen Euro für ihr Wohltätigkeitsprojekt zu. Der Waffenbauer demonstrierte so einmal mehr seine Menschenfreundlichkeit. »Nach der Jagd und beim Reden kommen die Leute immer zusammen«, freute sich Gaston. Wie immer verzichtete der Fabrikant auf Pressebilder. Seine Menschenfreundlichkeit musste er nicht plump ausstellen. Bescheiden wie er war, überließ er die Öffentlichkeit Sandra und seiner Frau Kathrin.

Die zwei Erfolgsfrauen luden zu einem Pressegespräch, wo sie ihre zwei Test-A-Gebiete zur Vermenschlichung von Flüchtlingsunterkünften präsentierten. Sandra erklärte ihren Plan.

»Ganz nach dem Vorbild des Perućica-Urwalds eignet sich die warmgemäßigte Zone Bosniens für die Aufforstung mit Schwarzkiefern, Bergahorn, Stieleichen, Rotbuchen und Weißtannen. Als kleiner Bruder des Perućica-Urwalds konzipiert, wird das Engagement Glocks Flüchtlingen neuen Lebenssinn geben. Schwieriger in der Umsetzung gestaltet sich die Aufforstung leider im vegetationsarmen Libyen. So ehrlich muss ich sein, schließlich gehört die libysche Wüste zu den trockensten der Welt und Wassermangel ist der natürliche Feind jeder Vegetation, wie Sie wissen. Aber Testversuche mit Kiefern, Eukalyptusbäumen, Mimosen, Akazien und Tamarisken stimmen die vor Ort tätigen Wissenschaftler zuversichtlich. Erste spektakuläre Erfolge können wir heute exklusiv verkünden: Einem Biologen gelang es, Oleanderbüsche zu entgiften und eine salzwasserverwertende Kiefersorte zu züchten. Mit Mikrokrediten finanziert, kultivieren die Flüchtlinge nun Obstplantagen. Mit Orangenhainen und Pfirsich-, Feigen-, Mandel- und Maulbeerbäumen verbessert sich die Ernährungsbilanz der Flüchtlingskinder, und die Erwachsenen lernen Eigenverantwortung anstatt von Spenden abhängig zu sein.«

Grünes Unternehmertum als Ausweg aus der selbst verschuldeten Armut, nannte Sandra diese feministische Selbstermächtigungsstrategie.

Gleich nach dem Pressegespräch fuhren sie heim. Frank war begeistert: »Es gelingt dir scheinbar mühelos, Geschäfte mit der guten Sache zu verbinden.« Ihre erste professionelle Zusammenarbeit vertiefte ihre Beziehung. Sandra engagierte Tom und Doris als Teamleiter ihrer Spendenfirma und Frank nutzte die Autofahrt für ein Angebot. »Sandra, magst du als Umweltministerin in Bao Strauss' Kabinett arbeiten?« Sandra schüttelte den Kopf. Sie sah sich als Aktivistin für eine bessere Welt und keinesfalls als Berufspolitikerin. Frank versuchte sie zu überzeugen: »Das Erneuerbaren-Ausbau-Gesetz und CO_2-Neutralität sind komplizierte Begriffe, unter denen sich nur zwei Prozent der Wähler etwas vorstellen können. Klimaerhitzung mit der Pflanzung von Bäumen zu bekämpfen, verstehen die Menschen. Wir brauchen jemanden, der Politik verständlich macht.« Sandra lächelte gnädig: »Ich werde es mir überlegen. Heute kannst du aber nicht bei mir schlafen. Mir war der Rummel zu viel. Ich möchte allein sein.«

Frank war sich sicher, dass sie schlussendlich zustimmen würde. Zuhause angekommen, las er in seinem Arbeitszimmer routinemäßig Mails, weil er im Tal auf elektronische Werkzeuge verzichtet hatte. Digital Detox gönnte er sich ab und zu. Eine für Lenz ungewohnt ausführliche E-Mail beendete Franks Überlegungen für die Kabinettumbildung von Bao Strauss und seine gute Laune abrupt.

»Lieber Frank, einer meiner Korrespondenten, dem ich anonym von deinem Habilitationsprojekt erzählte (er selbst hatte eine wahre Odyssee in Sachen Habil hinter sich, romanfähig, es kam bei ihm die stattliche Zahl von 25 Gutachtern zusammen. Am Institut für Verhaltensökonometrie, so verriet er mir, hätte man sogar 5000 Euro Prüfungsgebühr erheben wollen …), reichte mir diesen dringenden Rat weiter – du wirst ja überlegen können, ob du dem noch Gehör schenkst oder die Sache bis zur bitteren Neige austrinken möchtest: *Ihrem Bekannten kann ich nur dringend raten, das Verfahren SOFORT zu beenden, mit Bedingung, es als nicht eröffnet zu erklären! Um Gottes willen nicht mehr in die mündliche Prüfung gehen! Er hat keinerlei Chance – aber nur noch eine Wiederholungschance! Bei der er ebenfalls durchfallen wird, das ist sicher. Und anschließend hat er überall im Schlepptau, ›erwiesenermaßen unfähig‹ zu sein. Das nur zur Kenntnisnahme von jemandem, der sich da auskennt …*«

Frank zitterte. Diese Nachricht enthielt viele Ausrufezeichen und war eine Warnung. Frank hatte dank seiner Akademie, dem Wochenendtrip und seiner Beziehung ganz auf das sich obszön lange hinauszögernde Verfahren vergessen. Er hatte gelegentlich am Institut angerufen und Auskunft über den aktuellen Stand erbeten, doch nie eine Antwort bekommen. Die Sekretärin hatte ihn vertröstet, Senatsvorsitzender Draxler nie geantwortet, und der Rektor auf eine durchschnittliche Verfahrensdauer von drei Jahren und die Überlastung der verbeamteten Professorenschaft hingewiesen. Und jetzt bekam er eine über einen anonymen Kontakt zugespielte Mail von Lenz, der mit dem laufenden Verfahren überhaupt nichts zu tun hatte, und keine von Zabel oder dem Institut für Verhaltensökonomie?

Das alles ergab keinen Sinn. Warum wühlte ihn diese Nachricht so auf? Seine Existenz war nicht bedroht. Aber sein Stolz. Während der Recherche war ihm die Grundlagenwissenschaft ans Herz gewachsen. Er war von den Untiefen seiner Beraterweisheiten zu den Klassikern der Geistesgeschichte hochgestiegen. Er hatte die Höhle verlassen und das Licht des Wissens erblickt. Frank hatte Lunte gerochen. Er hatte mit seiner Arbeit, soweit er das abschätzen konnte, Neuland betreten und wollte in der Wissenschaftsgemeinde so erfolgreich werden wie in der Politikberatung. Überall, wo er mitmischte, wollte er der Beste sein. Frank war ein Gewinner. Und jetzt schrieb ihm Lenz eine Warnung. Frank spürte die Angst zu scheitern. Dieses Gefühl kannte er nicht. Es war neu. Er zwang sich zur Ruhe, atmete siebenmal und stellte sich mehrere Fragen. Wer war dieser anonyme Kontakt, der Einblick in ein laufendes Verfahren behauptete und von einem negativen Stand ausging? Warum drängte Zabel ihn zu einer Habilitation, wenn ihn die Universität, von der er ein Empfehlungsschreiben bekommen hatte, dann abschoss?

Der Rektor und Zabel hatten ihn ermutigt und ermuntert. Und der Rektor hatte ihm informell einen frei werdenden Job angeboten. Was wusste der anonyme Briefschreiber? Warum gefiel seine Arbeit dem Senatsvorsitzenden, der Kommission oder einem der Gutachter nicht? Frank hatte sich nie um Gutachter gekümmert oder die Nähe zur Kommission gesucht. Alle institutionellen Kontakte hatte Zabel ihm abgenommen. Bis heute hatte er mit niemandem außer Zabel und Lenz über seine Arbeit gesprochen. Zabel hielt den Inhalt aber für das Nebensächlichste am Verfahren. Und bis auf den Inhalt hatte Frank sich um nichts gekümmert. Er hatte keine Kontakte zum Institut geknüpft und dort Verbündete gesucht.

Ging es hier um Inhalte oder anderes? Wenn es um den Inhalt seiner Arbeit ging: Welche seiner Thesen könnte falsch sein? Wo könnte fachliche Kritik ansetzen? Zabel hatte das ganze Verfahren als Formsache kleingeredet, und Frank hatte sein Wissen aus sechzehn erfolgreichen Wahlkämpfen in seine Studie eingebracht. Der Seriensieger der Politik durfte nicht scheitern. Zabel selbst war als weißer Jahrgang auf einer Provinzuniversität mit einer Sammelhabilitation durchgerutscht und jetzt sollte sein Schützling durchfallen? Frank war noch nie in seinem Leben gescheitert. Niederlagen waren keine Option für ihn. Aber in dieser Causa gab es eine unbekannte Variable: Zabel. Hatte ihn sein Mentor nicht nachgerade zu dieser Studie genötigt? Wo konnten Frank Fehler passiert sein? War er über seinen Hang zur Verkaufsprosa gestolpert? War er mit einer unvorsichtigen Formulierung in einem Nebensatz einem der Gutachter oder einem Senatsmitglied auf den Schlips getreten? Schon in seinen Vorbemerkungen hatte er eine abschätzige Bemerkung über die bislang dürftige Qualität der Wahlforschung einfließen lassen …

Das waren reine Spekulationen. Frank musste sämtliche Sachverhalte rekonstruieren. Und herausfinden, was Zabel wusste. Der Vielbeschäftigte hatte sich seit Franks Abgabe rar gemacht, sich nie bei ihm gemeldet oder ihm vom Stand des Verfahrens erzählt. Frank hatte wiederholt wegen der langen Wartezeit nachgefragt, aber Zabel hatte nur lapidar bemerkt, eine Universität denke in anderen Zeithorizonten als ein Kampagnenmanager. Frank rief ihn an und kam nur auf seine Sprachbox. Frank schrieb ihm eine Mail und bekam keine Antwort. Versteckte sich Zabel?

Warum erschütterte ihn diese Nachricht so? Er hatte geschwitzt und war die ganze Nacht wachgelegen. Objektiv betrachtet war eine negativ bewertete Arbeit belanglos. Frank hatte Kunden, Mandanten und eine florierende Firma. Eine Professur strebte er nicht an. Aber die Arbeit bedeutete ihm viel. Er hatte wissenschaftliches Neuland betreten und wollte mehr wissen. Seine neue Leidenschaft war die Grundlagenwissenschaft. Das konnte er nicht länger bestreiten. Mehr als alle Erfolge bedeuteten ihm die spannenden Gespräche mit Lenz. Lenz hatte sein Koordinatensystem umgekrempelt. Was wohl sein strenger inoffizieller Betreuer zu dieser Nachricht sagen würde? Lenz anzuflennen und um Rat zu fragen, war zu früh. Augenblicklich musste er mit seinen Gedanken das Auslangen finden. Wo könnte er inhaltliche Fehler gemacht haben? Lenz hatte ihn bei ihren informellen Unterredungen häufig kritisiert, ihn *Legitimationswissenschaftler* und *Stichwortgeber für entscheidungsschwache Entscheider* genannt. Frank sah nur zwei Möglichkeiten.

Entweder hatte seine Abhandlung Schwächen oder er hatte Zabel oder einen seiner Freunde verärgert? Frank konnte nicht abschätzen, was wahrscheinlicher war, also googelte er … Tatsächlich! Schon auf der dritten Seite der Ergebnisse fand er einen Hinweis. Zabel und der Kommissionsvorsitzende Draxler kannten sich seit vierzig Jahren. Immer wieder kreuzten sich ihre beruflichen Wege. Der eine schrieb für den anderen Gefälligkeitsrezensionen, gegenseitig zitierten sie aus ihren Werken und schanzten sich Gutachtertätigkeiten zu. Zweifellos verband sie eine akademische Seilschaft alter Schule.

Frank recherchierte mehr über Draxler. Online fand sich wenig bis nichts über ihn. Draxler hatte kaum publiziert, nur ein von der Öffentlichkeit ignoriertes Buch über Drohbriefe verfasst. Wenn er sich mit Verwünschungen und Erpressungen auskannte, kannte er sich bestimmt auch mit der Kunst der Einschüchterung aus. War Draxler der Verfasser des anonymen Briefs? Dieser Gedanke war reine Spekulation. Frank las sich weiter in Draxlers Laufbahn ein. Dieser hatte wie Zabel von der vaterlosen Gesellschaft der Nachkriegszeit profitiert und verfügte über den typischen Lebenslauf eines Wirtschaftswunderkinds. Mit einer siebzigseitigen Arbeit zum Thema *Art Brut* hatte er sich im Fach Kultursoziologie im Saarland habilitiert. Vorsorglich hatte er diese Schrift vor Plagiatsjägern sperren lassen, sie war deshalb in keiner Bibliothek entlehnbar. Unmittelbar nach der Verleihung seiner Lehrbefugnis verbeamtet, hatte er bis auf das Buch über Drohbriefe quasi nichts publiziert. In dreißig Jahren außerordentlicher Professorentätigkeit hatte er eine Monografie und als Co-Autor drei Essays geschrieben. Sein Wikipedia-Eintrag verzeichnete vier Aufrufe in den letzten neunzig Tagen. Draxler war ein Einfaltspinsel mit zu viel Tagesfreizeit und das machte ihn brandgefährlich. Beamte, die nicht forschten, entwickelten andere Leidenschaften als die Lehre. Unbeachtet in seinem Professorenzimmer vor sich hinmodernd, verbrachte er seine Jahre bis zur Emeritierung arbeitsfrei. Draxler war der Schlüssel zu seinen Fragen.

Frank rief Draxler an und bat um Auskunft über den Stand seines Verfahrens. Draxler vertröstete ihn. »Ah, Sie sind es. Warten Sie einen Augeblick. Ich kann gerade nicht sprechen …« Er tat so, als ob er Franks Namen nicht einordnen könnte. Sie hatten sich bislang ja nicht persönlich gekannt. »Ja, wir haben einige Probleme mit Ihrem Verfahren. Niemand will Ihre Arbeit begutachten. Ich habe bislang nur Absagen bekommen. Probleme beim Finden geeigneter Gutachter sind allerdings nicht ungewöhnlich.« Draxler relativierte die Verzögerung. »Das Institut für Verhaltensökonomie hat sich gewundert, warum Sie bei uns und nicht auf einem Politikinstitut eingereicht haben, aber der Rektor hat Ihr Einreichen wörtlich als *Chance zur Durchlüftung der Wohlfühlzone* bezeichnet. Schon Ihr Gesuch und der Problemaufriss haben für Verwunderung gesorgt. Aktives Setzen von Verhaltensanreizen ist in der Wirtschaft weit verbreitet, in der Politik aber mit der Aura des Halbseidenen verwoben. Zudem haben Sie *Nudging* als Legende, pseudowissenschaftlichen Nonsens und liberalen Paternalismus abgekanzelt, was einigermaßen kontraproduktiv ist, weil unser Institut führend in diesem Bereich forscht. Mehr weiß ich auch nicht, außer dass es unmöglich ist, einen Gutachter zu finden. Kein Experte möchte sich bei diesem uferlosen Thema die Finger verbrennen. So lange wie der Dreißigjährige Krieg wird es schon nicht dauern«, beendete er das Gespräch. »Gedulden Sie sich einfach. Rom ist auch nicht an einem Tag erbaut worden. Ich melde mich bei Ihnen, sobald ich mehr weiß.«

Frank hatte Draxler unvorbereitet erwischt, Draxler hatte herumgedruckst und sich mit Gemeinplätzen über das Gespräch gerettet, keine einzige konkrete Aussage getätigt und sich weder verhaspelt noch versprochen. Habilitationsgesuche von Externen bedeuteten nur unbezahlte Arbeit, schimpfte Draxler nach dem Auflegen. Draxler hatte sich lange gegen seine Wahl zum Kommissionsvorsitzenden gewehrt. Der Kanzlermacher hatte die Chuzpe besessen, mit seinem Fürsprecher Zabel ohne persönliche Vorsprache am Institut einzureichen. Dieser Bruch mit akademischen Traditionen hatte nicht nur Draxler vor den Kopf gestoßen. Draxler kannte den Habilitationswerber nur aus dem Fernsehen. Nie hatte Fischbach es als notwendig erachtet, ihn in seiner Sprechstunde aufzusuchen, ihm seine Reverenz zu erweisen oder seine Arbeit an der Universität der Kollegenschaft vorzustellen. Glaubte Fischbach ernsthaft, damit an einer unabhängigen Universität durchzukommen? Und dann hatte dieser Fischbach auch noch das uferlose und für Gutachter arbeitsintensive Allerweltsthema Wahlkampfforschung gewählt. Keiner fühlte sich für dieses obszön riesige Forschungsfeld verantwortlich. Fischbachs Arbeit beanspruchte vollmundig den Stellenwert eines Paradigmenwechsels für sich …

Ein Jahr lang hatte Draxler nach Gutachtern gesucht und war mit jeder Absage wütender geworden. Wer ersetzte ihm diese unbezahlte Mehrarbeit? Warum wollte dieser Schnösel eine Venia? Fischbach schwamm in Geld, und jetzt wollte er auch noch eine Lehrbefugnis? Dieser Ehrgeizling verdiente einen Denkzettel. Draxler brauchte nur einen negativen Gutachter. Weil er bisher ausschließlich Absagen bekommen hatte, rief er Zabel an, der bereits sein positives Gutachten abgegeben hatte.

Draxler schilderte Zabel seine Befindlichkeit: »Diese Arbeit passt nicht zum Institut für Verhaltensökonomie. Ich weiß, du magst ihn, aber ich muss dir einige Dinge sagen. Fischbach hat Primärquellen aufgestöbert, linke, rechte, liberale Standardwerke seziert und bei seinen Reflexionen antike und mittelalterliche Belege in seine Argumentation eingebaut, die er sicher nicht von dir kennt. Der Verdacht eines Plagiats liegt also nahe. Aufbau, Argumentation, Quellenzugriff und Literatur waren wasserdicht, Fischbach kann diese Kärrnerarbeit unmöglich allein geleistet haben. Ich vermute Folgendes: Bei seiner Arbeit hat ein Stichwortgeber geholfen – und dieser Helfer kann nur dein alter Freund Lenz sein. Der souveräne Zugriff auf theoretische Grundlagen und das mühelose Navigieren zwischen Disziplinen, Jahrhunderten und Thesen spricht für Lenz. Fischbach kann nie und nimmer allein diesen hochwertigen Quellenapparat neben seinem Job als Kanzlermacher aufgetrieben haben. Lenz muss ihn informell beraten haben oder aus Boshaftigkeit dir und dem Institut gegenüber diese Arbeit selbst geschrieben haben.«

Zabel war wütend. Ihn so zu brüskieren wäre ein Verrat. Hinter seinem Rücken mit anderen zu arbeiten, wagte Frank nicht. Dafür vertrugen sie sich viel zu gut. Sie hatten gegessen, gelacht und gemeinsam getrunken. Wiederholt hatte Frank ihn für die Auswahl seiner Restaurants gelobt. Allerdings, was wusste er schon. Er hatte Franks Arbeit nicht gelesen und sein Gefälligkeitsgutachten mit den üblichen Floskeln verfasst. Beim Studium der Literaturliste hatte er lediglich darauf geachtet, ob sein Name darin enthalten war. Ob Draxlers ungeheuerlicher Verdacht stimmte?

Zabel las erstmals Auszüge aus der Arbeit. Frank war sein bester Student gewesen und ein großzügiger Geschäftspartner, hatte ihn aber immer etwas von oben und distanziert behandelt. Seine Lehrerorientierung und sein Wunsch nach Wissen waren Zabel aufgefallen, als Frank ihn nach der ersten Stunde angesprochen hatte. Zabel hatte sich geschmeichelt gefühlt. Frank hatte jeden seiner Gedankengänge gewissenhaft notiert und war an seinen Lippen gehangen – bis zum dritten Semester: Da hatte er Lenz' Universum entdeckt und danach nur noch mit dessen Weltbild argumentiert.

Nachdem Zabel die siebenseitigen einleitenden Vorbemerkungen überflogen hatte, war klar, dass Lenz hinter dieser Abhandlung steckte. Ob als Stichwortgeber, Verfasser oder Inspiration war nebensächlich. Mit dieser Argumentation positionierte sich Frank als Gefolgsmann und Parteigänger von Lenz. Wie konnte Fischbach es wagen, ihn vor Draxler und seinem Institut so zu demütigen? Besaß dieser Flegel keinen akademischen Anstand? Schon im Vorwort kritisierte Fischbach verdeckt Traditionen, theoretische Verortung und aktuelle Schwerpunktsetzungen seines Lehrstuhls. Ihn offiziell für eine institutionelle Anbindung zu missbrauchen, weil Lenz keine Professur innehatte, aber inhaltlich und didaktisch ausschließlich Lenz zu folgen, war eine Unverschämtheit. Lenz verfügte über Wissen, hatte aber keine Kontakte. Zabel hatte Kontakte, aber kein Wissen. Glaubte Frank ernsthaft, ungestraft zwei inkompatible Denkschulen zusammenführen zu können?

Dieser Lümmel verdiente eine Lektion. Was konnte Lenz' Motivation gewesen sein, Frank zu unterstützen? Wollte er Zabel wieder einmal demonstrieren, wer der satisfaktionsfähige Denker ihrer Generation war? Die Großmannssucht dieses ewigen Verlierers war degoutant. Lenz schien in keinen offiziellen Rankings der Wissenschaft auf und hatte keinen Wikipedia-Eintrag. Die Öffentlichkeit wusste nichts von seiner Brillanz.

Sowohl er als auch Lenz hielten Fischbach für befähigt, eine Grundlagenarbeit zu verfassen. Lenz unterstützte ausschließlich Studierende, die er für ausbaufähige Denker hielt. Lenz gefiel sich in der Rolle des unabhängigen Freigeistes. Sein Feind war ein Glückskind: Er hatte geerbt, arbeitete nur zum Vergnügen als Privatgelehrter, um seine Studien unabhängig von Kapital, Universität und sonstigen Klüngeln durchzuführen, und hatte genug Zeit zu lesen. Lenz gefiel sich in der Rolle, Wissen informell und selektiv an handverlesene Schüler weiterzugeben. Zabel wusste nicht, wie er sich finanzierte und wie groß seine Anhängerschaft war. Er kannte nur das Gerücht, dass Lenz eine elitäre Akademie leitete.

Zabel bewunderte den Freigeist Lenz, weil dieser Abhandlungen von vollkommener poetischer Schönheit verfasste. Zabel hatte Erfolg und Lenz Wissen. Auf diesen einfachen Nenner konnte man es bringen. Zabel kannte alle von Lenz' Schriften, ohne sie je zu zitieren. Lenz publizierte spärlich, am akademischen Regelbetrieb und seinen karrieretechnischen Notwendigkeiten vorbei und vorzugsweise in obskuren Nischenpublikationen wie der »Zeitschrift für Kultur der Antike und Humanistische Bildung«. Dieses Journal war weder Peer-Reviewed noch im H-Index von Google gelistet, für Karrieristen also unwichtig. Zuletzt hatte Lenz dort über das Genie des Satirikers Lukian von Samosata nachgedacht. Lenz hatte in seinem Beitrag die bizarre These aufgestellt, wonach der Dialog »Hermotimus oder von den philosophischen Sekten« des antiken Spötters voller versteckter Referenzen war und somit zwischen den Zeilen Lukians philosophische Selbstverortung enthalte. Der Erfinder der Satire sei die letzten zweitausend Jahre zu Unrecht als Materialist, Atheist und Empiriker verkannt worden. Lukian habe in diesem Dialog vielmehr sein Leben als Sokratiker offengelegt und müsse daher auch als Philosoph im engeren Wortsinn gelten, so die Schlussfolgerung von Lenz. Der Dialog sei keine Verballhornung der Philosophie, sondern eine vorbehaltlose Liebeserklärung an sie, auch wenn die wörtliche Auslegung des Dialogs das Gegenteil belege.

Frank hatte schon in den Vorbemerkungen seiner Habilitationsschrift ausführlich auf eine andere Schrift von Lukian hingewiesen und aus der Schrift »Das traurige Los der Gelehrten, die sich an vornehme und reiche Familien vermieten« zitiert, um seine These der systematischen Verzerrung der auftraggeberorientierten

Wahlforschung zu belegen. Lukian konnte Frank nur von Lenz kennen. Zabel überpüfte die Literaturliste: Lenz hier, Lenz dort. Überall war Lenz' Einfluss auf Fischbachs Argumentation zu erkennen.

Frank hatte ihn hintergangen. Wie gerne hätte Zabel ihm eine Professur verschafft! Aber das war nach diesem Vertrauensbruch unmöglich. Zabel dachte nicht mehr an Geschäfte, Zabel ärgerte sich. Frank besudelte seine Reputation und machte ihn vor seinem Rektorat und seinen Institutskollegen lächerlich. In Franks Abhandlung war für jeden Lesekundigen in jeder Zeile offensichtlich: Sein Schützling hatte sich *gegen* ihn und *für* Lenz entschieden, wie die Auswahl der Zitate und des Quellenapparats belegte. Und das hinter seinem Rücken und ohne Lenz' Namen explizit zu nennen! Ein Vertrauensbruch sondergleichen! Nur dank des Hinweises Draxlers hatte er Franks Verrat rechtzeitig bemerkt. Draxlers rattengleiche Anpassungsfähigkeit hatte ihn Dutzende innerakademische Intrigen unbeschadet überleben lassen. Wenn eine Katze sieben Leben hatte, besaß Draxler neun. Draxler war auch diesmal richtig gelegen. Franks Doppelspiel verlangte nach einer Reaktion. Wenn Frank falschspielte, nahm auch Zabel dieses Recht für sich in Anspruch …

Gutachten zur Habilitationsschrift von Herrn Dr. Frank Fischbach (Österreich), zum Thema: »Wahlen gewinnen. Methoden und Kritik der (datengetriebenen und empirischen) Wahlkampfforschung« (eingereicht am 26. Februar 2022 an der Universität Wien)

Sehr geehrter Herr Rektor, sehr geehrte Habilitationskommission,

mit Einreichung der vorliegenden Habilitationsschrift hat Herr Dr. Frank Fischbach (Wien) den Antrag auf Erteilung der Lehrbefugnis im Fach »Methoden und Kritik der (empirischen und datengetriebenen) Wahlkampfforschung« gestellt.

Die angestrebte Denomination des Habilitationsfachs wirft einige Probleme auf, die ich schwer beantworten kann. An erster Stelle nenne ich die Frage nach der Differenz zwischen Plural und Singular von Wirtschafts- und Sozialwissenschaft(en), wobei der Antrag selbst zwar den Plural verwendet, der Text der Arbeit jedoch sowohl den Plural als auch den Singular gebraucht. Diese Frage ist insofern relevant, als sie nicht nur verschiedene spezielle Soziologien (von der Wahlkampfsoziologie bis zur Kultursoziologie, Rechtssoziologie, Religionssoziologie usw.) adressiert, sondern auch zahlreiche Formen der quantitativen und qualitativen Sozialforschung, der Mikro- und Makrosoziologie, die sich jeweils durch eigene Methoden (von der Statistik bis zur Technik der Führung narrativer oder biografischer Interviews) definieren. Diese Vielfalt kennzeichnet auch die Sozialwissenschaften, zu denen häufig die Philologien, die Kunst-, Bild-, Medien- und Kommunikationswissenschaften, die Philosophie und Geschichtswissenschaften, die Religions- und Regionalwissenschaften, Ethnologie oder Sozialanthropologie gezählt werden, ganz abgesehen von den angloamerikanischen Studienrichtungen, die nicht nur die vertraute Palette der Kulturwissenschaften, Gender Studies, Postcolonial Studies, Science Studies oder Media Studies umfassen, sondern inzwischen auch beispielsweise die Animal Studies, Queer Studies, Disability Studies, Border Studies, Death Studies, Sound Studies, European Studies, Global Studies, Peace Studies, Refugee Studies, Design Studies, Museum Studies, Urban Studies usw. Alle diese Disziplinen, deren Aufzählung leicht erweitert werden könnte, zeichnen sich durch eine beachtliche Methodenvielfalt aus.

Welche Wahlkampfmethoden sollen also – nach Maßgabe der beantragten Venia für »Methoden und Kritik der (empirischen und datengetriebenen) Wahlkampfforschung« – untersucht werden? Eine zweite Frage schließt unmittelbar an: Geht es dem Antragsteller um Wahlkampfstrategien, Wahlkampfmethoden oder um Wahlkampfkritik, wie sie der Titel seiner Habilitationsschrift anzukündigen scheint? Und wie soll der Klammerausdruck interpretiert werden? Ich war in meiner akademischen Laufbahn schon Mitglied zahlreicher Habilitationskommissionen, die etwa eine Venia begrenzt haben (zumeist durch Verwendung der Formel »unter besonderer Berücksichtigung von«), aber ich war noch nie mit der Verleihung einer Venia für Wahlkampfforschung konfrontiert, allenfalls eingeschränkt durch die in Klammer gesetzte Methodenlehre.

Eine dritte Frage betrifft die Publikationsgebiete: Der übermittelten Publikationsliste entnehme ich, dass der Antragsteller vor allem als Mitherausgeber von Handbüchern (»Wahlkämpfe gewinnen«, »Das moderne Wahlkampf-ABC« usw.) aufgetreten ist, die dem Fach der Politikwissenschaft zugeordnet werden müssten. Daneben erteilt der bloß zwei Zeilen umfassende Habilitationsantrag auch keinerlei Auskunft darüber, warum die Habilitation am Institut für Verhaltensökonomie angestrebt wird; das Verzeichnis bereits abgehaltener Lehrveranstaltungen nennt nur das Institut für Politikwissenschaft mit den Themen politische System-, Markt- und Meinungsforschung, Parteienforschung und Wahlkampf. Diese Fragen und ein insgesamt irritierender Eindruck verschärfen sich bei der Lektüre der eingereichten Habilitationsschrift. Ständig werden die Ebenen von Kommunikator-, Aussagen-, Inhalts- und Wirkungsforschung vermengt und Konzepte wie das »Nudging« abgewertet.

Auf diese Weise entsteht allmählich ein bunter Flickenteppich der Kritik an der modernen Wahlkampfführung, jenseits der nahe liegende Frage nach den politischen Standorten, von denen aus

Kritik geäußert wird, vor allem aber denkbar weit entfernt von einer »Formel« für Wahlkämpfe, die in einem anderen Kapitel lediglich in einer Auseinandersetzung mit Wählerprofilen angedeutet wird. Ich breche die Aufzählung der überaus bedenklichen Mängel an dieser Stelle ab, um der Universität – Ihnen, sehr verehrter Herr Rektor, und der womöglich bereits eingesetzten Habilitationskommission – dringend zu empfehlen, den vorgelegten Antrag abzuweisen. Nach Maßgabe der Begutachtungskriterien, die in der Habilitationsordnung benannt werden – nämlich als Beantwortung der Fragen, ob die wissenschaftlichen Arbeiten a) methodisch einwandfrei durchgeführt sind, b) neue wissenschaftliche Ergebnisse enthalten und c) die wissenschaftliche Beherrschung des Habilitationsfaches und die Fähigkeit zu seiner Förderung beweisen« –, kann ich festhalten, dass ich keine Kolleginnen und Kollegen in den Sozial- und Wirtschaftswissenschaften kenne, die den eingereichten Text auch nur als Dissertation akzeptieren würden. Eine Lehrbefugnis auf dieser Grundlage zu verleihen, erscheint mir völlig unvorstellbar.

(Univ. Prof. Dr. Thomas Zabel)

Damit war Franks wissenschaftliche Karriere beendet. Draxler enthielt ihm Zabels Begutachtung vor, bis Frank ihm dieses Recht laut Habilitationsordnung nannte. Erst Lenz hatte ihm das verbriefte Recht zur Akteneinsicht und Stellungnahme verraten. Als Frank das Gutachten nach dreimaligem Nachfragen per Mail von Draxler geschickt bekam, las er es wieder und wieder, Satz für Satz. Das Geschriebene ergab keinen Sinn. Frank schrie. Dieses Gutachten besiegelte die erste Niederlage seines Lebens. Frank musste Zabel zur Rechenschaft ziehen. Monatelang hatte er auf sein Anraten hin alles in die Arbeit investiert. Und Zabel hatte ihn in Sicherheit gewiegt, von einer reinen Formsache schwadroniert. Wenn er tatsächlich scheitern sollte, war er als Versager abgestempelt. Neben seiner Zeit hatte er 25.000 Euro in Bücher investiert und auf 400.000 Euro Gewinn verzichtet.

Frank musste reden. Mit dem ausgedruckten Gutachten suchte er Lenz im Bistro auf. Dieser las, schwieg, schaute betroffen und sagte: »Iss erst mal deine Lammhaxe. Eine Rotweinsauce wird deine Nerven beruhigen. Es ist Zeit für die Wahrheit. Zabel weiß nicht, woher mein Zugang zum Wissen kommt. Hinter seinen Erfolgen und seiner Professur blickt er in einen Abgrund des Nichtwissens und das macht ihn wahnsinnig. Er wäre gerne ein echter Denker. Nur eines weiß er: Mein letzter akademischer Lehrer war Jacob Taubes, der ihn nie als Schüler akzeptiert hat. Taubes hat Zabel zeitlebens verachtet und gedemütigt. Zabel lebt den ausgelaugtesten, leblosesten Positivismus, verbunden mit einer absoluten Unfähigkeit, rational zu denken, obwohl er sich Vertreter des kritischen Rationalismus nennt, hat der gute Taubes immer gespöttelt. Mein einziger akademischer Lehrer von Rang hielt es für unmöglich, dass Zabel jemals etwas schreibt, was zu lesen sich lohnen würde. Zabel verwendet schmeichelnde, sich als dunkel tarnende Sprache, um von seinem Nichtwissen abzulenken. Dieses Gutachten hat weder etwas mit dir noch mit dem Inhalt zu tun, auf den Zabel bemerkenswerterweise nicht eingeht, wie auch dir nicht entgangen sein dürfte. Dieser Verriss richtet sich an mich. Das ist eine Kriegserklärung. Zabel muss bemerkt haben, dass du von mir lernen willst. Er fühlt sich in seiner Eitelkeit gekränkt, weil du mit deiner Argumentation indirekt und im Vorwort direkt – wo du Lukian zitierst – auf mein Denken Bezug nimmst. Er fühlt sich wohl hintergegangen …«

Lenz verriet Frank noch mehr über Zabels Charakter. »Ich wollte es nicht, aber ich muss dir wohl mehr über Zabel erzählen, damit du deine Situation besser einschätzen kannst. Zabel ist auch für mich ein lästiger Kiesel, den ich konstant in meinem Leben beiseiteschubsen muss. Dieser Hohlkopf wird vom unwissenden Zitierkartell aus Medien, Politik und Wirtschaft mit seinem branchenüblichen Hang zu nichtigen Superlativen absurderweise *Meisterdenker* genannt. Diese Insistenz und Zabels Allgegenwart auf den bezahlten und geistfreien Podien dieser Republik haben auch mich gezwungen, sein substanzloses Werk zu lesen, welches ich freiwillig nie angerührt hätte. Für mich gehört es zur mühseligen Berufspflicht, sich selbst mit den Ideen eines solchen Machwerks, das die Grundlagen jedes – nicht nur wissenschaftlichen – Denkens zerstört, vertraut zu machen. Zabel selbst ignoriert selbstredend die Notwendigkeit, sinnlose Werke weder zu schreiben noch zu veröffentlichen. Da Zabel diese grundlegende Norm verletzt und mir mehrere Tage meiner kostbaren Lebenszeit gestohlen hat, die ich in Erfüllung meiner Sorgfaltspflicht an sein Schundwerk verschwendete, fühle ich mich durchaus berechtigt, ohne Zurückhaltung zu sagen, dass seine Schriften ein anstößiger und dilettantischer Dreck sind. Jeder Satz ist ein Skandal, aber es ist eben deshalb leicht möglich, für dich einige Hauptgravamina schlaglichtartig herauszustreichen. Die Ausdrücke *elaborierte* und *restringierte* Wähleransprache hat er aus der deutschen Einführung von Burkart entnommen, ohne das englische Original zu sichten. Selbst vor der Zitierung eines falschen Wikipedia-Eintrags schreckt er nicht zurück, weil er die Originalquelle nicht kennt. Ihm fehlt jedes Gespür, ein talentierter oder auch nur ein durchschnittlicher Fachvertreter seiner Zunft zu sein. Zabel redet einer Theorie das Wort, die sich niemals empirisch belegen lässt, weil er keine Theorien kennt. Zabel versteht gar nichts. Sein Geschäftsmodell beruht auf dem vorsätzlichen Missbrauch und der Zweitverwertung der Arbeit ansehnlicher Wissenschaftler. Redliche Denker entwickeln ihre Begriffswelten und Theoriegebäude aber nicht, damit Wirtshausphilosophen wie Zabel eine Möglichkeit bekommen, leichtes Geld zu verdienen. Ich nenne dir ein Beispiel. Wenn Henry Bergsons Theorie der offenen Gesellschaft philosophisch und historisch haltbar ist, dann ist Zabels Gerede von Transparenz ideologisches Geschwätz. Wenn man seine Ausführungen zu Platon liest, dem er natürlich Standesdünkel vorwirft, merkt man, wie unvertraut Zabel mit der Literatur über den Gegenstand ist – obwohl er skurrilerweise gelegentlich sogar aus seinen Dialogen zitiert. Zabel ist ungebildet, eine primitive Nervensäge, nicht imstande, die Grundaussagen der Politeia auch nur annähernd richtig wiederzugeben. Selbst die Lektüre nützt ihm nichts: Er ist zu unwissend, um zu verstehen, was der Autor sagt. Zabel überträgt seine rechthaberischen Banalitäten unmittelbar auf den zu analysierenden Textkorpus, weil er Resultate im Sinne seiner Vorurteile erzielen möchte. Das ist aber keine Analyse, aus denen die Ziele und Absichten des Autors hervorgehen, sondern die Bestätigung seiner eigenen Denkfehler. Er weist nach, was er behauptet und er behauptet das, was seine Auftraggeber hören wollen. Diese Zirkelschlüsse reichen meinetwegen für Publikumsmedien und eine Karriere am Institut für Verhaltensökonomie aus, aber nicht für das Verfassen eines redlichen, das heißt sich auf die Inhalte deiner Arbeit fokussierenden Gutachtens. So wie er denkt, schreibt Zabel auch. Wenn du diesen Mist genau studierst, wirst du merken, dass er deine Abhandlung weder gelesen noch verstanden hat. Ich habe dir mehrmals gesagt, warum deine Wahlkampfformel Schwachsinn ist, aber dieses Gutachten ist keine Sachverhaltsdarstellung, sondern eine Ansammlung persönlicher Beleidigungen, ohne auf deine Thesen überhaupt einzugehen. Er kritisiert wortreich deine Lehrtätigkeit, deine Arbeit, deine flüchtige Verwechslung von Einzahl und Mehrzahl, weil er die inhaltliche Auseinandersetzung scheut. So verfasst man nur Gutachten, wenn man zu faul ist zu lesen oder zu blöd, zu verstehen. Im vorliegenden Fall vermute ich eine Kombination von beidem. Dein unsystematisches Denken ist ihm zu heterodox. Er hat gemerkt, dass du auf mich Bezug nimmst, indem du Zitate verwendest, die du nur von mir kennen kannst. Das hat ihn eben gekränkt … Sein Lebenswerk wie auch dein Gutachten sind Rasereien ohne mildernde Umstände. Dieser aufgeblasene Gockel verkörpert wie kein Zweiter den Tod der Universität; Zabel ist der Prototyp eines verkrachten Intellektuellen, seelisch muss man Ausdrücke wie flegelhaft, impertinent, vertrottelt gebrauchen. Handwerklich ist das Gutachten für einen ordentlichen Lehrstuhlinhaber dilettantisch verfasst und im Ergebnis ohne irgendwelchen heuristischen Wert. Aber wie immer bei Zabel: Es funktioniert und er kommt mit seinen Sophistereien durch. Gegen solche Bösartigkeiten kannst du nichts machen. Wenn Draxler und Zabel befreundet sind, wie du sagst, kannst du ein faires Verfahren vergessen. Die einzige Möglichkeit, die dir offensteht, ist Draxler zu fragen, ob sie andere Gutachten akzeptieren und die Fakultät eine Stellungnahme von dir wünscht. Das ist dein gutes Recht, um deine besudelte Ehre wiederherzustellen.«

Lenz war betroffen. Er wusste, wie Frank sich fühlte. Zabel hatte schon gegen seine Berufung erfolgreich lobbyiert. Als Jahrgangsbester hatte Lenz nie eine Professur erhalten. Lenz hatte geforscht, sich um Unabhängigkeit und Primärquellen gekümmert, und Zabel hatte Kontakte geknüpft und Abhängigkeiten geschaffen. Bei der Bewerbung hatte Zabel sogar Teile von Lenz' Bewerbungsunterlagen verschwinden lassen. Zabel hatte ihm Freundschaft und einen fairen Wettkampf vorgegaukelt und hinter seinem Rücken seine Karriere mutwillig zerstört.

Frank war gedemütigt und weinte. Der sonst so siegesgewisse Tausendsassa war angezählt. Einmal mehr zerstörte Zabel eine Begabung.

»Zabel will deinen Glauben an die Wissenschaft zerstören. Aber dieses Gutachten argumentiert und belegt nicht. Du musst nur nachdenken, wie und wo du deine Arbeit verbessern kannst.«

»Ich bin wütend. Wie kann ich mich rächen? Kann ich den Dreckskerl verklagen? Meine Anwälte sind besser als seine. Wenn der mich austricksen will, mach ich ihn fertig.«

Lenz winkte ab: »Was sind denn das für Töne? Es geht hier nicht um Zabel.«

»Was soll das heißen? Der Sack hat mich zu dieser Arbeit überredet.«

»Siehst du, er hat dir den ersten Stupser gegeben. Es geht um *dich*, nicht um Zabel. Merk dir eins: Echte Wissenschaft verlangt Opfer. Du musst es für *dich* machen. Sokrates haben sie vergiftet, Giordano Bruno verbrannt. Wer den Mächtigen nicht nach dem Maul redet, wird bekriegt. Das ist das eherne Gesetz der Geistesgeschichte. Du bist weder der Erste noch der Letzte, der das erlebt. Sei Zabel dankbar. Stell dich auf weitere Kämpfe ein, aber beschäftige dich ausschließlich mit Thesen und lass dich nicht von Wut und Ärger leiten. Verlass deine Komfortzone. Wenn deine Arbeit gut werden soll und bislang ist sie das nicht, musst du leiden …«

Nach einigen Tagen Trauerarbeit rief Frank Draxler an. Draxler hob sogar ab. Er sprach aufgesetzt freundlich, um Fehlervermeidung bemüht.

»Ich entschuldige mich für die Verzögerungen. Aber leider fühlt sich niemand für Ihr Thema zuständig. Die Kollegen sind überlastet und unsere Ressourcen begrenzt. Wir haben nichts persönlich gegen Sie. Wir kennen Sie ja nicht. Ich kann mir auch nicht erklären, warum und von wem Sie eine anonyme Nachricht mit einem angeblich negativen Gutachten zugespielt bekommen haben. Ich habe ein Buch über Drohbriefe verfasst und, glauben Sie mir, niemand ist so dämlich und schreibt Drohbriefe ohne ein Motiv.« Draxler antwortete, ohne zu antworten. »Am Telefon kann ich sowieso nichts über ein mögliches Gutachten sagen. Ich bin gegen meinen Willen zum Kommissionsvorsitzenden ernannt worden und kann auch inhaltlich nichts zu Ihrer Arbeit sagen. Das ist nicht meine Rolle als Vorsitzender der Prüfungskommission. Ich bin mit dem Gebiet der Wahlkampfforschung nicht vertraut …«

Draxler bot Frank an, ihn in vier Wochen in seiner Sprechstunde zu besuchen. Er versprach, sich bis dahin in den Stand des Verfahrens einzuarbeiten und eine brauchbare Lösung anzubieten: »Ich muss Ihnen sagen, ich kenne die Habilitationsordnung nicht. Am Institut hat seit sechzehn Jahren kein Externer mehr eingereicht und vorher gab es nur Habilitationswerber mit Sammelarbeiten – also einigen zusammengestoppelten Aufsätzen. Keiner außer Ihnen hat eine Monografie verfasst. Wie sind Sie überhaupt auf die Idee gekommen, eine Studie zu einem uferlosen Allerweltsthema einzureichen?«

»Weil Zabel mich dazu ermuntert hat, den Dialog zwischen Theorie und Praxis zu verbessern.«

Auf den Namen Zabel reagierte Draxler nicht. Frank spürte, wie er hingehalten wurde. Warum war er das Opfer einer akademischen Intrige geworden? Wem nützte es, ihn bloßzustellen? Und warum interessierten am Institut für Verhaltensökonomie niemanden seine Thesen? Waren moderne Wahlkämpfe es nicht wert, untersucht zu werden?

9

Lenz hatte Mitleid mit Frank. Frank hatte reinen Herzens gearbeitet und nur auf den Kotau vor Zabel vergessen. Statt Zabel zu schmeicheln, ihn zu zitieren und als Meisterdenker zu loben, hatte er eigenständig gedacht und Thesen entwickelt, die von ihm inspiriert waren. Und das, obwohl Lenz ihn bislang mit Andeutungen abgefertigt hatte. Bis auf Lukian von Samosata hatte er ihm keine konkreten Hinweise gegeben. Er hatte nur in Rätseln gesprochen, doch trotz seiner nur widersprüchlichen Anspielungen hatte Frank die für seine Argumentationen entscheidenden Stellen von Cicero, Lessing und Schleiermacher gefunden. Blöd war er also nicht …

Als Zentrum ihrer regelmäßigen Unterredungen wählte Lenz wieder das französische Bistro *Chez frère*. Er reservierte dort ab sofort wöchentlich einen Stammtisch für ihr Privatissimum. Lenz war liebenswert altmodisch. Nichts harmonierte besser mit Denken als französische Landküche. Der Rest der Welt aß asiatisch oder Burger, aber nur in der französischen Küche fand der Mensch Muße.

Ein geschmorter Schweinebauch mit Apfelweinsauce war ein guter Auftakt fürs Kolloquium. Zimt, Sternanis und süßsaurer Apfelwein lenkten den Blick aufs Wesentliche. Die Zutaten zu diesem Gericht vereinten das Notwendige mit dem Nützlichen und Schönen. Französische Küche war die gelebte Antithese zum grobschlächtigen Denken Zabels und der modischen Fusionsküche.

»Ein über drei Stunden geschmorter Schweinebauch ist ein Statement gegen den grassierenden Ungeist von Schnelligkeit und Verflachung«, begann Lenz seine Ausführungen. »Auch wenn du am Boden zerstört bist, lege ich dir nahe, deinen Blickwinkel zu verändern. Mit diesem Gutachten hast du erstmals die Wahrheit gestreift, wenn auch unbeabsichtigt. Denk an Sokrates! Der musste sterben, für dich bleibt das Gutachten folgenlos. Du verlierst nichts, wenn du dein Ansuchen zurückziehst, aber du gewinnst etwas Wunderbares: eine erste Spur. Nimm dieses wertlose Stück Papier als Hilfestellung, als Anfang. Überlege dir, was am Thema Wahlen wichtig ist. Ich helfe dir ab sofort auch mit konkreten Hinweisen. Aber du musst es für dich machen, nicht für die Universität, Ruhm, einen Titel, einen Lehrstuhl oder für mich.«

Lenz aß gegrillte Sardinen. Diese kleinen Fische waren seit Tausenden von Jahren die Speise der Arbeiter und Philosophen. Zabel stopfte Lachs aus Aquakulturen in seinen weichlichen Körper oder brüstete sich mit Thunfischjahrgängen, um seine Weltgewandtheit zu demonstrieren. Schon bei der Wahl der Lebensmittel verdeutlichten sich die Zugänge zum Denken. Aber sie waren nicht hier, um über Fischsorten zu reden.

Franks Arbeit war eine Werbeschrift um Aufnahme in den Kreis des Denkens. Er hatte erstmals die Schönheit der Wahrheit wie einen Blitzschlag gespürt und eine Konversion erlebt. Wissen zog ihn seither magisch an, während Wahlkämpfe ihn langweilten. Wie er Wahlen gewann, wusste er. Aber wie er die Gesetze der Macht verstehen sollte, wusste er noch immer nicht. Frank wollte das Wesen der Dinge erkunden und nicht länger Oberflächlichkeiten verkaufen. Erkenntnis gab es nur bei Lenz und nicht bei Zabel. Von Zabels Wissen konnte er sich nichts Verwertbares erwarten. Doch er konnte nicht länger mit seinen Lügen leben. Hatte er unbewusst seine Abhandlung am Institut Zabels abgegeben, diese aber eigentlich an Lenz adressiert? Warum Zabel ihn gelockt, geködert und schlussendlich fallen gelassen hatte, war für sein Wollen belanglos.

Lenz bot ihm eine zweite Chance, die Möglichkeit zur geistigen Wiedergeburt. Aber er forderte eine radikale Abkehr von Franks Binsenweisheiten. Lenz bot ihm die Chance, jene Fragen zu beantworten, die er bisher nicht zu stellen gewagt hatte. Warum gab es Politik? Die Politik musste andere Grundlagen haben als Gewinnen.

Als Hausaufgabe bis zum nächsten Treffen musste Frank »Über das höchste Gut und das größte Übel« von Cicero lesen.

»Im fünften Buch findest du einen Satz, der dir weiterhelfen wird. Der römische Politiker, Redner und Denker erklärt dort, warum und wie er argumentiert: Einmal erläutert er seine Vorstellungen volkstümlich, das andere Mal subtil. Cicero arbeitet wie alle Denker mit zwei konträren Wahrheiten. Damit ist er nicht der Einzige, aber dazu komme ich noch später. Sein für dein Thema zentraler Lektüreschlüssel beinhaltet folgende Festlegung, zu der sich jeder politische Philosoph verpflichtet: Weisheit steht am höchsten, aber für den Wähler bedeuten Gerechtigkeit und Freiheit mehr. Gerechtigkeit ist der Wert der vielen, mit dem man Wahlen gewinnt, Weisheit ist der Wert der wenigen. Du musst dem Pfad der Weisheit folgen, wenn du verstehen willst. Was du geschrieben hast, weißt du ja schon. Mit deinem Nützlichkeitsdenken wirst du Wahlen gewinnen, aber weiter nur an der Oberfläche kratzen. Ob deine Datenkonvolute stimmen oder nicht, ist unerheblich für das Gewinnen. Dafür reichen ein junges Gesicht, Geld und gekaufte Medien. Um Weisheit zu erlangen, musst du dich fragen, wie das Gemeinwesen gestaltet werden soll. Die Wahlentscheidung ist die unwichtigste. Es geht nicht darum, eine Wahl zu gewinnen, das kann jeder; es geht darum, ein Gemeinwesen zu entwerfen, das groß, gütig und erfolgreich ist. Gedankenlose Wähler – und das sind die meisten und nur mit ihnen kannst du siegen – sind immer auch unachtsame Leser. Nachdenkliche Menschen hingegen sind aufmerksame Leser, und Wahrheit ist mehr, als der moderne Rationalismus unter diesem Begriff versteht. Stell dir folgende Frage: Welche Opfer erfordert ein Leben der Wahrheit? Ein solches ist nicht kontemplativ und in sich ruhend, es geht immer um die Frage nach dem Guten in der Gesellschaft. Die Gemeinwohlorientierung ist die entscheidende Frage jeder Politik und nicht die Frage nach der Macht. Die damit zwingend verbundenen Begrifflichkeiten, die uns das klassische Denken zur Verfügung stellt, sind etwas gänzlich anderes als deine blöden Wahlkampfrezepte und ökonometrischen Verhaltenslehren.«

Beim nächsten Gedankenaustausch bestellte Frank ohne die Karte zu lesen Coq au Vin und Lenz ein Käsesoufflé. Das in Rotwein geschmorte Hähnchen hatte drei Stunden lang vor sich hingeköchelt. »Genauso behutsam und gründlich wollen wir uns auch den Dingen annähern«, begann Lenz seine heutige Lektion. Die Beschaffenheit ihrer Speisen nutzte er öfter für anschauliche Erklärungen seiner Gedanken. »Die Essenz freilegen und dabei luftig wie ein Soufflé bleiben, so wollen wir denken.«

Frank erklärte sein aus der Not geborenes Erkenntnisinteresse: »Ich wollte ursprünglich den fehlerhaften Algorithmus meiner Firma ausfindig machen.«

»Einen Programmierfehler beheben zu wollen, ist kein Erkenntnisinteresse. Wir sind hier nicht auf einer Fachhochschule«, antwortete Lenz. »Ob Alpha Growth Wahlen mit falschen oder richtigen Daten gewinnt, ist komplett egal«, insistierte er. »Aber warum agiert Alpha Growth ohne den geringsten ordnungsgspolitischen Kompass? Ihr habt keinen Tau, auf welchen Grundwerten eine Gesellschaft aufbauen soll. Was du Unternehmensphilosophie nennst, ist Marketinggewäsch. Du denkst in Wählersegmenten, Zielgruppen, Anspruchsgruppen, Anreizsystemen, Verhaltensmodellen. Für Zabel und politische Entscheidungsträger genügen diese Analysen des Seienden: Sie wollen Gebrauchsanleitungen zum Erfolg. Regeln für Politikdrehbücher zu definieren ist einfach. Erstens: Wer aktiv kommuniziert, dem wird gefolgt. Zweitens: Imitation von Konsens. Kein interner Streit und klare Hierarchien. Drittens: ein Anliegen und keine Inhalte. Viertens: ein nicht polarisierender Kandidat ohne Eigenschaften. Diese vier scheinbar ewigen Wahlkampfwahrheiten sind von ständig nachwachsenden Expertengenerationen und Studien so lange bestätigt und wiedergekäut worden, bis sie als Naturgesetzlichkeiten von der angewandten Wissenschaft beglaubigt wurden. Dennoch beiben sie falsch. Sie gelten heute irrigerweise als unumstößliche Fakten, nicht als bloße Meinungen, die auf falschen Vorurteilen und Annahmen beruhen.«

Frank schwindelte. Er konnte den Gedanken von Lenz kaum folgen. Die Individualisierung und Vereinzelung der Bürger hatte ihm Growth erleichtert. Allen alles zu versprechen und jedem Wähler einen konkreten Nutzen und Anreiz für sein kleines Leben zu versprechen, hatte sich als goldene Strategie herausgestellt. Franks datengetriebenes Marketing gaukelte einzelnen Wählern einen subjektiven Mehrwert vor.

»Das, was du machst, ist seit Cäsar das Ziel jeder klassischen Überredungskommunikation«, erklärte ihm Lenz. Auch dem Kanzler hatte er einfache Wahrheiten verkauft. Seine Wähleransprachen und Beratungsleistungen funktionierten nach derselben Methode: Lügen mit pseudowissenschaftlichem Anstrich herauszuputzen; Klienten und Wähler mit Wortwattebäuschen zu umgarnen, sodass sie keine Fragen stellten. Ein solche Instrumentalisierung von Wissen lehnte Lenz ab. »Wissenschaft darf weder überreden, schönfärben noch in vermeintliche Zauberformeln gepresste Binsenweisheiten verkaufen. Überreden und Verkaufen sind Bestandteile der Rhetorik. Wenn du die Wähler einlädst, mit Omnia ein Stück des

Weges zu gehen, ist das eine Verkaufsphrase, aber keine Wissenschaft.«

Für Lenz bedingte systematisches Denken eine methodische Selbstverpflichtung, die – von Cicero von den griechischen Vordenkern übernommen und für die Nachwelt niedergeschrieben – unverhandelbar war und sich nicht mit Rosinenpicken begnügte. »Das Erlangen persönlicher Vorteile ist Wirtschaft und keine Forschung. Nur wenn Weisheit für den Forscher wichtiger ist als Macht, ändert sich sein Zugang zum Denken. Ein Weisheitssucher denkt und entscheidet selbst, fühlt sich aber nur selten zum König oder Kanzler berufen. Diese Bescheidenheit wird oft als fehlender Zug zum Tor verkannt oder als Elfenbeinturmmentalität verlacht. Ein Forscher will die Welt verstehen und nicht verändern. Erst seit Lazarsfeld und Marx glauben Wissenschaftler, dass die Wissenschaft die Gesellschaft gestalten soll. Schon das Wort *Sozialingenieur* klingt doch grauenhaft technokratisch. Eine der Staatsräson verpflichtete Autorität ist zur Einhaltung der überlieferten Rangordnung der politischen Tugenden verpflichtet und soll sich nicht als Weltenlenker aufpudeln. Wenn Weisheit für den Kanzler wichtiger ist als die ihm nur auf Zeit verliehene Macht, ändert das auch seinen Anspruch an die Realpolitik und das Amtsverständnis der Regierenden.«

Mit dieser Lektion bekamen Franks Forschungsfragen eine andere Schwerpunktsetzung: Wollte er die Grundlagen und bleibenden Erfordernisse des Wahlkampfs theoretisch begründen, durfte er die Gewinnfrage nicht länger als Ausgangspunkt nehmen. Diese Erkenntnis überwältigte ihn. Er hatte Gewinn und Macht immer als alle anderen Fragestellungen dominierende Ziele betrachtet. Wissen gegen Geld zu verkaufen, war nichts Unsittliches in einer Marktwirtschaft. Der Erfolg seiner Beratertätigkeit war dem Dreiklang geschuldet: Stimmen gewinnen, Stimmen maximieren, Marktanteile ausbauen und absichern.

Lenz verwarf nicht nur dieses Nützlichkeitsdenken, er annulierte Franks ganzes Weltbild: »Du begnügst dich mit der Beschreibung des Ist-Zustands und betreibst reine Legitimationswissenschaft. Die Beschreibung, wie Macht zu erlangen ist, und wie man Wahlmotive und Wählerstimmen kontrolliert, ist etwas fundamental anderes als eine Theorie der Wahl und eine Theorie der Macht.«

Frank hatte bislang das seinen Zielen Zuträgliche und Nützliche als gerecht definiert.

»Du machst denselben Fehler wie alle Fortschrittsgläubigen. Du bist überzeugt, dass Wahrheit eine Tochter der Zeit ist, oder mit dem Dummkopf Popper gesprochen: falsifizierbar. Ihr glaubt, alles kann durch ein Gegenbeispiel widerlegt werden. Alles ist für euch relativ, vorläufig und nie abgeschlossen. Das ist mittlerweile Konsens, und ebendieser Gemeinplatz der Wissenschaftstheorie ist falsch und ein Vorurteil unserer Zeit«, erklärte Lenz. »Das Wahre ist absolut und überzeitlich; wie eine Fackel trage ich das Banner der ewigen Wahrheit in jeder Aussage bei mir. Wo aber befindet sich Wahrheit in deinem Verständnis von Politik? Nirgends. Du instrumentalisierst Wissen. Zu lange hast du dich mit Halbwahrheiten und Lügen durchs Leben geschwindelt. Die Welt will betrogen werden, das stimmt, aber mich beeindruckt dein Halbwissen nicht.«

Lenz sprach besonnen. Er wollte Frank auf die Spur ergebnisoffenen Fragens bringen. Lenz beharrte auf einer unabänderlichen Erkenntnishierarchie.

»Wissen kommt vor der Gerechtigkeit und vor der Macht, weil Weisheit nicht an den persönlichen Vorteil gebunden ist. Heute werde ich dir etwas von meinem Zugang zu den Dingen erzählen. Politik als praktische Wissenschaft ist der Theorie untergeordnet. Ich stelle an mich selbst dieselben Ansprüche wie an die Politik.

Ich betrachte das Politische wie das Private als notwendige Bestandteile einer freiwillig gewählten Lebensweise – unabhängig sein, heißt für mich nicht von Mandaten, Aufträgen und Geld abhängig zu sein. Wirtschaftsfreiheit heißt, frei von der Wirtschaft zu sein. Um Abhängigkeiten zu vermeiden, lebe ich bescheiden und begnüge mich mit dem Budget eines Haushalts an der statistisch erhobenen Armutsgrenze. Frei von teuren Leidenschaften zu sein – bis auf meine Büchersammlung –, beinhaltet die moralische Pflicht, vor mir selbst und anderen Rechenschaft über mein Tun und das Warum und Wozu meiner Taten offenzulegen. Wer ein richtiger Forscher ist, muss auch prüfen, ob sein Wirken gut oder schlecht war.«

Frank blickte nachdenklich. Lenz hatte ihm soeben zum ersten Mal etwas Persönliches offenbart. Auch Sandra dachte ihr berufliches Handeln mit persönlichen Werten als Einheit. Aber Lenz lebte radikaler als seine Freundin. Wenn Frank lernen wollte, musste er seine Masken ablegen. Frank musste ehrlich sein. Er verriet Frank Lenz die Grundlagen seines Erfolges.

»Meine Siege verdanke ich den Techniken von Ablenkung, Überredung und Zerstreuung. Damit wir gewählt werden, arbeiten wir mit einer hocheffizienten Sprachstrategie. Wir verabsolutieren relative Worte – alles, was wir aussprechen, drücken wir absolut aus. Mit dieser unbedingten Sprechweise behaupten wir Dringlichkeit und demonstrieren Führungsstärke. Und mit diesem Gestus übertünchen wir unsere unklaren und nicht vorhandenen Inhalte. Wenn es mir dienlich ist, drohe ich, hilft es mir, schmeicheln wir. Kommen wir bei Debatten in die Defensive, reden wir uns heraus, indem wir das Themenfeld wechseln. Bao Strauss' Aufstieg begann mit dem Begriff der Gleichheit. Der Kanzler gilt absurderweise als Schöpfer eines neuen, auf Gleichheit fußenden Gesellschaftsvertrags. Gleichzeitig hat sich seine Politik vom Ideal eines Kanons sowie einer verbindlichen Ideologie verabschiedet – alles ist für jeden möglich und alles kann von jedem je nach Bedarf vertreten werden.«

Lenz bestellte eine zweite Flasche Burgunder. Endlich offenbarte Frank etwas von sich und sprach nicht wie sonst in Sprachschablonen.

»Alle Debatten habe ich mit dieser intern von mir relativ-absolut getauften Technik gemanagt. Die funktioniert eigentlich ganz einfach. Einmal gebrauche ich den Begriff der Gleichheit als Verfechter, das andere Mal als Gegner. Bei einer Debatte setze ich Gleichheit mit Verflachung, Pöbelherrschaft, Hölle auf Erden, langweilig, bieder, öde oder was auch immer gleich, bei der nächsten preise ich sie als Grundbedingung für die Aufhebung aller Geschlechter-, Klassen- und Standesunterschiede. Erst durch Gleichheit werden Gerechtigkeit, Brüderlichkeit und Freiheit überhaupt möglich, behaupte ich. Gleichheit ist dann die Eintrittskarte zum ewigen Frieden und der Himmel auf Erden logische Konsequenz meiner Politik. Dank dieser Technik kann ich Inhalte uneingeschränkt beliebig und anlassbezogen einsetzen. Glaub mir, Inhalte waren mir immer total egal. Wir unterstützen bei Omnia ausschließlich Sachverhalte, die repräsentativ abgetestet die Mehrheitsmeinung der Bevölkerung widerspiegeln und unsere Geldgeber oder mächtige gesellschaftliche Interessengruppen nicht vergraulen. Unsere Demokratie beruht ja gleichzeitig auf individualistischen und gleichmacherischen Tendenzen und deshalb ist meine Technik eine nie versiegende Inspirationsquelle für Scheindebatten und Verschleierungen, mit denen wir die öffentliche Meinung nach Belieben dominieren und kritische Medien ruhigstellen. Ich habe echt so was wie ein Perpetuum mobile für den Politikverkauf erfunden. Hinter diesen Soundtapeten erfolgt dann die echte Politik der harten Interessendurchsetzung. Was wir nach außen verkaufen, besitzt mit der Wirklichkeit ja kaum Schnittmengen.«

»Eben weil es kein anderes Wort gibt, welches ungeeigneter für den absoluten Gebrauch ist als Gleichheit, konntest du deine Technik perfektionieren«, anwortete Lenz. Da Gleichheit im Gesetz bei der Urteilsverkündung Ungleichheit erzeugt und Ungleichheit bei der Besteuerung Gleichheit, muss gefragt werden: Gleichheit worin? Gleichheit für wen? Gleichheit wozu? Im Kampf um Einschaltquoten und Wahlsitze achtete Frank penibel darauf, welche Fragen gestellt wurden und welche nicht. Unangenehme Fragen verschwieg er. Wenn die Opposition sie aufgriff, verwendete er ihre Argumente. Den Wettbewerb, den jede Demokratie benötigte, organisierte sich Omnia selbst. Mit dieser Simulation von Binnenpluralismus beraubte er die Opposition ihrer verfassungsmäßig zustehenden Aufgabe. Wie ein Staubsauger inhalierte Frank sämtliche Argumentationen aller Parteien, die ihm halfen. Gerade weil mit dem Wort Gleichheit alles und nichts ausgesagt wurde, eignete es sich so vorzüglich als Schlagwort und Nebelgranate.

Mit der Gleichheitskarte hatte Frank sich an die Spitze der Feminismus-, Homosexuellen-, Transgender- und Migrantenbewegung gestellt und diese früher als Minderheiten betrachteten Wählergruppen in seine neue Normalität eingegliedert. Mit Sandra hatte er den Renditebeschleuniger Ökologie und Nachhaltigkeit entdeckt. Von Sandra entwickelte Spendenplattformen wie besseres-morgen.com und Produkte wie Waldankäufe, Zertifikate, Ökosteuern oder die Privatisierung von ehedem öffentlichen Gütern wie Wasserquellen und Seen steigerten die Umsätze. Sandras Geschäftsmodell mit Moral Politik und Wirtschaft um eine Sinndimension zu erweitern, beschleunigte seine Relativ-Absolut-Technik. Mit dem Öko-Joker argumentierte er jede Budgetkürzung. Gab es ein Problem, baute er einen Radweg. Miesepetrige Bedenkenträger, die Sandra Greenwashing vorwarfen, konterte er mit dem Totschlagargument Bewahrung der

Schöpfung. Gegen die Rettung der Welt gab es nichts einzuwenden.

Neben der Gleichheit bildeten Gerechtigkeit, Emanzipation, Fortschritt, Diversität, Inklusion, Identität, Menschenrechte, Leistung die Leitwerte von Omnia. Hinter den offiziellen Grundwerten des Parteiprogramms verbargen sich die eigentlichen Überzeugungen Machtausbau und Machtabsicherung. Macht war das einzige Wort, das Frank als Politikberater nie gebrauchte. Frank verschleierte seine Motive, blieb lieber im Ungefähren und Vagen.

Lenz ließ Frank aus dem Nähkästchen plaudern und führte ihn damit zu der beabsichtigten Schlussfolgerung. Nur weil Frank etwas verleugnete, hieß das nicht, dass es nicht existierte. Ihre konträren Blickwinkel bedingten zwei Sichtweisen. Frank glaubte an die Dreifaltigkeit von Gewinn, Sympathie und dem Wecken von Erwartungen. Frank erreichte seine Wählerschaft durch bilderreiche Ansprachen, packte sie bei ihren Leidenschaften und fesselte sie mit Ängsten und Sehnsüchten. Furcht, Liebe, Glaube und Hoffnung bildeten die Zutaten seines Waffenschranks. Frank manipulierte, steuerte und kontrollierte die menschliche Einbildungskraft mit dem Ziel, die Wahlentscheidung zu beeinflussen. Um den Einzelnen in die gewünschte Richtung zu lenken, musste er die Vorlieben der Wähler kennen. Frank nutzte Daten und Meinungsumfragen, um Gefühle und Fantasien zu kontrollieren. Seine Tätigkeit als Manipulator der öffentlichen Meinung erforderte die vollständige Kenntnis der Wähler und ihrer Wünsche, Erwartungen, Sehnsüchte und Träume. Von Massenmedien und Massenuniversitäten Halbgebildete waren leichter beeinflussbar als die Schreib- und Leseunkundigen früherer Jahrhunderte, und mit seinen Itembatterien zeichnete er passend für jeden Wählertyp psychografische Landkarten. Den Hebel zu den Herzen und den Stimmen bilde die Fantasie, da nur sie zu den inneren Affekten führe, schwärmte er Lenz vor. »Vorstellungskraft muss aber nicht auf Wirklichem gründen, sondern nur den Anschein von Wirklichkeit haben. Entscheidend ist nur, dass der Wähler *glaubt*, etwas sei wirklich.« Als Steuermann Omnias lenkte er die Fantasie und damit die bewussten und unbewussten Wahrnehmungen. Er versprach seinen Wählern, dass er Sachen wusste, die sie nicht wussten.

»Das Problem dabei ist nicht nur, dass du selbst nichts von den Sachen weißt«, bemerkte Lenz süffisant. »Mit deiner rein ergebnisorientierten Arbeitsweise bringst du das Politische langfristig zum Verschwinden. Du surfst erfolgreich auf der Oberfläche und versteckst unerfreuliche Wahrheiten, die aber Bestandteil jeder Lageanalyse sein müssen. Da du echte Politik hinter verschlossenen Türen versteckst, entehrst du mit deiner Arbeit das Wesen des Politischen. Mit dieser Konsequenz musst du leben und daher bist du verantwortlich für die Verluderung des Gemeinwesens.« Frank fühlte sich ertappt. »Mit deiner Einstellung bleibt dir die Einsicht in das Wesen der Wissenschaft von der Politik verborgen«, maßregelte ihn Lenz. »Die zentralen Kategorien der Politik sind andere als jene von Macht und Manipulation, wie die Moderne fälschlicherweise glaubt, weil sie Machiavelli falsch auslegt. Aber dazu kommen wir später …«

Frank platzte vor Neugier, wagte es aber nicht nachzufragen. Er vertraute Lenz. Dieser wusste genau, wann er was sagte und wann er schwieg. Nachfragen war bei Lenz nie notwendig. Die von Frank bisher als irrelevant verkannten Kategorien wieder langsam in sein Bewusstsein zu bringen, sah Lenz als Gebot der Stunde.

»Folgende Fragen musst du dir stellen, wenn du weiterkommen willst: die Frage nach der bestmöglichen Ordnung, die Frage nach dem rechten Leben, die Frage nach der gerechten Herrschaft. Es geht um die Frage nach dem Richtigen und die Frage nach dem Guten. Wer Wahlen als Teilgebiet der politischen Philosophie begreift, versteht irgendwann, dass Politik ein Ort der Selbsterkenntnis ist. Du bist zu lange in deiner Höhle des Nichtwissens versauert. Es ist Zeit, die Dunkelheit hinter dir zu lassen und das Licht der Erkenntnis zu schauen.«

Frank stand vor einer Weggabelung. Politik war eine Lebensweise, so sah es zumindest Lenz, wo Reden und Handeln deckungsgleich sein mussten, wollte man nicht als Heuchler enden. Lenz forderte eine Positionierung von Frank und duldete keine Verlängerung seiner Selbsttäuschungen.

»Es gibt Themen, wo du dich positionieren musst. Du kannst nicht länger Flüchtlinge deportieren und ganze Landstriche veröden lassen und dich dabei auf den Rechtsstaat und andere legistische Taschenspielertricks rausreden. Rechtspositivismus hat schon Hitlers Verbrechen legitimiert, während das antike Naturrecht noch um die permanente Gefährdung der menschlichen Natur weiß. Das klassische Naturrecht verlangt Wirklichkeitssinn und ist mehr als eine lächerliche Gewissensprüfung.« Lenz forderte von Frank Wirklichkeitssinn. »Du musst deine Realitätsverweigerung beenden. Alles ist möglich, ist keine Option mehr. Es gibt eine klare Hierarchie von Wissenschaft und Politik. Weisheit ist wichtiger als Gerechtigkeit und Gleichheit. Du arbeitest aber mit einem falschen Koordinatensystem: Deine Zunge nennt Gerechtigkeit und Gleichheit Kernwerte, aber dein Herz orientiert sich nur am Gewinn. Wenn Weisheit die wichtigste, Gerechtigkeit die zweitwichtigste und Gewinn und Macht gar keine Tugenden sind, musst du anders handeln und sprechen.«

In der weisheitsorientierten Politik nach Lenz arbeitete der Politiker wie ein Arzt. Ein Doktor verschreibt all jenen Patienten Medizin, die er betreut, aber nicht sich selbst. Ein Arzt verdient ein rechfertigbares gutes Gehalt, doch der Lohn ist nie der ausschlaggebende Grund, warum ein junger Mensch die Heilkunst erlernt.

Mediziner wollen ihren Patienten helfen, gesund zu leben. Ein Arzt ist ein Lebensbegleiter und Stichwortgeber für das Maß und den Ausgleich. Frank hingegen entwarf den Kanzler als Hirten einer Herde. Als erfolgreicher Hirte versprach er üppige Ernten, damit Wachstum ein gutes Leben für alle gewährleistete. Ein Schäfer verfolgt ein Eigeninteresse, wenn er die Herde vergrößert. Ein Schutzherr bietet dem Volk keine Weisheit, dämmerte es Frank. Wollte er bei Lenz lernen, musste er wie ein Arzt handeln.

»Wissenschaft im klassischen Sinn bedeutet die Suche nach der ewigen Ordnung und dem Ursprung und der Ursache aller Dinge. Diese Denkfigur setzt eine unabänderliche Ordnung innerhalb der Geschichte voraus, die nicht von menschlicher Geschichte und menschlichem Wollen in irgendeiner Weise berührt wird.« Für Lenz hatte ein Wissenschaftler die Pflicht, die Führer jener kommenden Epoche auszubilden, in der Weisheit und nicht Macht die Grundlage der Politik bildete. »Nur wenn du diese Hierarchie akzeptierst, darfst du bei mir lernen. Ich kann dir das Ewige im Vergänglichen zeigen«, lockte ihn Lenz. Aber bei ihm konnte man sich weder bewerben noch einkaufen. Lenz *erwählte* seine Schüler. Seine Lehre hütete die ewigen Wahrheiten und gab diese nur an Geeignete weiter. Diesen Auswahlmechanismus hatte Lenz weder begründet noch erfunden; sein Lehrer Jacob Taubes hatte ihn eingeführt. Es war noch zu früh, Frank einzuweihen. Erst wenn er die nächste Stufe der Erkenntnis erklomm, war es so weit. Verschwiegenheit bildete den Eckpfeiler ihrer Schule. Nur unter dem Siegel der Vertraulichkeit wurde die Lehre weitergegeben. Es gab weder Bücher noch Broschüren. Ihre Schule lehrte eine Technik, die weder geheim noch verboten war und dennoch unbehelligt von Zensur und Zeitgeist die Jahrhunderte überdauerte.

10

DRAXLER TIPPTE SEINEN Namen in die Amazon-Suchmaske ein und ärgerte sich. Seine jüngste Veröffentlichung über die Kulturgeschichte von Schwein und Esel floppte, es gab keine Kundenbewertungen: Nur sein Studienassistent hatte eine Gefälligkeitsrezension verfasst, in der dieser faule Hund aber bloß den Klappentext des Buchs leicht paraphrasiert hatte. Seine Schriften verstaubten ungelesen in der Institutsbibliothek, der er immerhin zehn Stück aufgeschwatzt hatte. Draxler fand sich nur schwer mit seiner Irrelevanz ab. Bald würde er emeritieren, dann konnte er nicht mal mehr seine Studenten zur Lektüre seiner Gemeinplätze zwingen. Wenigstens Frank Fischbach konnte er quälen. Dieser Gedanke hob seine Laune. Er griff zum Telefonhörer, um sich mit Zabel abzustimmen.

»Dein Gutachten ist sattelfest und Fischbach wird, wenn ich ihn bearbeitet habe, seinen Antrag garantiert zurückziehen, weil ich ihm eindeutig zweideutig vermitteln werde, dass wir seine Arbeit, aber vor allem ihn als Person, nicht wollen. Dennoch könnten wir ein Problem bekommen. Der Zweitgutachter Schieder will dich wegen deines Gutachtens zivilrechtlich klagen. Er findet Fischbachs Arbeit gelungen, hat sie *bahnbrechend* genannt. Für Schieder hat der Kanzlermacher ungeschönt nachgewiesen, dass Macht der einzig verbliebene Wert moderner Demokratien ist. Programme, Inhalte, Parteienfamilien, Gesinnungen, Weltanschauungen sind überholt. Schieder sagt, dass Fischbach diese Entwicklung erstmals schwarz auf weiß niedergeschrieben hat. Er hält Fischbachs Schrift für ein Schlüsselwerk der Demokratieforschung und vergleicht ihn mit Thomas Hobbes und Spinoza! Schieder behauptet außerdem, du hättest Fischbachs Arbeit nicht gelesen, denn du verwendest in deinem Gutachten ausschließlich außertextliche Argumente. Er lässt fragen, woher du wüsstest, für welche Venia er eingereicht hast? Bis auf das Empfehlungsschreiben des Rektors, mit dem wir uns seit Jahren bekriegen, was Schieder nicht wissen kann, hatte Fischbach keinen Kontakt mit dem Institut. Die Betreuung lief ja ausschließlich über dich. Schieder ist misstrauisch und will dich sprechen, weil er sich dein vernichtendes Gutachten fachlich nicht erklären kann. Er kennt Fischbach nicht, aber er findet, dass dein Verriss die akademischen Sitten verletzt. Er hat einen dritten Gutachter vorgeschlagen, und jetzt halte dich bitte fest, du ahnst es schon … und zwar Lenz. Das ist bizarr, ich dachte, Lenz hat keine Professur.«

»Professur hat er keine, aber er ist Privatdozent. Insofern hat er das Recht, ein Gutachten zu verfassen. Was sagt die Habilitationsordnung dazu?«

»Keine Ahnung, ich habe die noch nie gelesen.«

Zabel erzählte Draxler von Lenz' Habilitation und wie er ihn beim Bewerbungsprozess für den Lehrstuhl ausgebootet hatte. Zabel hatte Lenz' Lebenslauf gefälscht und beim Rektorat antichambriert, während dieser Naivling nur auf die Güte seiner Arbeit vertraut hatte. Aber diese kleine Intrige war mittlerweile verjährt. Lenz hatte seither als Privatgelehrter gewirkt.

»Gerüchteweise leitet er eine privat finanzierte Bruderschaft. Diese Schule oder Akademie, oder wie auch immer du es nennen willst, ist mythenumrankt, weil sie die Öffentlichkeit meidet und es nicht einmal einen Wikipedia-Eintrag gibt. Im Internet existiert diese Schule nicht. Dieser Verein hat nie ein offizielles Papier veröffentlicht, dennoch tauschen sich dort die genialsten Köpfe aus. Ich war ja Dissertant beim legendären Jacob Taubes und der hat in seinem Doktorandenseminar Grundzüge der Bibelexegese gelehrt, wo er in einem Nebensatz ein einziges Mal eine *Danubische Akademie* erwähnt hat. Ich habe ihn bekniet, mir mehr davon zu erzählen, aber Taubes hat darauf bestanden, dass ich mich verhört hätte. Als ob er je einen Satz unbeabsichtigt gesagt hätte! Ich hege seit damals den Verdacht, dass er höchstpersönlich Lenz in diese Schule eingeführt hat. Lenz war der Liebling von Taubes und hat bei ihm über die erkenntnistheoretischen Schwachstellen der Aufklärung habilitiert. Kurz gesagt, er darf ein Gegengutachten einreichen, wenn Frank ihn darum bittet. Aber auch das ist kein Problem: Du musst ihm nur vorspielen, dass ein externes, vom Habilitationswerber eingefordertes Gutachten verfahrensrechtlich betrachtet weniger zählt als meines. Drohungen sind immer gut. Schüchtere ihn ein und spiele den Unschuldigen. Behaupte, ein Senat ist objektiver in seiner Auswahl als ein Bewerber. Fischbach verfügt über keinerlei rechtliche Handhabe. Ihr könnt ihn auch mit zwei positiven Gutachten durchfallen lassen, weil meines als Lehrstuhlinhaber mehr Gewicht hat. Wenn er zivilrechtlich klagt, verweisen wir einfach auf die Universitätsautonomie oder die Freiheit der Wissenschaft …«

»Gut zu wissen, Thomas. Schieder fragt außerdem, warum du negativ geurteilt hast, wenn du seit Langem Berater von Alpha Growth bist. Er kann sich das nicht erklären und vermutet ein In-sich-Geschäft oder irgendeine sonstige Schweinerei, die er im Senat besprechen möchte. Er vermutet eine persönliche Abrechnung … Anders kann er sich deinen Verriss nicht erklären. Schieder kennt Fischbach nicht. Er ist überzeugt, dass Fischbachs Erkenntnisse der Forschung eine neue Richtung geben können und die Reputation unseres Instituts erhöhen würden. Fischbach wirft seiner Meinung nach wichtige Fragen auf, wo es sich lohnt, dranzubleiben. Durch die Fortschritte von Massendaten setzen Entscheidungsträger stark auf digitales Politikmanagement. Die Automatisierung von Regierungsgeschäften schafft auch zahllose Möglichkeiten zum Missbrauch, wie Fischbach in seiner Analyse nachgewiesen hat. Das Institut für Verhaltensökonomie habe mit dieser Arbeit wieder Anschluss an aktuelle Debatten gefunden, behauptet Schieder. Wir haben unsere besten Zeiten schon lange hinter uns, wie wir beide wissen. Unser Institut hat den Ruf, lebendig zu fossilisieren. Und dann hat Schieder erst richtig aufgedreht, weshalb ich dich anrufen musste. Er kennt mein Buch über Drohbriefe und hat angekündigt, er wird dich und das Institut mit einer Taktik aus meinem Buch erpressen und an die Öffentlichkeit gehen, weil er es letztklassig findet, wie wir die Freiheit der Wissenschaft verhöhnen. Ich wollte dich über seine Absichten nur kurz informieren. Wie perfide, mein Werk über Drohbriefe als Grundlage für eine Erpressung zu nehmen …«

Zabel lachte und beruhigte seinen alten Kumpanen. »Ach, Ernst, sei nicht so ernst.« Mit einem Kalauer konnte man Draxler immer aufheitern. »Der Schieder will nur spielen. Der ist wie die ganzen selbst ernannten Plagiatsjäger ein pathologischer Fall. Freiheit der Wissenschaft, dass ich nicht lache.«

Draxler überlegte. Schieder kannte weder ihn noch Zabel und wusste nichts von ihrem persönlichen Naheverhältnis. Schieder unterrichtete in Portugal und kannte sich im österreichischen Dschungel nicht aus. Selbst wenn Schieder klar war, dass sie Fischbach aus fachfremden Gründen abschossen, würde er wegen eines ihm Unbekannten und für 350 Euro Gutachtergage keinen aussichtslosen Krieg für die Freiheit der Lehre anzetteln. Aus dem Gutachten Zabels konnte jeder auch nur beschränkt Lesefähige Zabels Abneigung gegenüber Frank ableiten, aber keine fachlichen Mängel.

Draxler belustigte Schieders moralische Empörung, denn auch dieser verfolgte Eigeninteressen. Schieder verkaufte wie Alpha Growth Datenbanken, psychologische Profile und fischte im selben Kundenteich. Franks Erfolgslauf hatte Schieders Umsatz laut Auszug aus dem amtlichen Firmenregister um achtzig Prozent filetiert. Weil ihre Gesichter aus Funk und Fernsehen bekannt waren, gewannen Zabel und Frank alle prestigeträchtigen Etats. Schieder hatte in Frankreich und Holland vergeblich auf eine Professur gehofft und verdingte sich als akademisches Proletariat in Lissabon, wo er die sozialethische Voreingenommenheit von Algorithmen erforschte. Während Frank und Zabel mit soziometrischen Daten Wähler beeinflussten und manipulierten, wollte er mit Daten die Menschen befreien. Kein Wunder, dass er mit diesen Ansichten wenig verdiente und deshalb schlecht bezahlte Gutachterjobs annahm. Draxler selbst hatte ihn schriftlich kontaktiert mit der Bitte, eine – wie er es genannt hatte – *ungewöhnliche* Arbeit zu begutachten.

Draxlers Einladung hatte Schieder genutzt, um das Denken seines Konkurrenten besser zu verstehen. In seiner Abhandlung legte Frank offen, wie und warum er Wahlen gewann. Mit mathematischer Exaktheit beschrieb er die psychische und soziale Verfasstheit des Elektorats. Wahlen designte er wie ein Basketballspiel, er zeigte, wie er den einzelnen Wähler mit Geld, Hartnäckigkeit, Sprachregelungen und allgegenwärtiger Präsenz für seine Zwecke gewann. Frank beschrieb offenherzig, wie datengetriebenes Kampagnenmanagement dem Bürger die Wahlentscheidung abnahm, ihm aber gleichzeitig das Gefühl vermittelte, autonom zu entscheiden. Schieder war von Anlage, Aufbau und dem umfangreichen Datenkorpus der Studie beeindruckt gewesen. Frank hatte die DNA seines Unternehmens offengelegt und im Anhang sogar den Quellcode seines Algorithmus veröffentlicht. Jeder Gedanke und jede Itembatterie war nachvollziehbar, nur eines konnte sich Schieder nicht erklären: Warum hatte Zabel, der Vorsitzende seines wissenschaftlichen Beirats, ein vernichtendes Gutachten verfasst?

Schieder wollte Antworten. Also schrieb er einen anonymen Brief, von dem er wusste, dass er nach seiner Korrespondenz mit Draxler beim Empfänger nicht anonym sein würde.

»An den Wissenschaftler, Kulturjournalisten und Feinschmecker des Jahres:

Du Blender. Wie du wahrscheinlich von Georg Simmel weißt, gibt es einen Widerspruch im Medium Brief. Ein Brief schafft Nähe und Kontakt, aber gleichzeitig auch Distanz, da direkte Antworten ohne Absender nicht möglich sind. Diese Gleichzeitigkeit von Vertrautheit und Abstand kennzeichnet auch dein Gutachten. Du bist ein Windhund. Du verkaufst nicht nur gefälschte und frisierte Daten in deinen Studien, du hintergehst auch deine Geschäftspartner. Ich habe Fischbach von deinem Gutachten in Kenntnis gesetzt und Lenz beauftragt, ein Gegengutachten zu verfassen. Ich will kein Geld, nur deine wissenschaftliche Reputation zerstören, weshalb ich Kopien an das Wissenschaftsministerium, die Schlichtungsstelle der Universität und an den Plagiatsjäger Dr. Bernoldi geschickt habe. Bisher hat Bernoldi vor allem Dissertationen untersucht, wohl wissend, dass der Missbrauch bei Habilitationen – Stichwort Gefälligkeitsgutachten, Stichwort informelle Absprachen, Stichwort Sammelhabilitationen – viel weiter verbreitet ist. Auch wenn du bald emeritierst, Schande wird fortan deinen Namen begleiten und dich überdauern. Deine abgeschriebenen Werke und deine von der Wirklichkeit widerlegten Thesen sind allesamt überholt. Das Geschenk, dich zu vergessen, werde ich dir nicht machen. Die Nachwelt wird den Namen Zabel synonym für verluderte Lehre verwenden wie noch heute das Wort Canossagang für Zu-Kreuze-Kriechen steht.

Der Hexer

Neben zwei Lehraufträgen arbeitete Schieder in Lissabon als selbstständiger Programmierer. Er lebte in einer Zweizimmerwohnung, für deren Miete seine Frau aufkam, und hatte nichts zu verlieren. Mit diesem Brief wollte er Zabel erschrecken. Schieder mochte weder Frank noch Zabel noch Draxler, aber er hatte seinen Gerechtigkeitssinn nie verloren. Er konnte die Motivation aller Beteiligten in dieser seltsamen Angelegenheit nicht nachvollziehen. Warum machten die so viel Aufsehen um die Verleihung einer Lehrbefugnis an einem drittklassigen Institut, wenn Frank in der Privatwirtschaft vorsichtig geschätzt das Zehnfache einer Professur verdiente?

Schieder informierte Frank von seinem Brief per Zoom-Konferenz. Frank war überrascht.

»Warum schreiben Sie Zabel einen Drohbrief?«

»Weil etwas faul ist an der ganzen Sache. Ihre Arbeit ist herausragend.«

Frank bedankte sich für das positive Gutachten und fragte nach dem Grund seiner Intervention, da sie ja geschäftliche Konkurrenten waren.

»Die Frage muss ich zurückweisen. Geschäft und Wissenschaft sind zwei unterschiedliche Sphären. Ich sehe mich nur der Freiheit der Wissenschaft verpflichtet. Und deshalb kann ich mir den gehässigen Ton von Zabels Gutachten nicht erklären. Was ist Ihre Einschätzung?«

Frank äußerte seinen Verdacht. »Zabel und mein Geschäftspartner haben hinter meinem Rücken eine zweite Firma für ökonometrische Wahlforschung gegründet, wie wir bei einer internen Evaluation herausgefunden haben. Und weil mein Geschäftspartner meine Freundin beeindrucken will, hat er bei ihr mit seinen halblegalen Geschäftspraktiken geprahlt. Er organisiert Negativwahlkämpfe und Demobilisierungskampagnen für internationale

Kunden wie *Sea Watch*, und mit dieser Dienstleistung wollte er sich als technologischer Partner für Sandras Waldverein andienen. Bernhard hat bereits Wahlen für Partner in Israel, Ungarn und der Ukraine erfolgreich bestritten. Hellhörig ist Sandra allerdings erst bei einer anderen Geschichte geworden: Bei der letzten Wahl in Österreich hat er mit seiner Zweitfirma neben Bao Strauss auch parallel zwei Mitbewerber beraten. Deswegen wettete er auch gegen Omnias Wahlsieg, weil Bernhard und Zabel bis zum Schluss vom Sieg eines Mitbewerbers ausgegangen sind. Bernhard und Zabel sichern sich gegen Niederlagen ab, indem sie alle beraten. Zur Polizei zu gehen ist mir aber nicht möglich. Ich kann Rechenfehler im Algorithmus nachweisen, aber Bernhard hat ja absichtlich falsch programmiert. Mein Partner und Zabel sind keine Flaschen, sie arbeiten nur zeitgleich für mehrere Auftraggeber und kassieren von allen Fraktionen.«

»Die halbseidenen Geschäftspraktiken von Zabel und Ihrem Partner interessieren mich nicht. Ihre Arbeit hat ja nichts damit zu tun und muss positiv beurteilt werden. Ich werde mich nochmals beim Institut beschweren. Ich lasse mich nicht für die Interessen Dritter einspannen.«

Frank war von Schieders Auftreten beeindruckt. Nach dem Gespräch fuhr er ohne Termin zu Sandra, um ihr sein Herz auszuschütten. Von Bernhard hintergangen worden zu sein, schmerzte ihn. Sandra empfand kein Mitgefühl. »Wer fällt, war nicht gut genug. Bernhard ist hartnäckiger und erfolgreicher als du, und nur er versteht zur Gänze die technologische Infrastruktur von Alpha Growth. Deine Stärke war deine Überzeugungskraft. Aber die wirfst du gerade über Bord, indem du deine Zeit mit Verlierern wie Lenz verplemperst. Du solltest verkaufen und nicht nachdenken. Große Denker waren nie mächtig.«

»Mein Verfahren wird negativ ausfallen.«

»Wen interessiert das? Kümmere dich lieber um deine Firmen. Du hast schon genug Zeit verschwendet. Dieser komische Kauz Lenz hat dich verhext …«

Frank verteidigte seine neu entdeckte Leidenschaft: »Weißt du, Lenz konfrontiert mich mit meinen blinden Flecken. Lenz sagt, Gewinnen ist nicht alles, es geht um das Verstehen.«

Sandra schüttelte ihren Kopf: »Ich verachte Verlierer. Gewinne sind die Grundlage des menschlichen Lebens.«

»Das dachte ich früher auch, aber es ist falsch. Unsere Demokratie lebt von Voraussetzungen, die sie selbst nicht erzeugen kann, sagt Lenz. Ich denke über eine Neubewertung unserer ordnungspolitischen Grundlagen nach. Ich glaube, wir leben in einer Zeitenwende …«

Sandra unterbrach Frank: »Ordnungspolitische Grundlagen. Zeitenwende. So ein Blödsinn. Die einzige Frage, die dich beschäftigen sollte, ist, wie du deinen Kundenstock ausbauen kannst.«

»Schau, ich habe die Partei- und Staatsfinanzen geplündert, funktionierende Verwaltungseinheiten zerstört und statt des Gemeinwesens die soziale Verwahrlosung gefördert. Ich bin schuldig.«

»Was ist denn das für ein Auftritt? Du hast eine tote Partei wieder aufgerichtet. Du selbst hast immer gesagt, Inhalte verwirren die Wähler bloß.«

»Das stimmt leider nicht. Ohne Substanz kann kein Staat langfristig bestehen …«, erwiderte Frank.

Sandra sah keinen Sinn in Grundsatzdebatten. Wenn sie Für und Wider abwog, hatte ihre Beziehung keine Zukunft. Das brachte sie zur Sprache: »Frank, du hilfst mir nicht weiter, wenn du nur noch veraltete Philosophenheinis liest. Ich brauche keine Stammbuchweisheiten toter weißer Männer. Ich sehe kein Entwicklungspotenzial mehr für uns. Du bist doch kein Intellektueller! Du bist ein

Tatmensch. Wenn du so weitermachst, gehst du noch pleite. Anstatt Punkte zu werfen, gefällst du dir in der Denkerpose. Das ist alles verheerend für dich! Omnia steht bei der jüngsten Sonntagsfrage nur noch bei 25 Prozent und du quittierst diese dramatisch gesunkenen Werte mit einem Schulterzucken. Omnia droht der Verlust jedes dritten Wählers! Dir scheint alles komplett egal zu sein. Dabei wirst du mit einer Niederlage alles verlieren, was dir heute noch selbstverständlich erscheint. Mir kommt vor, du findest Gewinnen mittlerweile unanständig …«

»Nein, ich will eben grade *nicht* verlieren. Die Fragen, die ich in meiner Habilitation stelle, möchte ich beantworten. Egal wie viel Zeit ich investieren muss. Und wenn ich dafür eine Auszeit von meiner Firma brauche, ist das auch kein Problem. Jeder Idiot kann Wahlen gewinnen. Was mir fehlt, ist Zeit, um nachzudenken. Ich möchte die Aura der Dinge verstehen und nicht nur digitale Trugbilder verkaufen. Die Empfindungen der Wähler sind mittlerweile so flach wie die Bildschirme ihrer Smartphones …«

Franks kulturpessimistisches Gesülze erwiderte Sandra mit einem gereizten Lachen. Seine Verhaltensveränderungen hatte sie schon zu lange als vorübergehende Marotte abgetan. Es war überfällig, ihn mit seinem inakzeptablen Auftreten zu konfrontieren: »Du warst ein charismatischer Verkäufer, der einprägsame Verkaufsslogans wie am Fließband erfunden hat. Und nun vernachlässigst du deine Talente und deine Garderobe. Das ist so eitel! Nur weil du eine Sinnkrise hast, musst du mich nicht damit belästigen.«

Frank hatte seinen Instinkt verloren. Große Denker besaßen nie Macht, weil sie das Denken vom Handeln abhielt, dachte Sandra. Ein kleines Detail nervte sie besonders: Frank wägte seine Gedanken ab, bevor er sie aussprach. Er schwieg oft eine Minute lang. Ein stummer Verkäufer war ein erfolgloser Verkäufer. Die Abschlussquote des nachdenklichen Nichtstuers reduzierte sich durch das viele Denken dramatisch. Branchenintern wurde schon über die Formkrise Fischbachs gewitzelt. Zu ihrem Ärger plante Frank auch noch seine Schule aufzulösen. »Die Menschheit braucht vieles, aber ganz bestimmt nicht noch mehr Verkäufer«, teilte er der verdutzten Sandra mit. Er hatte das Interesse an seinem Baby verloren. Diese Sprunghaftigkeit war ausschließlich auf Lenz' verderblichen Einfluss zurückzuführen. Dieser Narr erwägte auch noch den Verkauf seiner Firmenanteile: »Die Erforschung demokratischer Grundsätze bringt mir wahrscheinlich keinen Job, aber ich habe das erste Mal das Gefühl, etwas Sinnvolles zu tun. Ich betrete geistiges Neuland …«

»Ernsthaft?« Sandra war ratlos. Franks Schwäche ekelte sie an; er faselte von seiner Pflicht gegenüber seinen Mitmenschen, und seine Gewissensbisse waren zu aufdringlich. Sein zunehmend wirtschaftsfeindliches Gerede bewertete Sandra als Indiz seiner Unterschichtherkunft. Sandra bat ihn zu gehen.

Frank verbrachte die nächsten Tage mit Plänen zur Rettung seines Verfahrens, bis Zabel ihn kontaktierte. Er wollte sich kurzfristig treffen, um alle offenen Fragen für beide Seiten befriedigend zu klären. »Schließlich bin ich kein Unmensch«, säuselte er ins Telefon. Als neutralen Ort schlug er wie immer ein asiatisches Fusion-Restaurant vor, welches kürzlich in der Must-have-Liste einer Feinschmeckerzeitung aufgetaucht war. Frank fand das Ambiente schon beim Türöffnen abstoßend. Die Inneneinrichtung war auf Vintage getrimmt, die Böden billig, die Tische zu klein, die Sessel unbequem und die Speisekarte strotzte vor zeitgeistigen Anleihen. Koreanische, südchinesische und japanische Teigtaschen waren ohne erkennbare Logik aneinandergereiht. So erbärmlich durchschnittlich die Einrichtung war, so erheiternd fand Frank Zabels Performance. Er folgte amüsiert Zabels gierigen Augenbewegungen beim Studium der Speisekarte. Die Auswahl seines Mahls wühlte ihn mehr auf als Franks Schicksal. Dabei war für Frank klar, dass Zabel Thunfisch bestellen würde. Das Alter des Fischs und dass diese Art des Blauflossenthunfischs vom Aussterben bedroht war, waren die Argumente, denen Zabel nicht widerstehen konnte. Bei Zabel funktionierten banale Anreizsysteme: »Stell dir vor, in weniger als fünf Jahren können wir Blauflossenthunfischsteaks wahrscheinlich nicht mehr essen. Also muss ich die restliche Zeit auskosten. Dieser 269 Kilo schwere Fisch wurde am Tokioter Fischmarkt Tsukiji um 566.000 Euro verkauft, was einen schlappen Kilopreis von 2100 ergibt. Wenn ich ein Steak mit 200 Gramm verspeise, kostet jeder Bissen 20 Euro. Ein Schnäppchen für ein solch ungewöhnliches Geschmackserlebnis.«

Frank lachte über Zabels neureiche Prunksucht und wählte Wasserspinat, tausendjähriges Ei, Kuttelsalat und gebratene Ente in Honigglasur, was alles zusammen nur 55 Euro kostete.

Zabel hatte weder Frank noch dem Fisch gegenüber ein schlechtes Gewissen. Seine Aufmerksamkeit galt ganz dem Essen. »Also diese Gechmacksexplosion ist einmalig. Ich kann das Alter von Thunfisch erschmecken wie die Franzosen den Jahrgang beim Wein … Du mit deinem aufgesetzt bodenständigen Geschmack. Wasserspinat! Deine Habilitation ist leider nicht mehr zur retten. Zumindest am Institut für Verhaltensökonomie. Für mich ist das abgehakt. Aber ich habe wegen dir selbst großen Ärger. Deswegen wollte ich dich treffen. Ich habe einen bösartigen Gutachter am Hals … Ich musste dich negativ begutachten, weil ich anonym erpresst werde. Einzelheiten kann ich dir nicht verraten, weil dein Verfahren ja nicht öffentlich einsehbar ist. Aber eins sollst du wissen: Der Erpresser will mein Lebenswerk zerstören und hat keine finanziellen Interessen. Das macht die Sache für mich nur noch schlimmer. Überzeugungstäter ohne materielle Absichten sind die gefährlichsten. Rufmord ist eine ernst zu nehmende Sache. Dein stockendes Verfahren ist dagegen eine Lappalie. … Ich weiß, ich weiß, ich habe dich ermutigt, dieses Projekt anzugehen.«

Zabel nutzte die Gelegenheit, um seine Hände reinzuwaschen. Mit aufgesetzter Herzenswärme erklärte er das Geschehene zur Randnotiz.

»10.000 Stunden Arbeit ohne Abschluss sind kein Grund zur Bitterkeit. Erinnere dich an deine eigenen Worte, du wolltest nie auf die unterbezahlte Universität. Als Tatmensch würdest du die an der staatlichen Institution vorherrschende Beamtenmentalität als abstoßend empfinden. Die Lehre ist ein Zeitdieb, bei den Veröffentlichungen geht es um puren Mengenausstoß wie bei Brauereien. Die importierten Dummheiten von Publish or Perish und Peer-Review-Verfahren haben ganze Forschungsfelder ausgelöscht und keineswegs Objektivität und Qualität befördert. Der Markt wird weltweit von den Verlegern Reed-Elsevier, Springer Nature, Wiley-Blackwell, Taylor & Francis und Sage kontrolliert, was ein schlimmeres Oligopol als vor der Aufklärung entstehen ließ, weil Klosterbibliotheken nicht gewinnorientiert dachten. Die von der öffentlichen Hand finanzierte Grundlagenforschung ist längst kommerzialisiert. Ein paar Aufsätze in einer Fachzeitschrift sind heutzutage mehr wert als eine eigenständige Monografie … Besser, du hättest 50.000 Euro für fünf Veröffentlichungen in einem US-Magazin bezahlt. Meine Kollegen haben gefragt, warum du überhaupt eine eigenständige Arbeit einreichst. Du bist zu gutgläubig an die Sache herangegangen. Aber egal, mein Tipp ist folgender: Reich dein Manuskript auf einer anderen Universität ein oder veröffentliche deine Ergebnisse als Buch. Das ist überhaupt eine glänzende Idee. Deine Studie wird ein Bestseller, wenn wir dich als Kanzlermacher vermarkten. Du bist eine Marke und öffentliche Person. Nicht jeder kluge Kopf braucht eine Lehrerlaubnis. Denk an Günther Anders. Der ist auch an einer inneruniversitären Intrige, angeführt von Adorno, gescheitert.

Apropos Adorno: Der hat sein erstes Habilitationsgesuch zurückgezogen, als er zu scheitern drohte. Du musst taktieren. Kopf hoch, du befindest dich mit Anders und Adorno in allerbester Gesellschaft. Habilitationsverfahren sind immer ein Geduldsspiel. Ich könnte dir Sachen erzählen … Aber abgesehen davon: Wir haben eine Akademikerschwemme, allein in Deutschland fristen 15.000 Habilitierte ein Leben am Existenzminimum. Darüber spricht nur niemand. Der Titel Privatdozent ist wertlos. Schon aus Konkurrenzdenken akzeptiert das Institut keine externen Einreicher, weil bei den ständig gekürzten Budgets jeder Mitesser den Kuchen verkleinert. Andere Bewerber müssen fünfzehn Jahre Zettel kopieren. Natürlich habe ich die Situation falsch eingeschätzt, wofür ich mich entschuldige, aber es geht ja um nichts. Selbst wenn sie dir eine Lehrerlaubnis erteilen, heißt das nur, dass du jährlich gratis eine Lehrveranstaltung abhalten musst. Eine Lehrbefugnis ist ein Titel ohne Mittel.

Wenn du nur titelgeil bist, kannst du dich auch so von Bao Strauss oder einem anderen deiner Politikerfreunde zum Professor ernennen lassen. Oder die Regierung gründet eine Denkfabrik. Diese Denkfabriken haben sowieso mehr Momentum als die staatlichen Moloche. Einen Job an der Universität bekommst du sowieso nicht. Du bist ein Mann, mit vierzig schon zu alt und noch dazu heterosexuell, davon haben wir genug, denk an die Quotenvorgaben. Prinzipiell gibt es das veraltete und überholte Instrument der Habilitation nur noch in Österreich und Deutschland, in den führenden angelsächsischen Wissenschaftsnationen ist dieser Schwachsinn sowieso unbekannt. Wenn du dein Verfahren zurückziehst, ist die Sache inexistent und dein Lebenslauf bleibt makellos. Immerhin hast du dir den Luxus einer privaten

Weiterbildung gegönnt. Du verstehst dein Produkt jetzt besser als noch vor zwei Jahren. Wenn du antrittst, das garantiere ich dir, kannst du auch mit einer mitreißenden Defensio das Ruder nicht mehr herumreißen. Der Senatsvorsitzende Draxler hat mir die Entscheidung der Kommission bereits mitgeteilt. Draxler hat mir auch von deinem Plan erzählt, ein externes Gutachten nachzureichen, aber von einer solchen Verzweiflungstat rate ich dir dringend ab. Ein selbst eingebrachtes wiegt niemals das Urteil eines von der offiziellen Kommission eingeholten Gutachtens auf. Glaub mir, wenn du zurückziehst, gibt es in dieser verfahrenen Sache keine Verlierer. Streng genommen ist die Universität mit ihren Lehrverpflichtungen und ihrer Bürokratie mehr Kerker und Zeitfresser als Hort freier geistiger Entfaltung. Ich selbst habe so wenig Zeit, dass ich die operative Durchführung meiner Studien seit jeher an Bernhard abwälze. Ich unterschreibe Endberichte, bürge mit meinem Namen für Qualität, verändere alle Schaltjahre bei den Kurzfassungen für die Entscheider einen Satz, ansonsten wiederhole ich wie ein Papagei die Zahlen, die Bernhard und du für mich erheben. Die Wissenschaft ist schon lange ein Monopol, alle kaufen und verwenden die gleichen Daten … Aber etwas möchte ich noch loswerden. Warum um Himmels willen bist du so schriftgläubig? Warum hast du gedacht, der Inhalt einer Arbeit wäre ausreichend? Du hast dich nie am Institut vorgestellt, hast dich nicht vernetzt oder mit Draxler getroffen. Niemand kennt dich. Wie konntest du den Beziehungsaspekt so sträflich vernachlässigen? Sie nennen dich am Institut das Phantom. Dich rein auf die Güte deiner schriftlichen Abhandlung zu verlassen, war schon naiv, findest du nicht?«

Diese Frage war der nächste Tiefschlag. Frank war über die Lügen und Ausreden Zabels entsetzt. Zabel verarschte ihn. Frank wollte ihm mit seinem Glas anschütten; er beherrschte sich, indem er an Lenz dachte. Zabel entwertete seine Arbeit, indem er auf Franks fehlende Liebdienerei verwies. Er hielt ihm vor, sich nicht an die institutionellen Spielregeln gehalten zu haben. Zabel hatte ihn nie in diese Gebräuche eingeweiht.

Zabel druckste weiter herum: »Ich hab dich aus einer Laune heraus in etwas hineintheatert, mag sein … aber es gibt kein Problem. Wenn du willst, kann ich deine Arbeit an einen englischen Großverlag mit einer China-Lizenz vermitteln. Die heimischen Universitäten haben sich bereits so weit abgeschafft, dass sie alle Traditionen durch angelsächsische Gebräuche ersetzt haben. Besprechungen und Aufsätze in englischen Fachjournalen gelten mehr als Monografien. Diesen Schwachsinn nennen Verhaltensökonomen Internationalisierung und Vergleichbarkeit.«

Hatte Zabel einen lichten Moment? Mit dem Bandenspiel über das Ausland hatte auch Frank Bao Strauss groß gemacht. »Wenn deine Arbeit in angelsächsischen Ländern einschlägt, und das wird sie, du bist ja prominent, wird sie ohnehin ins Deutsche zurückübersetzt und spätestens dann bekommst du eine Ehrenprofessur verliehen. Wir kaufen den Amerikanern alles ab, selbst wenn es wie bei Francis Fukuyama nur drittklassige Hegel- und Heideggervariationen sind. Eine Honorarprofessur ist von der Umwegrentabilität praktisch das Gleiche wie eine ordentliche oder außerordentliche. Professor bleibt Professor im Volksmund und selbst Lehrer der Sekundarstufe müssen von ihren Schülern ehrfurchtsvoll mit Herr und Frau Professor angesprochen werden«, witzelte Zabel. »Die Universität verfügt aber nicht über die Strahlkraft von Hollywood. Ältere Professoren heiraten gerne Ex-Studierende, und in Proseminaren lernen sich mehr Menschen kennen als in Technoclubs, aber sexy ist die Wissenschaft nicht …«, seufzte Zabel.

Nach dem Hauptgang und ohne Verdauungsschnaps, obwohl

Hochprozentiges Zabels Gerede erträglicher gemacht hätte, beendete Frank diese Imitation einer Aussprache. Zu viele Ausreden waren auf ihn eingeprasselt. Er rannte aus dem Lokal, um wieder atmen zu können, und spazierte eine Runde, um seine Gedanken zu ordnen. Zabel hatte sein Angebot an ihn immer nur als Ausweitung seines Einflussbereichs betrachtet. Frank hatte sich anfänglich wenig gedacht und war dank der Lektüretipps von Lenz auf Texte von strahlender Schönheit gestoßen. Je mehr er las, desto mehr wollte er wissen. Das wissenschaftliche Arbeiten erfüllte ihn mit einer inneren Zufriedenheit. Er wollte mehr von dieser verborgenen Welt entdecken. Und den Zugang zu diesem Wissen hatte nur Lenz. Sein hoffentlich baldiger Lehrmeister sah in Frank kein Geschäft, Geld interessierte Lenz nicht. Sein ganzes Verhalten war unzeitgemäß und rätselhaft. Hinter seiner ablehnenden Grundhaltung, seinen Andeutungen und Rätseln verbarg sich Wertschätzung. Gespräche waren für Lenz keine taktische Verschubmasse. Frank rief Lenz an und erzählte ihm von Zabels Ausflüchten.

»Wenn du willst, schreib ich dir ein Gutachten, damit dein Ruf gewahrt bleibt. Eine Intrige ohne Gegenwehr über sich ergehen zu lassen, ist feige. Noch ist nichts verloren«, wurde er von Lenz ermuntert.

»Aber Zabel hat gesagt, ein externes Gutachten zählt nichts«, antwortete Frank.

»Und wenn schon«, sagte Lenz.

Lenz wählte seine Worte mit Bedacht. Mit seinem Gutachten wollte er Frank ermutigen und nicht die Prüfungskommission maßregeln. Dieses Schriftstück enthielt zudem den Schlüssel für Franks kommende Aufgaben. Der Text enthielt Handlungsanleitungen, kritisierte aber auch offen Zabels Fehlverhalten.

Sehr geehrter Herr Rektor, sehr geehrte Habilitationskommission,

Ziel dieses Gutachtens ist es, zum einen die beachtlichen Qualitäten der Arbeit in den Vordergrund zu rücken, zum anderen Klarstellungen in der Bewertung herbeizuführen. Meine Positionierungen erfolgen punktuell, sollen die Leistung Fischbachs akzentuieren und bestehende Gutachten und Meinungen ergänzen. Aus meiner Position heraus erlaube ich mir vorweg festzustellen, dass mein wissenschaftliches (Kommunikations- und Wirtschaftstheorie) wie auch berufliches Umfeld (qualitative Markt- und Meinungsforschung) meine Sicht und Wertschätzung von Fischbachs Schrift (sie charakterisiert ein explizit funktionalistischer Zugang) begründen. Die Arbeit ist imstande – jenseits einer äußerst präzisen historischen und philosophischen Aufarbeitung des Themas, das ansonsten von diversen Disziplinen unargumentiert ausgeblendet wird –, eine wichtige praktische Hilfestellung zu leisten, vorrangig im Feld der Wahlkampfforschung, der Ökonometrie und der Verhaltensforschung.

Fischbachs Habilitationsschrift ist zunächst durch ihren interdisziplinär operationalisierbaren, umfassenden und diverse Fächer integrierenden Charakter gekennzeichnet. Die verschiedensten Funktionen und Strukturen der Wahlkampforganisation und deren interpretative Systeme werden berührt und analysiert. Fischbachs Arbeit ist als eine generell wirtschafts- und speziell politikwissenschaftliche zu verstehen. Wobei, diese Bemerkung sei mir erlaubt, Letztere aus meiner Sicht deutliche Defizite in Hinsicht auf eine durchgängige genuine Methodik aufweist.

Die Arbeit beginnt mit einer ordnungspolitischen Positionierung und erarbeitet vollständig deren philosophische Basis und Tradition. Lückenlos wird die chronologische Entwicklung der Industrialisierung von Wahlkämpfen skizziert, dankenswerterweise ohne dass der Autor den fach- und zeittypischen kulturpessimistischen Ton anschlägt. Der Begriff massenhafter Information und die Definition der Masse als durch Medien homogenisiert, bilden die Basis für die folgenden Fragestellungen und Schlüsse. Daraus ergibt sich eine konzise Schilderung der Zusammenhänge, in denen der Monopolkapitalismus oder adäquat der autoritäre Liberalismus die Morphologie von Wahlen verändert hat.

Verschärft wird das Problem moderner Wahlen durch die disruptive Entwicklung im Zuge der zumeist unreflektierten, dem Diktat des Kommerzes unterstellten Digitalisierung. Information für den Wähler hat sich in eine Art Eigentum gefährlich weniger Konzerne wie Google und Amazon verwandelt. Alternative Quellen sind für die (nicht nur bildungsfernen) Rezipienten nicht nutzbar, ja zumeist nicht einmal auffindbar. Minutiös und über den gesamten Text nachvollziehbar beschreibt Fischbach die technologischen und wirtschaftspolitischen Änderungen in den Wahlkämpfen der letzten zwanzig Jahre, die er als Praktiker wesentlich mitgestaltet und zu verantworten hatte. Moderne Wahlkämpfe werden nach einem »internationalen Stil« konzipiert, Strukturen vergröbern, die Vielfalt der Weltanschauungen schwindet, Monopole werden faktisch und unauflösbar. Enklaven in dieser Monotonie finden sich nicht.

Fischbachs Anliegen, moderne Wahlkämpfe als ausschließlich gewinnorientiert zu umreißen, gelingt. Er belegt nachdrücklich, dass tektonische Verschiebungen zu datengetriebenen Wahlkämpfen das Wesen der Öffentlichkeit irreversibel verändern. Erneut ist es eine Variante des Zeitgeistes, mit dem bereits die faschistischen und nationalistischen Phasen der jüngeren Weltgeschichte geformt wurden; eine Monokultur der Meinungen, triviale Frames und ein unverrückbares Biasing von Mittel- und Oberschicht. Parallel dazu schildert Fischbach das Wegbrechen proletarischer, subkultureller und politischer Gegenöffentlichkeiten. Nichtregierungsorganisationen verkörpern für ihn den liberalautoritären Charakter des Spätkapitalismus und bilden folgerichtig keine System- oder Bezugsalternative.

Fischbach zufolge wird dem Wähler gegenwärtig Transparenz (diese wurde unter anderem als primäre, noble Leistung des Internets proklamiert) vorgegaukelt, denn er wird mit selektivem Zugang zu Daten kontrolliert und durch neue Schleusenwärter wie Denkfabriken, Zitierkartelle und Themenredundanz gelenkt. Die Alleinherrschaft und Optionslosigkeit der liberalen Wettbewerbsdemokratie hat Fischbachs These folgend auch die Wissenschaft und ihre Forschungslogik nachhaltig verändert. Der Autor zeichnet anhand des Unterschieds von kritischer und administrativer Forschung (am Auftraggeber orientierter Projekte) eine Verengung und Verarmung des wissenschaftlichen Diskurses nach. Er vermeidet die Radikalität von Heideggers Diktum »Die Wissenschaft denkt nicht«, doch plädiert er für ein Überdenken und Hinterfragen des vorherrschenden Methodenportfolios. Hierin gilt es ein Paradoxon zu beobachten: Durch die Digitalisierung (höhere Rechnerleistung, Wikipedia, Onlinebibliotheken, Bibliotheksverbände) kam es zu einer Inflation von Studien und Instituten mit fragwürdigem Wissenschaftsverständnis. Vereinfacht gesagt: Was der Auftraggeber will, wird argumentativ unterstützt. Kommerzielle Denkfabriken funktionieren im unbedingten Glauben an die Zahl (numerisch abgebildete Befunde).

Fischbach erarbeitet basierend auf diesen Primärbefunden eine Kritik der Wahlkampfforschung. Dabei greift er nicht auf etablierte, verbindliche Positionen der Politikwissenschaft wie Klasse (marxistisch), Geschlecht (feministisch) oder Ethnizität (postkolonialistisch) zurück, sondern revitalisiert mit dem Rekurs auf Verhaltensökonomie und historische Beispiele die traditionellen

Methoden der Wahlkampfführung sowie die zeitgenössische wirtschafts- und sozialwissenschaftliche Forschung. Damit gelingt es, eingeübte Herrschaftsstrategien der Wissenschaftsgemeinschaft zu hinterfragen. Seine Wahlkampfführung versteht sich als Kunst und nicht als mechanisches (mechanistisches) Verfahren. Fischbach folgend werden die Schranken (Limes der Kognition) der Vernunft und der Messbarkeit durch synthetische Intuition und durch Gefühl überschritten. Eine Interpretation, die ich bereitwillig teile. Der Autor plädiert nachdrücklich und überzeugend für das Primat des Gewinnens als alleiniges Movens demokratischer Wahlkämpfe.

In Übereinstimmung mit verhaltensökonomischen Erkenntnissen und mit Verweisen auf neomarxistische, dekonstruktivistische und psychoanalytische Dimensionen bietet seine Forschung die notwendige Grundlage für einen kompetenten und selbstreflexiven Umgang mit moderner Wahlkampfforschung und sichert und garantiert somit die Freiheit und Offenheit der Wissenschaft. Mit der Leitfrage »Warum und mit welchem Interesse will man Wahlen gewinnen?« wird ein realitätstaugliches Gegengewicht zur Ökonometrie aufgebaut. Durch den von Fischbach diskutierten Ansatz, Wahlen ausschließlich als machtzentriert zu betrachten, werden die blinden Flecken der hegemonialen Forschungspraxis des Wissenschaftsbetriebs offenbar. Wahlen als politische Richtungsentscheidung zu interpretieren, sieht der Autor als systemische Fehlerquelle jedes Wahlkampfs, die folgerichtig auch durch Massendaten und unendliche Rechnerkapazitäten nicht behoben werden kann.

Konsequent zu Ende gedacht hebt seine machtzentrierte Arbeitsweise die Verzerrungen und Mängel der bisherigen Wahlkampfforschung auf. Fischbach beschreibt in der Forschung wenig beachtete Fehleranfälligkeiten datengetriebener Wahlkämpfe und weist nach, dass die Logik von Wahlen in Demokratien und Autokratien dieselbe ist, was im postethischen Zeitalter kein Problem darstellt. Mit seiner Arbeit beharrt der Habilitationswerber ganz unzeitgemäß auf der Offenheit jeglichen Forschungsprozesses und einem undiskutierbaren Streben nach Wahrheit, das er mit Gewinnen gleichsetzt.

Da es sich bei seiner »Gewinnformel für Wahlen« um einen kreativen Akt handelt, sehe ich seine Methode als prädestiniert für eine Habilitationsschrift und als mutiges Statement für ein Verhaltensökonomieinstitut, das sich gegenwärtig wie viele andere Fakultäten in einem Rückzugsgefecht gegenüber der naturwissenschaftlichen Hegemonie befindet und zunehmend in einen Erklärungsnotstand ob der Herrschaft der Technik gerät. Sein Ansatz ist kein kulturpessimistischer, sondern verführt zur selbstständigen Wiederaneignung historisch erprobter, in der Moderne aber vergessener Wahlkampfwerkzeuge. Fischbachs Text besticht durch Breite, die nicht auf Kosten von Tiefe geht. Angesichts dieser Qualitäten ist zu bestätigen, dass die vorliegende Habilitationsschrift methodisch einwandfrei durchgeführt ist, neue wissenschaftliche Erkenntnisse enthält und die Beherrschung des Habilitationsfachs sowie die Fähigkeit zu seiner Förderung unter Beweis stellt. In diesem Sinn kommt das Gutachten zu einem uneingeschränkt positiven Ergebnis.

Der Text rührte Frank, und auch wenn er nicht alle Einzelheiten verstand, war ihm klar: Das Gutachten beinhaltete einige offene und versteckte Botschaften an ihn. Frank musste Draxler mit dem Geschriebenen konfrontieren und besuchte ihn nach schriftlicher Voranmeldung. Schon im Vorzimmer fing ihn ein Verwaltungsangestellter ab. »Sind Sie Fischbach? Professor Draxler verspätet sich leider. Folgen Sie mir.«

Der Assistent ging einen langen Gang entlang, stieg in einen Lift, fuhr in das Erdgeschoß, stieg aus, verließ das Institut für Verhaltensökonomie, wechselte die Straßenseite, ging zwei Straßen weiter und blieb vor einem funktionalen, dreistöckigen Neubau aus der Nachkriegszeit stehen. Er tippte einen vierstelligen Code in die Gegensprechanlage, blickte sich um, wartete, bis niemand auf der Straße zu sehen war, riss ruckartig die leicht klemmende Tür auf, schob Frank hinein und blieb im Eingangsbereich stehen. Dort standen sie schweigend, und ab und zu tippte sein Begleiter Botschaften in sein Telefon. Nach einiger Zeit gingen sie weiter zum Lift und fuhren in den dritten Stock. Dort angekommen, sperrte der Mann eine Tür ohne Türschild auf. Dann lotste er Frank durch einen unmöblierten Raum in ein Zimmer mit fünf Stühlen und einem billigen Holzimitat-Tisch. Dort saß Draxler, der in Franks gebundener Abhandlung blätterte, mit einer zweiten männlichen Person. Draxler stellte diesen als Kommissionsmitglied Eugen Jung vor, den er aus Beratungsgründen zum Gespräch zugezogen habe. Frank setzte sich. Draxler bedankte sich für sein Kommen und ließ sich das Gutachten aushändigen. Als er es fertig gelesen hatte, übergab er den Schriftsatz seinem Kollegen. Anschließend verließen beide den Raum und kamen nach einer halben Stunde wieder.

Draxler räusperte sich. »Sie können dieses Gutachten natürlich einreichen, doch dieses Schriftstück wurde von Ihnen in Auftrag gegeben, nicht von der Prüfungskommission, weshalb es wertlos ist. Das Gutachten von Schieder ist auch positiv, aber Zabels vernichtende Kritik hebt das – für Sie leider – nicht auf. Ich kann Ihnen zwei Lösungen anbieten: Ihr Verfahren zurückzuziehen oder auf das Ergebnis der Kommission zu warten. Entscheiden müssen Sie selbst.«

»Haben Sie eine Position im Verfahren?«

»Nein, ich bin nur da, um Sie zu informieren, was der Kommission vorliegt.«

Frank schluckte »Aber das Gutachten von Zabel ist falsch. Er hat meine Arbeit nicht gelesen.«

Draxler antwortete: »Laut Habilitationsordnung gibt es keine Möglichkeiten, ein Gutachten anzufechten.«

Frank fragte weiter: Wie viele Gutachter wurden angefragt? Wie waren ihre Namen und welchen Zugang hatten sie zum Thema? Wie viele hatten abgelehnt und aus welchen Gründen? Warum war ein drittes Gutachten fachlich wertlos? Warum gab es keinen Einspruch gegen ein nachweislich falsches Gutachten? Warum war Zabels Wort Gesetz? Draxler beantwortete keine seiner Fragen.

Wer schwieg, konnte nichts Falsches sagen. Auf alle Nachfragen wiederholte Draxler roboterhaft: »Ich bin nur Vorsitzender der Kommission. Ich kann über Ihre Arbeit inhaltlich nichts sagen. Ich wurde in den Senat gewählt, ohne dass ich es wollte. Ich kenne die Verfahrensordnung nicht. Wenden Sie sich bitte an das Rektorat.« Draxler kam ihm nicht entgegen und auch ohne explizite Antwort war nach gezählt zweiunddreißig Frageversuchen klar: Draxler wollte seine Arbeit nicht.

Frank träumte vom Marktplatz im alten Athen. Zwischen zwei Kisten mit Oliven stand er und war umringt von einer Zuhörerschar. Frank hielt eine Rede über seine Wahlkampfformel und wurde ausgebuht. Wie Sokrates wollte er für seine Arbeit einstehen und für sie kämpfen. Die Gleichbehandlungsbeauftragte vom Institut für Verhaltensökonomie trat aus der Menge und versicherte ihm, als Vertreter der Herrschaftspartei Omnias genieße er keinen Anspruch auf Minderheitenschutz. Überhaupt anzutreten, sei ein Indiz für dominantes Männerverhalten, was die Gleichbehandlungsstelle ablehne. Eine Vertreterin der Gewerkschaft versicherte vor versammelter Hörerschaft, dass der negative Beschluss der Kommission bereits feststehe …

Frank zog nach einer Nachdenkpause sein Habilitationsgesuch mündlich zurück mit dem Vermerk, es als nicht eröffnet abzuschließen. Fünf Minuten später antwortete Draxler und bedankte sich für diese Mitteilung. Zehn Minuten später rief Frank Draxler erneut an, widerrief seinen Rückzug und bat Draxler um einen Termin für eine Antrittsvorlesung. Draxler akzeptierte und nannte Frank mit unterkühlter Stimme das Datum. »Kommen Sie nächsten Dienstag um zehn in den Besprechungsraum. Normalerweise sind Antrittsvorlesungen öffentlich, aber wir haben aufgrund von § 165 a Notrechtsverordnung einen Passus gefunden, wonach wir die Vorlesung auch als Besprechung halten dürfen.«

Draxler empfing ihn persönlich und brachte ihn in eine abseits gelegene Kammer. Frank betrat einen dunklen, keine vier Quadratmeter großen Raum und dort stand bereits Zabel. Draxler beklagte den wenig feierlichen Rahmen. Leider habe man kurzfristig keine andere Räumlichkeit bekommen. Der Rektor, die Gleichbehandlungskommission und alle weiteren Senatsvertreter hatten sich entschuldigen lassen. Der Rektor widerrief sein Empfehlungsschreiben als nichtig. Frank bedankte sich für die Möglichkeit, als Externer einreichen zu dürfen und begann seinen Vortrag.

»Der Versuch, eine Wahlkampfformel mit verbriefter Gewinngarantie zu finden, verdeutlicht den Größenwahnsinn und die Kontrollsucht der Postdemokratie sowie das Verschwinden aller ordnungspolitischen Grundlagen. Mit dem übersteigerten Vertrauen in zahlenbasierte Evidenz zerstört die Demokratie das Denken in Alternativen und ebnet den Weg in eine homogenisierte Weltkultur letzter Menschen, die verlieren, selbst wenn sie gewinnen. Mit meiner Arbeit wollte ich zeigen, dass es bei Wahlen keineswegs um einen Wettstreit der besten Konzepte für die Zukunft eines demokratischen Gemeinwesens geht, sondern nur um das Gewinnen. Der von Alpha Growth entwickelte Algorithmus bietet keine Lösungen für gesellschaftliche Probleme. Die Berechenbarkeit der digitalisierten Erfahrungswelt dient allein dem Machterhalt. Algorithmen sind keineswegs ein unverzichtbares Instrumentarium, um das exponentielle Wachstum an Daten bewältigen zu können und eine Gesellschaft zu verstehen. Sie wurden entwickelt, um Unsicherheiten, Komplexität und Irrationalitäten im Wahlverhalten frühzeitig zu erkennen und bis zum Wahltag im Sinne des Auftraggebers zu beeinflussen. Algorithmen machen Wähler berechenbar und steuern und ordnen damit Verhalten. Der Algorithmus reduziert die prinzipielle Offenheit des politischen Felds monokausal auf die Kategorien: Sieg/Niederlage und Gewinn/Verlust. Um garantiert Wahlerfolge einzufahren, habe ich mehrere Kategorien festgelegt und diese alle in den Algorithmus gepackt, wie die Kommission den ausgeteilten Handouts entnehmen kann. Für Fragen stehe ich gerne zur Verfügung.«

Zabel schwieg, Draxler schwieg. Nach einer Minute stand Draxler auf und bedankte sich für Franks Ausführungen. Eine öffentliche Vorlesung unter Ausschluss der Öffentlichkeit abzuhalten, deprimierte alle. Zabel verließ den Saal. Draxler richtete das Wort an Frank. »Danke für Ihren ungewöhnlichen Vortrag. Der Senat tagt jetzt und ich rufe Sie dann an.«

Sechzig Minuten später läutete das Telefon. Frank hörte lieber die Sprachbox ab.

»Guten Tag, Herr Fischbach. Leider habe ich die unangenehme Pflicht, Ihnen als Vorsitzender der Prüfungskommission mitzuteilen, dass Ihr Habilitationsantrag negativ beurteilt wird. Gegen diesen Beschluss gibt es kein Rechtsmittel und Sie dürfen diese Arbeit an keiner anderen Universität einreichen. Ich wünsche Ihnen einen schönen Tag.«

Frank warf das Telefon in die Ecke, zog die Vorhänge zu, legte sich ins Bett und verkroch sich für drei Tage.

11

FÜR LENZ WAREN politische Fragen Richtungsentscheidungen. »Handeln hat sich am Guten zu orientieren, diese Setzung gilt gleichermaßen für Politiker und Wähler. Die Existenz des Bösen verleugnen sie nicht. Gewinnen mit dem Guten gleichzusetzen, ist der grundlegende Fehler deines Weltbilds.«

Mit diesen Worten stachelte Lenz Franks Wissbegierde an. Was aber das höchste Gut und das Gute betraf, gab es auch dafür verschiedene Auslegungen, wie er nach dem gründlichen Studium des fünften Buchs von Ciceros »Vom höchsten Gut und vom größten Übel« – dem bisher wichtigsten Lektürehinweis von Lenz – entdeckt hatte. Frank vergegenwärtigte sich das Gelesene: Wenn es zwei Arten von Büchern gab, einmal volkstümlich geschriebene, auch exoterisch genannte, zum anderen subtilere Schriften, die für den inneren Kreis gedacht waren, musste das Konsequenzen haben: Bezog sich diese doppelte Wahrheit auch auf die Politik? Und was bedeutete das für sein Erkenntnisinteresse? Mit Doppelzüngigkeit hatte er zeitlebens gearbeitet. Eine Wahrheit für die Wähler und eine zweite unveröffentlichte als Entscheidungsgrundlage für den inneren Kreis seines Strategieteams zu verwenden, war gängige Wahlkampfpraxis. Allerdings kannte er sein Handwerk von PR-Guru Edward Bernays und nicht von Cicero. Meinten beide dasselbe? Mit verdeckter Sprache zu arbeiten und im Hintergrund anders zu agieren als in der Öffentlichkeit, war Praxis in der Politik.

Cicero verfolgte augenscheinlich ein anderes Ziel. Er manipulierte die Öffentlichkeit, um der Wahrheit zu dienen, und nicht aus egoistischen Motiven. Doch worin bestand das Wesen einer solchen versteckten Wahrheit? Frank ahnte, warum Lenz ihn bislang nur mit Anspielungen abgespeist hatte: Die von Cicero verklausuliert ausgesprochene Wahrheit war gefährlich und daher zu kostbar für unwürdige Ohren; sie musste geschützt werden. Lenz hatte seine Neugierde geweckt, ohne ihn Grundlegendes zu lehren. Er setzte Andeutungen als erzieherisches Element ein, bis Frank die richtige Frage stellte. Lenz hatte Cicero als ersten Namen genannt, weil sich Fischbach bei der Erstellung seiner Wahlkampfregeln an den Sentenzen von Ciceros Bruders Quintus Tullius orientierte. Dessen Wahlkampfratgeber enthielt praktisches Herrschaftswissen, entwickelte aber keine Theorie über das Wesen des Politischen. Wie Quintus beherrschte Frank nur das praktische Instrumentarium, wusste aber nicht, welche demokratiepolitischen Verwerfungen sein Tun auslöste.

Leute wie er zerstörten langfristig die Demokratie. Frank wusste um die gegenwärtige Vertrauenskrise. Der Großteil der Bürger fühlte sich hintergangen. Nur noch mit Lügen gewann er Wahlen. Ihn fröstelte. Er erahnte die Konturen einer Welt jenseits der Zahlen. Die Weggabelung, die er beschreiten musste, führte zu Lenz. Lenz forderte, Handeln und Denken als Einheit zu betrachten. Frank konnte sich nicht länger belügen. Echte Moral konzentrierte sich auf Ansprüche an sich selbst. Mit seinen Taschenspielertricks konnte er höchstens die Öffentlichkeit täuschen.

Wenn wahre Politik Sorge um das Ganze bedeutete und sich nicht auf Schachern und Schieben beschränkte, musste Frank das Wesen wahrer Politik bestimmen. Während sein Boeuf Bourguignon vor sich hinschmorte, teilte er Lenz seinen Entschluss mit: »Ich möchte die Grundlagen der Politik finden.«

Lenz war über Franks Sinneswandel erfreut. Er bestellte den Elsässer Sauerkrauttopf und sagte: »Du bist eine weite Reise gegangen. Nun bist du bereit zu lernen … Merk dir eins: Es gibt eine unüberbrückbare Differenz zwischen dem Wahren und dem

Vulgären. Wer sein Leben der Wahrheitssuche widmet, und das willst du, muss auch jene Wahrheiten kennen, über die man schweigen muss. Schritt für Schritt wirst du als mein Schüler von den populären Ansichten zur Wahrheit geführt.« Er steckte Frank einen Zettel zu. »Genug für heute. Komm nächste Woche zu dieser Adresse. Lass uns den Augenblick genießen. Du hast heute die erste Frage gestellt, die aus deinem Inneren gekommen ist.«

Franks Neugeburt feierten sie mit einer Käseplatte. Lenz wählte einen mit Asche bestaubten Fromage Cendre, einen Bressan-Fermier-Ziegenkäse, einen Comte, einen Fourme du Cantal und einen Bleu de Langeac. Auf der Seite des Comte war ein grüner Etikettenkleber aus Kasein mit dem Herstellungsdatum angebracht, die anderen Sorten waren von Affineuren ausgesuchter AOC-Hersteller oder direkt auf Bauernhöfen produziert, wo Lenz öfter Lesekurse abhielt. Der mit Lenz befreundete Käsesommelier beglückwünschte sie zu ihrer Auswahl. Zum perfekt temperierten Käse aßen sie Birne, Feigensenf und französisches Landbrot.

Sieben Tage später betrat Frank ein mit Linden, Bergahorn, Kastanien, Eschen und Eichen bepflanztes und mit Wildrasen begrüntes Anwesen in einem abgelegenen Winkel des 23. Bezirks. Am gusseisernen Eingangstor fand er weder Adressschild noch Klingel. Dennoch öffnete sich das Tor automatisch. Über einen Schotterweg ging er drei Minuten bis zum Eingangstor einer zweistöckigen Villa. Statt einer Glocke gab es einen Knauf in Form eines Löwen ohne Zunge. Frank klopfte und wartete. Frank klopfte erneut und wartete. Frank klopfte ein drittes Mal. Gemächlich öffnete sich die schwere Eingangstür und ein in einer schwarzen Uniform gekleideter Mann mit schwarzer Kappe begrüßte ihn mit leichtem Nicken. Auf seinem Mittelfinger trug er einen Siegelring mit den Initialen *DA per sempre, per sempre DA*. Der Mann verbeugte sich und führte ihn über eine Treppe in den ersten Stock, wo er wieder vor einer Tür warten musste. Auch auf dieser Massivholztür waren die Initialen DA eingeschnitzt. Neben der Tür hing das Bild eines traurigen alten Mannes, der aus einem Fenster blickte. Frank kannte das Bild nicht, fühlte sich aber von der Melancholie des erstklassig gemalten Gemäldes angezogen. Er ging einen Schritt näher, um es besser zu studieren. Ein alter Mann schaute durch ein nobles, in Stein gefasstes Fenster in die Sonne, weshalb seine Augen etwas blinzelten. Er war traurig und sein faltenreiches Gesicht trug Spuren des Leids. Woher stammte die Traurigkeit des Greises? Der Kleidung nach zu schließen war der Mann wohlhabend. Doch am Reichtum konnte er sich am Ende seines Lebens nicht mehr erfreuen. Seine Angst vor dem Vergessenwerden war spürbar. Ein letztes Mal blickte er aus dem Fenster, um voller Wehmut Abschied zu nehmen. Sein Blick verriet Einsamkeit. Wahrscheinlich war er kinderlos und ohne Frau geblieben. Frank verstand den Sinn dieses Bilds nicht, aber in einem war er sich sicher: Am Ende seines Lebens wollte er nicht mit solcher Bitterkeit im Blick an einem Fenster stehen. Vertieft in das Bild, stand Lenz unerwartet vor ihm. Er führte ihn über einen Gang in ein weiteres Zimmer, das edel getäfelt und wegen seiner großen Fenster lichtdurchflutet war. An den Wänden hingen Gemälde alter Meister und in der Mitte des Tagungsraums saßen um einen Tisch gruppiert elf Männer und Frauen. Keinen davon kannte Frank bis auf … Ines. Was machte Bernhards Frau hier? Den einzigen leeren Stuhl wies Lenz ihm als Platz zu.

Lenz begann zu sprechen: »Lieber Frank, willkommen in unserer Mitte. Bei uns gibt es keine Hausordnung, aber ein paar Dinge musst du beachten. Telefone und Computer sind am ganzen Areal verboten. Als Nachfolger Platons haben wir sein berühmtes Wort, wonach die Schrift den Geist vergesslich macht, um die Verbannung alles Digitalen erweitert. Wir arbeiten unbehelligt von Suchmaschinen, binärer Logik und den scheinbaren Errungenschaften der sogenannten digitalen Revolution. Wir Modernen sind von Kabeln und nicht mehr von Schlangen wie noch Laokoon gefesselt. Um frei zu denken, musst du dich deines Verstands und deiner Erinnerung bedienen. Nichts was du am Areal lernst, darfst du Uneingeweihten erzählen. Wenn du deine Einführungen meisterst, beginnt deine Reise in unser Mysterium. Wir, die Mitglieder der Danubischen Akademie, hüten die überzeitliche Wahrheit. Wir bewahren die Essenz aller menschlichen Weisheitslehren für die kommenden Generationen auf. Wir sind kein Verein, keine Universität, keine Firma, keine Stiftung, keine Schule und kein Orden. Wir sind eine freiwillige Zusammenkunft von Jüngern Sokrates'. Für die Wahrheit zu sterben, musst du allzeit bereit sein, denn der Tod ist nichts, was du fürchten musst. Ängstigen sollst du dich nur vor Falschheit und einem blinden Vertrauen in die Methoden der computerunterstützten Wissenschaft. Denn vor lauter Daten vergisst die Wissenschaft das Denken und begnügt sich mit Erbsenzählerei. Um es kurz zu machen: Du hast dir bislang unwichtige Fragen gestellt. Auch eine Regressionsanalyse lässt die Dummheit und Gedankenarmut deiner Hypothesen nicht verschwinden. Wenn du die wahre Bedeutung eines Wahlkampfs verstehen willst, darfst du dich nicht auf die vordergründigen Inhalte konzentrieren, sondern musst entziffern, was die handelnden Personen und Schriftstücke vertuschen, verschweigen, verschleiern und nicht erwähnen.

Ich möchte dein erstes Seminar dazu nutzen, dir etwas über die Kunst des verdeckten Schreibens und aufdeckenden Lesens zu erzählen, und warum ich glaube, dass diese Methode ein notwendiges Korrektiv für deine Arbeit sein wird. Die Kunst des Schreibens vereint Wissenschaft und Kunst, wie das schon Xenophon in seinen Erinnerungen an Sokrates im ersten Buch, viertes Kapitel, Absatz zwei und drei, festgehalten hat. Erst seit Platon kämpft die Wissenschaft mit der Kunst um die Frage, ob die Wahrheit philosophisch zu enthüllen oder ästhetisch zu verhüllen sei. Eine zentrale Frage, Frank. Und ebendiese Streitfrage lässt sich nur durch die Kunst des Schreibens lösen. Was politisch richtig ist und was politisch falsch ist, lässt sich eindeutig beantworten.

Unser Analysewerkzeug trennt eine esoterische von einer exoterischen Lektüre. Lass dich dabei nicht von der umgangssprachlichen Bedeutung des Worts erschrecken. Wir glauben weder an Kraftsteine noch an die Wirkung von Granderwasser. Unsere Lehre ist weder Quacksalberei noch Geheimlehre, da sie auf keinem Zwang beruht. Dass wir nichts Geheimes lehren, ist wichtig zu verstehen. Vergegenwärtige dir den Geheimbund des Pythagoras. Bei den Pythagoräern errichtete man für Hippasos, als er eine mathematische Entdeckung des Pythagoras allen Menschen zugänglich machte und ausplauderte, ein Grab und verbannte ihn aus der Gemeinschaft. Wir verbannen niemanden, wir wissen nur, dass die meisten nicht willens sind, sich ihres eigenen Verstands zu bedienen. Die Aufklärung ist ein moderner Mythos und die Moderne scheitert bei der Beantwortung aller relevanten Probleme. Es geht uns nicht darum, bestimmte religiöse und politische Themen nichtöffentlich zu diskutieren. Wir sind kein Klub der Schweiger. Wir berufen uns auch nicht auf ungeschriebene Lehren, die außerhalb des Textkorpus mündlich gelehrt und weitergegeben werden. Wir unterteilen kanonische Schriften nur nach zwei Lesarten: einer exoterischen für die Allgemeinheit und einer esoterischen, eigentlich philosophischen und nicht populären, für die Wenigen. Das klingt irritierend und du musst es nicht gleich verstehen. Du kannst diese Technik nur im Dialog mit uns erlernen, das ist kein schematisch zu erlernendes Scheinwissen wie die Erstellung eines

Kodierbogens. Als Denkschule protestieren wir gegen die Verbetriebswirtschaftlichung und Verbannung des Denkens aus den Universitäten. Die akademische Welt prägen gegenwärtig Zirkelschlüsse, Halbwahrheiten und Vorurteile. Begriffe wie Exzellenz, Transparenz und Double-Bind-Peer-Review verunmöglichen freies Denken. An Hochschulen findest du vieles, aber kein offenes Denken. Das hat dir Zabels und Draxlers Verhalten offenbart. Das markierte der Beginn deines Ausstiegs aus der Dunkelheit. Sei Zabel dankbar. Sokrates haben sie vor Gericht gezerrt und vergiftet, ihn verleumdet und behauptet, er verderbe die Jugend. Dabei hat dieser Titan nur das Denken gelehrt. Zabel hat dich benützt, ausgebremst und fallen gelassen – der klassische Dreiklang der Karrieristen. Kümmere dich nicht um ihn; Hass und negative Gedanken ist dieser imbezile Nichtdenker nicht wert. Seine Bücher verkümmern ungelesen in den Ramschkisten neben anderem geistigen Kehricht. Konzentriere dich auf dein Erkenntnisinteresse und nie auf Personen. Sokrates wurde verraten, Jesus wurde verraten, ich wurde verraten! Verrat ist ein normaler Bestandteil eines Forscherlebens und erst durch diese Erfahrung bist du reif, deine Geworfenheit zu akzeptieren. Du durchlebst augenblicklich deine zweite Geburt. Es geht nicht um Eitelkeiten, Verkaufszahlen, Beliebtheitsranglisten, Einkommenszuwächse und sonstige dem kapitalistischen Verwertungsprozess wesensimmanente Schwanzvergleiche. Hier geht es um die Wahrheit und um nichts als die Wahrheit, und für die Wahrheit kannst du dir nichts kaufen.

Im Laufe deiner Recherchen bist du an Grenzen gestoßen. An Grenzen der Mathematik, an Grenzen des Kodierens, an Grenzen der Empirie, an Grenzen der Wahrnehmung. Du hast herausgefunden, wie dumpf die Wahlkampfforschung argumentiert. Wissenschaft legitimiert nur den Schlamm, der unser Leben als Gemeinschaftswesen zerstört und dient als Argumentationskrücke für die sogenannten Funktionseliten des verkommenen Systems, die seit der Machtübernahme des autoritären Liberalismus ungestraft vor sich hinstümpern. Unsere Sinne verkümmern aufgrund dieses falschen Einheitsdenkens auf die Reaktionsfähigkeit von Lurchen.

Doch wenn du dich anstrengst, wirst du entkümmern und sehen lernen. Durch dein Zweifeln hast du bewiesen, zu den Wenigen gehören zu wollen. Wenn du ernsthaft studierst, hat das weitreichende Konsequenzen für dein Leben. Bist du dazu bereit?«

Frank nickte. Lenz legte seine Hand auf seine Schulter und sprach mit gebotenem Ernst weiter: »Es macht einen Unterschied, sein Leben der Macht oder der Wahrheit zu widmen. Um das Rätsel zu lösen, müssen wir die platonischen Dialoge lesen. Alles, was wir hier reden, sind Fußnoten zu seinem Werk. Wenn Platon seinen Lehrer Sokrates sprechen lässt, versteckt dieser gerne sein Wissen und seine Überzeugungen, und Platon übernimmt die sokratische Argumentation, weshalb es für oberflächliche Leser unmöglich ist, in seinen Dialogen seine wahren Überzeugungen zu finden. Diese Dialoge und generell esoterische Schriften sind gleichermaßen veröffentlicht und doch auch wieder nicht veröffentlicht, wie der große Plutarch in seiner Alexanderbiografie schreibt, als sich Kaiser Alexander in einem Brief an seinen akademischen Lehrer beschwerte, warum Aristoteles sein ihm im exklusiven Privatunterricht vermitteltes Lehrsystem nun auch in Buchform veröffentliche und damit dieses vermeintliche Geheimwissen nun jedermann zugänglich mache. Eben nicht, verteidigte sich Aristoteles, zwar war das exklusive Wissen nun verschriftlicht, aber er verpackte das Geschriebene so, dass es nicht von den Zabels und Draxlers dieser Welt verstanden wird. Die indirekte Mitteilungsform der Dialoge bringt es mit sich, dass Platons Denken bis heute von vielen falsch ausgelegt wird. Wir aber bewahren die wahre Bedeutung in alle Ewigkeit. Damit genug für heute. Geh nach Hause und denke über das Gehörte nach. Denken braucht Muße und Zeit, genau das Gegenteil von dem, was du in deinem Handbuch für die Young Titans verlautbart hast. Der von dir gepredigte Drill ist kontraproduktiv für das Selberdenken. Aber das hast du inzwischen selbst eingesehen. Die Schließung deiner Sekte macht die Welt zu einem besseren Ort. Echte Ausbildungsstätten produzieren keine Soldaten, wir befreien den Geist nur von Vorurteilen. Hättest du so weitergemacht wie bisher, wärst du wie Samuel Van Hoogstratens alter Mann geendet. Sein Meisterwerk hängt draußen vor der Tür. Wir nehmen Hoogstratens einfühlsame Allegorie des menschlichen Lebens als Mahnung, damit wir später nicht wie dieser trotz materieller Reichtümer arme alte Mann vergeudete Chancen auf ein erfülltes Leben betrauern. Denke über das Gehörte nach, versuche es einzuordnen in die notwendige Neulektüre deiner Arbeit, gehe spazieren, koche dir ein Kartoffelgratin, lege dich früh schlafen. Der Rest von uns liest jetzt die Abhandlung ›Das Staatswesen der Lakedämonier‹ von Xenophon.«

Frank verbeugte sich reihum vor den Anwesenden und erhob sich. Ines lächelte ihm aufmunternd an. Er war jetzt einer von ihnen. Vor der Tür wartete der Mann, der ihn abgeholt hatte, und begleitete ihn bis zum Ausgang des Anwesens. Erst draußen traute sich Frank sein Handy wieder einzuschalten und rief Michael an, der ihm seinen Chauffeur schickte. Nachdenklich fuhr Frank heim.

Bei einer Kanne Ostfriesentee mit Scones dachte er über sein erstes Seminar nach. Er hatte das Wort Esoterik immer nur im Zusammenhang mit New-Age-Anhängern, Verschwörungstheoretikern oder anderen verhaltensauffälligen Aktionsgruppen gekannt. Nicht alles von Lenz' Ausführungen hatte er verstanden, aber mit dieser neuen Lektüretechnik konnte er eingefahrene Pfade seines Denkens hinterfragen. Frank holte seine Stirnlampe, verdunkelte das Zimmer und schaltete die Lampe ein. Dann schaltete er sie wieder aus. Doch die Dunkelheit störte ihn nun, anstatt wie früher zu helfen. Bislang hatte er im Dunkeln gelebt und nur mithilfe einer tragbaren Lampe das Licht erblickt. Solche Krücken brauchte er nicht mehr. Frank warf die Lampe in den Mistkübel und legte sich schlafen.

Wieder empfing ihn der schweigsame Herr, wieder wartete Frank geduldig vor dem verschlossenen Saal. Während des Wartens studierte er Hoogstraten. Lenz' Worte gingen ihm durch den Kopf … das Bild war eine Erinnerungshilfe. Im Gesicht des alten Mannes fanden sich so viele Spuren des Lebens, dass dem Betrachter nicht langweilig wurde: Frank erspähte auf der Brüstung des Fensterrahmens ein bisher übersehenes Detail. Auf dem Fenstersims befanden sich von rechts nach links ein birnenförmiges Glasgefäß mit langem und engem Hals, eine Tannennadel, ein roter Fleck und ein Batzen Taubenkot. Frank wusste nicht, wie er diese Symbole deuten sollte. Die Arzneiphiole war leer, das konnte nur bedeuten, dass dem Senior keine Arztkunst mehr helfen konnte und sein Leben bald endete. Die Tannennadel war verdorrt wie der Lebensbaum des alten Mannes, was ein Hinweis auf die Flüchtigkeit des menschlichen Lebens war. Wenn er kinderlos geblieben war, starb mit seinem Tod auch sein Stammbaum aus. Bei solch einer künstlerischen Perfektion konnte der rote Fleck kein Versehen sein. Stellte er einen Blutstropfen dar, den der Mann aus Schmerz über eine verlorene Liebe vergossen hatte? Dieses Bilderrätsel zu entschlüsseln, war anregend. Der Taubenschiss könnte einen Hinweis auf die Flüchtigkeit des Lebens oder die generelle Taubenplage in mittelalterlichen Städten geben, waren die nächsten Gedanken in Franks laienhafter Auslegung.

Lenz öffnete wieder persönlich die Tür und begleitete Frank zu seinem Platz. Dann setzte er sich und übergab das Wort an Ines.

»Die Danubische Akademie hütet das ewige, das wahre Wissen. Dazu verwenden wir die Technik des aufdeckenden Lesens. Wir betrachten Schreiben und Lesen als Kunst. Als Kunst, die Wahrheiten des Lebens zwischen den Zeilen für alle Zeiten aufzubewahren. Textauslegung und Politik sind keine Felder, die wir in ihrer Vielfältigkeit auf einen Kodierbogen reduzieren. Wir verstehen einen Politiker, einen Theoretiker und ihre Texte besser als sie selbst. Perfektionismus prägt unsere Arbeit. Wir spüren heimliche Inhalte und Bedeutungen in den Texten auf. Alle Denker von Rang versteckten zwischen den Zeilen und hinter dem Text ihre wesentlichen Aussagen. Ein esoterischer Text enthält zwei Ebenen: eine an der Oberfläche sich bewegende Argumentationslinie mit expliziten Aussagen und eine zweite Lehre, die nur zwischen den Zeilen herauszudestillieren ist. Neben den offensichtlichen Mitteilungen verbergen sich in verdeckten Texten tiefreichende Hinweise. Der Leser darf bei seiner Suche nach dem systematischen Subtext der Dialoge nicht einfach aufgeben, sondern muss sie im Sinne des Paradoxons verstehen, wonach das Esoterische das Exoterische der Dialoge ist.

Esoterisches Lesen verbindet Archäologie mit detektivischem Spürsinn und vermeidet dogmatische Versteinerungen jener Art, für die computerunterstützte Analysen so anfällig sind. Die Exaktheit der Soziometrie ist eine rein ideologische! Ich werde dir nun neun einzelne Techniken des verdeckten Schreibens vorstellen.

Erstens darf das Ende einer Untersuchung nicht ausgesprochen werden. Zweitens wird indirekt argumentiert. Drittens werden Probleme of scheinbar willkürlich erklärt, wobei sich hinter dieser Willkür Absicht verbirgt. Alle Begriffe werden dialektisch verwendet. Fünftens wird eine Untersuchung von einem anderen Punkt wiederaufgenommen, ohne dass die verschiedenen Ansätze zusammengeführt werden. Sechstens werden Andeutungen scheinbar zufällig eingestreut. Siebtens wird aus Widersprüchen ein Rätsel gebastelt, wobei die gewünschte Schlussfolgerung die einzig richtige ist. Achtens wird ein größeres Ziel unter einem kleineren verborgen, damit der unaufmerksame Leser es nicht entdeckt, es dem aufmerksamen Leser aber ein erhöhtes Verständnis für den Zusammenhang gibt. Und neuntens wird das große Ganze nur durch unzusammenhängende Argumente angedeutet, nie aber konkret genannt.

Mit diesen Kunstgriffen wird inbegriffenes Wissen versteckt. Es liegt ausschließlich in der Begabung des Einzelnen, ob er sich zu einem wahren Hörer des Inneren erhebt oder eben nicht. Nur die Fähigkeiten des Lesers entscheiden, ob er die expliziten und impliziten Inhalte eines Textes trennen kann. Wir unterrichten keine Geheimlehre und doch bleibt das von uns Gelehrte den meisten verborgen. Es ist eine Methode, die sich der binären Logik von 0 und 1 verweigert und deshalb die Rettung vor der Knechtschaft durch die Datenkonzerne bringt. Politik ist immer Denken in Alternativen und kein Entweder–Oder. Du kannst Weltbilder nicht auf Zahlen reduzieren! Politik ist die transzendentale Sorge ums Ganze, das heißt, sie sucht ein gutes Leben im Schlechten und fordert von Staatsbürgern und Politikern gleichermaßen Einsatz für Staat und Gemeinwohl. Dennoch muss jede politische Ordnung notwendigerweise unvollkommen und unvollendet bleiben.«

Nach dieser Lektion schmerzte Frank der Kopf. Warum durfte er Sachverhalte nicht konkret benennen? Und wann wusste er, ob er Texte richtig entziffert hatte? Was zur Hölle bedeutete transzendentale Sorge ums Ganze? Und warum verstand er seine eigene Abhandlung laut Sandra bisher falsch? Er hatte sie doch selbst geschrieben. Weder Ines noch Lenz beantworteten seine Fragen. Die Danubische Akademie hob sich die Antworten auf seine Fragen für die nächste Einheit auf, um seine Neugierde zu steigern. Frank dachte nicht ans Aufgeben. Er war aber überzeugt, zu dumm zu sein, all das Gehörte zu begreifen und diese Technik selbstständig anzuwenden. Er hatte viele Jahre mit politischer Beratung vergeudet, anstatt seinen Geist zu trainieren. Ohne Antworten legte er sich schlafen.

Leidlich erholt fuhr sein Chauffeur Frank zur heute nebelverhangenen Villa. Mit jedem Besuch veränderte die Villa ihr Aussehen. Wie eine Landschaft offenbarte mit jeder Lektüre auch ein Buch neue Bedeutungsebenen, dachte Frank und spazierte den langen Kieselweg bis zum Haustor. Der Pförtner oder Hausmeister oder Wächter verwischte im Garten Fußspuren. Als ihn der Mann bemerkte, beendete er seine Arbeit und führte ihn nach einem kurzen Morgengruß zum Saal. Am Eingang erwarteten ihn Hoogstraten und Lenz. Lenz war blendender Laune und klopfte ihm auf die Schultern. Lenz wies ihm eilfertig seinen Platz zu und verzichtete auf eine Zusammenfassung von Ines' Vortrag. Lenz sprach aus dem Stegreif und druckreif, obwohl er keine Unterlagen hatte.

»Exoterisch geschriebene Bücher und nur solche vermitteln zwei Lehren: vordergründig eine populäre von erbaulichem Charakter und hintergründig eine nur zwischen den Zeilen angedeutete, wo die dem Autor wichtigen Fragen und Antworten enthalten sind. Selbstverständlich müssen wir uns jetzt nach dem Warum und dem Nutzen dieser Schreibtechnik fragen. Dieses literarische Versteckspiel hat zwei Ziele. Erstens die Essenz des Denkens zu verschleiern und zweitens die Leserschaft in Wissende und Unwissende zu trennen. Aber noch ein weiterer Umstand erschwert uns die Lektüre. Die tatsächliche Meinung eines Autors muss nicht identisch sein mit dem geschriebenen Inhalt. Gute Autoren verwischen Spuren und lassen sich nur mit detektivischem Spürsinn entschlüsseln.

Du musst also achtsam sein: Nicht nur solche Darstellungen sind als richtig zu erachten, die von den eindeutigen Aussagen eines

Textes untermauert und belegt werden. Eben in diesem Grundsatz, wonach nur das explizit Geschriebene die Grundgesamtheit einer Analyse bildet, liegt der Denkfehler datengetriebener Wissenschaft. Denn eine solche Untersuchung schließt Ansichten, die nicht expressis verbis formuliert werden, von vornherein aus, begnügt sich mit dem Offensichtlichen und übersieht das Verborgene. Ich nenne dir ein Beispiel: Wenn ein Politiker nicht müde wird, auf jeder Seite einer Rede ausdrücklich zu betonen, Alpha ist Beta, zwischen den Zeilen aber immer wieder andeutet, dass Alpha nicht Beta ist, wird der Empiriker unentwegt Quellen und Zeugnisse einfordern, die belegen, warum der Politiker der Meinung ist, dass Alpha nicht Beta ist. Dieser Nachweis ist aber im Datenkorpus weder vorhanden noch auffindbar. Wie der ungläubige Thomas glaubt der Empiriker nur das, was er sieht, nicht das, was ist. Eben weil die zu erbringenden Beweise zwischen den Zeilen stehen, findet er sie nicht. Ihm ist das freilich egal. Er behält ja permanent recht, weil für ihn nur manifeste Inhalte zählen. Dass er die eigentliche Botschaft übersieht, begreift er nicht. Faktengläubige verleumden jedes Zwischen-den-Zeilen-Lesen als willkürliches Rätselraten und reden diese Technik als Intuition klein. Dass aber speziell die synthetische Intuition, wie wir vom Kunsthistoriker Erwin Panofsky wissen, die wichtigste Qualität jeder schöpferischen Tätigkeit ist, ignorieren diese Kleingeister.

Somit habe ich in wenigen Worten die entscheidende Schwachstelle deiner Studie freigelegt: Was nicht explizit geschrieben steht und in Zahlentabellen gegossen ist, existiert nicht, selbst wenn es implizit exakt beschrieben wird. Diese Selbstbeschränkung deiner Wahlforschungen wertet auch die Erhebungsinstrumente Umfragen, Statistik und Inhaltsanalysen ab. Dein Beharren auf buchstabengetreuer Interpretation, Offenheit, Nachvollziehbarkeit, Objektivität und der Verbannung von Doppeldeutigkeiten aus den

Sozialwissenschaften macht dich für das Wesentliche blind. Deine Datengläubigkeit ist ein Verlust. Der Siegeszug von Zahlen, Trennschärfe und Exaktheit hat ja ein sterile Sprachsystem etabliert. Diese vermeintliche Exaktheit verneint jeden Doppelsinn und verortet Genauigkeit nur in denotativer Präzision. Was für ein Trugschluss! Als ob Sprach- und Sinnbilder nicht seit jeher Lehrmeister der Menschheit waren. Ohne Metaphern gibt es keine Sprache. Mit zahlengläubiger Wissenschaftsprosa werden nur Binsenweisheiten und Bestätigungsfehler begünstigt.

Dieser Kreuzzug gegenüber Mehrdeutigkeiten verleugnet die schlichte Tatsache, dass es meistens mehr als *eine* richtige Interpretation gibt. Die Danubische Akademie hält am erkenntnistheoretischen Mehrwert von Vieldeutigkeit, Sinnbildern, Gleichnissen und Anspielungen für die Politik, die Wissenschaft und das Leben fest. Neben der Allegorie und der Metapher ist die Kunst des esoterischen Schreibens die dritte sprachliche Form der indirekten Aussage. Weil die Wissenschaft die Kunst des Schreibens nicht mehr kennt und Mehrdeutigkeiten ignoriert, verdrängten Meinungen und Weltanschauungen das allem Seienden zugrunde liegende Sein.

Die strukturellen Versäumnisse deiner Arbeit lassen sich durch esoterische Relektüre von dir selbst beheben. Wage eine Neulektüre deiner Wahlkampfformel, um deine blinden Flecken zu finden. In deiner Beweisführung bist du der typisch marktschreierische Parteigänger der modernen Halbbildung. Aussagen in Umfragen und Inhaltsanalysen zu wörtlich zu interpretieren, weil der Forscher nicht wörtlich genug liest, sind systemische Fehlerquellen, die auch durch Massendaten und unendliche Rechnerkapazitäten nicht behoben werden können. In unserem Zeitalter inflationärer Studien werden deshalb meistens nur irrelevante Daten ohne irgendeinen Erkenntniswert angehäuft. Besonders fragwürdig sind Wählerstromanalysen, Personas und Sinus-Milieus, die du in deiner Arbeit häufig verwendest. Eine gründliche Lektüre kontert deine Denkfehler mit einfachen Fragen: Gegen wen wurde dieser Wahlkampf geführt? Um welches Ziel zu verbergen, wurde dein Text geschrieben? Welche Sachverhalte hast du in deinen Wahlkämpfen verdunkelt? Warum und mit welchem Interesse hast du Wahlkämpfe geführt? Warum hast du manche Argumente betont und manche verschwiegen?

Wenn wir Wahlkämpfe, politische Grundsatzschriften und Regierungsprogramme analysieren, sind wir dem Verborgenen, absichtlich Verschwiegenen und vordergründig Nebensächlichen auf der Spur. Verstellung, Auslassungen und Verschweigen bestimmen mehr als die getätigten Äußerungen das Wesen eines Wahlkampfs, wie du weißt. Das Wahlkampftheater verschleiert mehr, als es informiert. Die Spuren zur Wahrheit einer Wahl findet man dort, wo sie nicht lautstark verkündet wird. Erst durch eine solche, zugegeben anstrengende Lektüre bergen wir die Tiefenstrukturen. Wir decken auf, was Politiker und ihre Stäbe unter den Tisch kehren.

Als Leitprinzip schlagen wir dir eine öffentliche und eine private Lesart vor. Der öffentliche Text enthält Vorurteile und hält sich genau an die Grenzen des gesetzlich Erlaubten und des vermeintlich guten Geschmacks. Der miteingeschlossene Text richtet sich diskret an die Wenigen, die ihn zu entschlüsseln wissen; er enthält die wahre Botschaft, die sich kunstvoll hinter einer nur für den kundigen Leser sichtbaren Fassade verbirgt. Frag dich immer wieder: Was ist deine wahre Botschaft?

Unser Ansatz legt das Verstehen in die Verantwortung des jeweiligen Lesers. Ein guter Autor schreibt für jeden Leser persönlich. Er adressiert vorsätzlich jede Zielgruppe und jeden Leser anders. Du zum Beispiel konntest nur über die Eselsbrücke Cicero den Einstieg finden. Die meisten Leser schließt ein esoterischer Autor aber aus. Er hat nicht den Ehrgeiz, die Mehrheit zu erreichen und alle Herzen zu erobern. Du verwendest in deiner Arbeit ironischerweise auch esoterische Techniken, aber um zu gewinnen, nicht um zu verstehen. Dazu hat dich zweifellos der Windbeutel Edward Bernays angestiftet, dessen Manipulationstechniken du sklavisch befolgt hast. Deine auf Mehrheitstauglichkeit abgetesteten Phrasen sind abstoßend. Der missratene Neffe Sigmund Freuds glaubte, die öffentliche Stimmung mit erwerbsmäßigen Lügen wie in einem Labor nach seinen Wünschen formen zu können. Lügen sind aber nicht ursprünglicher als die Wahrheit, wie Nietzsche irrte, sondern gebären Konsequenzen. Die Unwahrheiten machen dein Herz rastlos. Deine mit jedem Wahlsieg stärker werdenden Zweifel haben dich zu uns getrieben, weil du den Kompass der guten Staatsführung gegen den Willen zur Macht eingetauscht hast.

Dein Gewissen plagt dich, weil du vorsätzlich die Differenz zwischen Wahrheit und nobler Lüge verwischt hast. Als *noble Lüge* bezeichnete Platon einen in der politischen Rede notwendigen, aber falschen Mythos, um den sozialen Frieden aufrechtzuerhalten. Platon beschreibt diese Herrschaftstechnik im Gleichnis von den Metallen, wo die überlieferten Mythen, die er abschaffen möchte, durch einen neuen Mythos ersetzt werden: die Gleichheit. Die Griechen erfanden den Slogan ›Ihr alle im Staat seid Brüder‹, um damit die Loyalität aller Bürger sicherzustellen. Das hat schon in Athen nicht gestimmt: Sklaven, Bauern, Tagelöhner hatten nichts zu sagen. Und für deine Beratertätigkeit stimmt es noch viel weniger: Steuergeschenke für Konzerne, Pensionskürzungen für Arbeitnehmer. Eine Zweiklassenmedizin, ein zerstörtes Bildungssystem, ein abgehängtes Prekariat und eine verarmende Mittelschicht, die mit Reallohnverlusten und explodierenden Lebenshaltungskosten konfrontiert ist. Depressionen bei Jugendlichen sind epidemisch, die Alten sind zynisch, die Arbeitenden erschöpft. Ich will dich nicht langweilen, du kennst den Zustand der Welt. Und dann täuschst du die Wähler auch noch mit verlogenen Slogans wie ›neu regieren‹ und ›Leistung muss sich wieder lohnen‹. Dein erfundenes Gleichheitsversprechen stinkt zum Himmel. Platon trennte Bauern, Handwerker, Helfer und Herrscher. Heute ist es schlimmer: Die liberalen Funktionseliten fühlen gar keine Selbstverpflichtung mehr. Sie verzichten im Unterschied zu den griechischen Herrschern auf die Grundlagen des gerechten Herrschens und plündern das Volksvermögen. Bao Strauss predigt wie die Alten die Gleichheit, die Platon *notwendiges Märchen* nannte, weil gemeinsam Geglaubtes notwendig für das Funktionieren eines Staatswesens ist. Ja, jedes Gemeinwesen benötigt Lügen, um den Frieden unter den Bürgern aufrechtzuerhalten. Aber du setzt diese Technik schändlicherweise zur Ausweitung von Privatinteressen ein und nicht für das Gemeinwohl. Du koppelst mit deiner Politik der Verhaltensanreize Grundrechte an Voraussetzungen und trittst die Würde der Beherrschten mit Füßen. Du predigst den sittlichen Neuanfang, schürst das Gleichheitsmärchen und frischst es immer wieder auf, weil du damit Wahlen und Umfragen gewinnst – wenngleich die Kabinette von Bao Strauss mit Günstlingen vollgestopft sind. Noch nie saßen so viele sekundäre Analphabeten an den Schalthebeln der Macht und du unterstützt diese Entwicklung. Die Institutionen verfügen über keine gesunde Substanz mehr, ›checks and balances‹ und ›unabhängige Gerichte‹ sind Geschichte. Die Freiheit, die du verkündest, ist eine falsche. Die Funktionseliten sind keine umsichtigen Wächter wie bei Platon, sondern gieriger Pöbel, und die Lohnabhängigen sind es weder wert beklagt, bevormundet noch entlastet zu werden. Wozu sollte die Arbeiterklasse gerettet werden? Damit sie im Fitnesscenter ihre Körper stählt, um jedes Denken zu vermeiden? Niemand kennt mehr die geistigen Grundlagen, warum und wofür man sich überhaupt engagieren sollte. Der Begriff der Freiheit ist entstellt, Wirtschaftsfreiheit heißt zuallererst, Freiheit von der Wirtschaft und unabhängig von Erwerbsarbeit leben zu können. Auch die sogenannten Kämpfe für soziale Gerechtigkeit sind nur noch ein Geschäftsfeld. Im Monopolkapitalismus sind Asyl, Migration und Klima Geschäftsfelder wie jedes andere, nur mit dem Vorteil, Moralrenditen zu erwirtschaften. Ökostromnovellen missbrauchst du zur Gewinnsteigerung monopolistischer Energiekonzerne und gutgläubige Konsumenten werden mit unsittlichen Mehrkosten belastet. Das ist nichts anderes als Ablasshandel. Gleichheit ist ein Märchen, welches von den Bürgern, Steuerzahlern, Nichtregierungsorganisationen, Massenmedien und Migranten geglaubt wird. Indem Wähler Erfundenes für wahr halten und loyale Bürger sind, ist diese Lüge für ein funktionierendes Gemeinwesen aus Sicht der Regierungen für die Aufrechterhaltung des sozialen Friedens notwendig und eine erlaubte Herrschaftstechnik. Staatsnützliche Lügen sind aber was anderes als regierungsnützliche Lügen, weil partielle Interessen sich fundamental von Gemeinwohlinteressen unterscheiden. Anders gesagt: Deine noble Lüge ist keineswegs nobel. Wahlen zu gewinnen, darf niemals Selbstzweck sein. Du designst Wahlen nur unter der Prämisse des Gewinnens. Das ist im platonischen Sinne unredlich und falsch

Dass die Menschen ungleich sind, ist die esoterische Wahrheit, dass die Menschen gleich sind, die exoterische. Weil du die Wahrheit der Ungleichheit erahnst, aber als Berater das Gleichheitsmärchen predigst und mit vielen austauschbaren Wahrheiten argumentierst, leidest du an kognitiver Dissonanz. Deine Siege bedeuten dir nichts mehr, weil du in den Abgrund blickst. Dein Gewissen meldet sich. Deine aufkommenden Zweifel befähigen dich zur fragenden Lebensweise des politischen Philosophen. Merke dir eins, die Wahrheit ist dem großen Haufen nicht zumutbar. Anders gesagt: Du kannst die noble Lüge kennen, aber du darfst sie nie zu deinem

Vorteil einsetzen. Die Täuschung der Wähler ist notwendig, um die Frage nach dem richtigen Leben zu klären, aber niemals für einen Wahlsieg.

Wer das Richtige für den Staat sucht, muss bestrebt sein, nein, ist verpflichtet, sich dem wesensnotwendig unverwirklichbaren Ideal anzunähern. Wahre Politik bezeichnet die Sorge um das Ganze, während sich gemeine Politik mit Macht bescheidet. Die Entscheidung, ob man der hohen oder der niederen Staatskunst dient, steht jedem frei. Mit deiner Propaganda hast du wider besseres Wissen Alternativlosigkeit und Sachzwänge gepredigt. Du hast die Wähler als Stimmvieh missbraucht und sie als Verschubmasse für deine Zwecke instrumentalisiert. Du hast Politik auf betriebswirtschaftliche Kennzahlen reduziert und den Glauben der Bevölkerung an die Zukunft zerstört. Die Einsicht, wonach alle Staaten schlecht geführt werden, entbindet dich nicht von der Pflicht, Verbesserungen für das Gemeinwohl anzustreben. Die raffgierige Verwaltung des Bestehenden entehrt das Politische und beraubt die Gesellschaft jeder für die Bewältigung des Alltags notwendigen Hoffnung. Deine sogenannte evidenzbasierte Politik basiert auf dem Treibsand gesammelter Meinungen. Neunundneunzig Prozent aller Meinungsäußerungen einfacher Bürger, aber auch von Experten und Entscheidern sind irrelevant und beschränken sich auf halbverstandenes Nachplappern von Hanswürsten wie Zabel. Die veröffentlichte Meinung verhandelt geistigen Abfall. Indem du Zweitgedachtes sammelst, archivierst und auswertest, adelst du Mist zur Grundlage deines Tuns. Fakten anhäufen ist kein vernünftiges Handeln. Du bist ein schamloser Magier. Du machst Launen und Stimmungen der öffentlichen Meinung zur Grundlage deiner Politik. Die Leidenschaften und Idiosynkrasien der Wähler ersetzen dir den Auftrag zur Wahrung des Gemeinwohls. Du hast die Gesetzmäßigkeiten, mit denen Wahlen gewonnen und Macht vermehrt werden kann, klar erkannt. Dadurch hast du dich als Parteigänger der niederen Politik ausgewiesen. Als Technokrat zerstörst du vorsätzlich jene Voraussetzungen der Demokratie, die diese Regierungsform selbst nicht erzeugen kann. Politik ohne Überzeugung zerstört sich langfristig selbst. Deswegen ist der Kampf gegen deine Realpolitik unsere heilige Pflicht. Wir bilden die Antithese zu den Flachköpfen der Beraterindustrie. Die Gesellschaft ist keine beliebig formbare Masse. Politik ist eben kein autopoietisches Subsystem, wie Luhmann orakelte, und auch ohne Gott ist dem Menschen nicht alles erlaubt. Der durch Studien und repräsentative Verhaltensprofile gleichgeschaltete Wähler ist unfähig, einen Sinn in seinem politischen und privaten Handeln zu finden. Ständig beschwören sogenannte *Volksvertreter* Sachzwänge. Dabei ist die Wahl zwischen Alternativen die Grundlage der Demokratie. Die Eliminierung des Mehr-Sinns entzaubert die Politik und ihre Selbstgenügsamkeit entbindet uns von der Beantwortung der ersten Fragen, aber nur diese sind es wert, erforscht und beantwortet zu werden. Welche Fragen sind notwendig? Die Frage nach der besten politischen Ordnung, die Frage nach dem rechten Leben, die Frage nach der gerechten Herrschaft, die Frage nach der Natur des Menschen und die Frage nach dem Richtigen. Der Streit über das Richtige ist der grundlegende politische Streit, und die Frage wie man leben soll, die erste, die sich jeder Einzelne von uns – als Mensch, als Politiker und als Wissenschaftler – stellen muss. Wenn wir auf Politik als Ort der Selbsterkenntnis beharren, müssen wir die totale Vermessung der Welt bekämpfen. Diese schlichten Wahrheiten weiterzugeben, ist unsere Aufgabe.«

Frank fühlte sich erleuchtet. Ermattet von der dritten Nachhilfestunde, beteuerte er bis zum nächsten Treffen seine Arbeit komplett zu überdenken. Schweigend fuhr Frank nach Hause.

Er rief Bernhard an, er rief Michael an, er rief Sandra an, er rief seine Mutter an. Für zehn Tage war er für niemanden ansprechbar, er zog sich erneut zurück. Er öffnete alle Fenster, das Sonnenlicht erhellte seinen Parkettboden und wärmte sein Herz. Er ließ sich krankschreiben. Er studierte die Texte Lessings Wort für Wort.

Seinen in Dutzenden Umfragen abgetesteten Satz »Alle Politiker lügen« glaubte mittlerweile die überwältigende Mehrheit der Wähler. Die Bürger lebten gut mit der Lüge und wähnten sich schweinchenschlau, wenn sie sich mit diesem erbärmlichen Zustand arrangierten. Die Sphäre des Politischen galt als vergiftet und untrennbar verbunden mit Propaganda, Betrug und Schönrederei. Chefredakteur Kasper Anderson und andere führende Politikjournalisten bewarben ihre Politikanalysen ausdrücklich mit dem Versprechen, hinter die Kulissen zu blicken, zwischen den Zeilen zu lesen und dem Leser zu offenbaren, was die Politiker tatsächlich meinten. Verdecktes Sprechen und aufdeckende Lektüren waren somit allgegenwärtige Bestandteile des Tagesgeschäfts.

Politische Reden verfolgten praktische Zwecke; Regierungen beschlossen Gesetze und organisierten Mehrheiten. Seiner Natur nach teilte politisches Sprechen nicht Wahrheiten um der Wahrheit willen mit; im Regelfall wollten Parteien überzeugen, überreden oder einen praktischen Effekt erreichen: Bitte wähle uns! Bitte zieh für uns in den Krieg! Bitte akzeptiere Steuererhöhungen und Kürzungen im Sozialetat. Politische Reden lösten Handlungen aus und dienten nicht wie wissenschaftliches Schreiben der Wahrheitsfindung. Diese zwei Bereiche waren so gegensätzlich wie die Vollendetheit der französischen Landküche und der aseptische Asia-Mischmasch, den Zabel in sich reinstopfte. Zabel übersah die Geschmacksvielfalt von Reis und doppelt gekochtem Schweinebauch zugunsten der auf europäischen Geschmacksvorlieben angepassten Rezepte. Frank bereitete seine Kampagnen wie Acht Schätze und nicht wie eine

Peking-Ente zu. Er hatte die Wirkung seiner Kampagnen mit der Kategorie Erfolg und nicht mit der Kategorie Wahrheit verbunden; sattgefressen waren seine Wähler, aber dennoch hungrig.

Politik musste die Gesellschaft gestalten. Und ebendiese politische Kehre hatte auch die Wissenschaft nachvollzogen. Während die Alten Gärten kultivierten und ihr Heil in der Kontemplation fanden, veränderten Karl Marx und Paul Lazarsfeld die Welt und begnügten sich nicht mehr mit dem Verstehen. Theorie wurde praktisch. Ein kritischer Intellektueller verstand sich plötzlich als Aktivist. In den Zwanzigerjahren des 21. Jahrhunderts spielten Denker Aktivisten im Kampf für eine gerechtere Welt wie Sandra. Das war vorsätzlicher Betrug. Die Danubische Akademie verlangte von Frank eine Hinwendung zur Theorie. Nur im reinen Denken konnten die verschütteten Grundlagen der Politik geborgen werden.

Franks Konversion erfolgte beim Betätigen der Klospülung. Wie ein Blitz überkam ihn die Eingebung. So naheliegend war die Lösung. Warum hatte er nicht früher an das Naheliegende gedacht? Er hatte Machiavelli zu wörtlich und ihn deshalb nicht wörtlich genug gelesen. Frank lief zum Handapparat seiner Bibliothek und suchte die abgegriffene Taschenbuchausgabe von Machiavelli. Seit Studientagen hat er das Buch immer wieder gelesen und sich an seinen Ratschlägen berauscht. Sein Idol hatte ihn gelehrt, ein Sieger zu sein. Hier stand alles schwarz auf weiß.

Er blätterte im Abschnitt XVIII und las: »Wie löblich es ist, wenn ein Fürst sein Wort hält und rechtschaffen und ohne List verfährt, weiß jeder. Trotzdem zeigt die Erfahrung unserer Tage, dass die Fürsten, die sich aus Treu und Glauben wenig gemacht und die Gemüter der Menschen mit List zu betören verstanden haben, Großes geleistet und schließlich diejenigen, welche redlich handelten, überragt haben.«

Das war eine Lüge. Aber bisher hatte er nur den zweiten Teil dieser Sequenz als Handlungsaufforderung verstanden. Er hatte nicht getan, was jeder in seinem Herzen weiß. Frank hatte mit seinen Listen Wähler betört, multinationalen Konzernen Steuern sparen geholfen und Erwerbstätige strukturell verarmen lassen. Seine Bilanz war verheerend: Wohnungs- und Lebenshaltungskosten explodierten, das Bildungs- und Gesundheitswesen hatte er heruntergewirtschaftet. Den meisten Wählern ging es schlechter als vor Bao Strauss' Regentschaft. Großes geleistet hatte er nur bei der schamlosen Eigenbereicherung.

Frank hatte Machiavelli als Anleitung zu List und Täuschung benützt. Er musste ihn wörtlicher auslegen: *Löblich ist es, Wort zu halten, und rechtschaffen und ohne List zu verfahren.* In diesem Satz offenbarte sich die versteckte Bedeutung. Machiavelli mahnte Rechtschaffenheit ein. Das hieß, den Wähler weder zu belügen noch zu täuschen. Konzentrierte Macht war anfällig für Missbrauch, wie der Italiener eindringlich beschrieben hatte. Richtig verstanden rief das Buch zur Machtbeschränkung auf. Machiavelli verpackte seine Herrschaftskritik geschickt als Anleitung für Mächtige und Machthungrige wie den jungen Frank Fischbach. Dabei hinterließ er, richtig verstanden, dem Volk eine zeitlose Warnung vor Machtmissbrauch. Zwanzig Jahre lang hatte er sein Idol missverstanden. Machiavellist zu sein hieß, Macht zu bekämpfen. Macht korrumpierte alle und musste beschränkt werden. Als Mahnung zur Vorsicht, niemals ihre verbrieften Selbstbestimmungsrechte an eine vermeintlich vor dem Gesetz legitimierte Macht zu delegieren, formulierte »der Fürst« eine umsichtige Machtkritik.

Es bestand kein Zweifel. Er hatte Machiavelli bisher falsch gelesen. Wegen seiner Dummheit hatte er Schuld auf sich geladen. Jetzt nahm er seine Lektion ernst: Frank kündigte sämtliche Beratungsmandate bei Omnia und verkaufte seine Firmenanteile an Bernhard.

12

Im Blätterwald und auf dem politischen Parkett rätselte man über Franks Rückzug. Warum verzichtete ein einflussreicher Mann freiwillig auf Macht und Geld? Die Gerüchte reichten von Depressionen des Wunderkinds über Burn-out bis hin zu religiöser Erweckung.

Sandra war entsetzt von Franks Firmenverkauf. Sie schlug ihm eine Geschäftsidee zur Rettung ihrer Beziehung vor und wollte mit dem Verein »Sieben Geschlechter« durchstarten.

»Die Bezeichnungen *männlich* und *weiblich* reichen nicht aus, um die Bandbreite an Geschlechtlichkeit abzubilden. Aus einem Gerechtigkeitsempfinden heraus, natürliche Phänomene präzise zu beschreiben, und um meine Solidarität mit nicht-binär lebenden Menschen zu zeigen, kämpfe ich jetzt für die gesetzliche Einführung von sieben Geschlechtern. Die Inspiration dafür habe ich bei der indigenen Bevölkerung Amerikas und bei der Lektüre des amerikanischen Ethnologen Jamake Highwater gefunden.«

Frank hörte aufmerksam zu. Den Highwater-Skandal hatte er noch gut in Erinnerung. Dieser Hochstapler hatte behauptet, vom indigenen Stamm der Cherokee abzustammen, adoptiert worden und homosexuell zu sein. Nichts davon stimmte, wie der Indigenenaktivist Hank Adams nachwies, aber Highwater beharrte auf seinem Recht, seine Identität nach Belieben zusammenzubasteln. Adams nannte Highwater den *goldenen Indianer*, weil er seine erfundene Ethnizität und Geschlechtlichkeit zur Grundlage eines Geschäftsmodells machte, was wiederum Sandra inspirierte. »Highwater ist zwar laut Geburtsurkunde osteuropäischer jüdischer Abstammung, aber das Zeitalter ethnischer und geschlechtlicher

Zwangszuschreibung ist endgültig vorbei«, sagte sie. »Auch ein Jude kann ein Indigener sein. Zurzeit denke ich *heterosexuell*, *homosexuell*, *bisexuell*, *non-binär*, *transsexuell*, *asexuell* und *polyamorös* als Arbeitskategorien an.«

Nach sechzig Jahren Kampf um sexuelle Minderheitenrechte sei es überfällig, die nächste Stufe der Weltverbesserung zu erklimmen. Jeder Mensch müsse das demokratisch verbriefte Recht bekommen, jede sexuelle Identität anzunehmen, die er fühle. »Bis ins hohe Alter sein Geschlecht und – für die Zukunft weitergedacht – auch seine Ethnizität täglich neu zu definieren, soll jedem möglich sein. Geschlechtsumwandlungen werden wie die Enthaarungsindustrie eine nie versiegende Wohlstandsquelle und einen neuen, freieren Menschen schaffen«, verfeinerte Sandra ihren Gedankengang. Gutes zu tun sollte sich auch rechnen. Eine fließende Geschlechtlichkeit versprach laut ersten Berechnungen ihrer Finanzabteilung eine siebzehn Mal höhere Wertschöpfung als ein einmalig für das ganze Leben festgelegtes Geschlecht.

Ihr Vorschlag überzeugte Frank nicht. Hinter der menschenfreundlichen Maske verbarg sich wie bei ihrem Waldverein nur eine Ausweitung der Geschäftszone. Identitäts- und Umweltfragen an Gewinnmargen zu koppeln, war unredlich. Frank äußerte seine Bedenken.

»Vielleicht ist es vermessen, Lebensglück per Gesetz an ein Geschlecht zu koppeln«, sagte er vorsichtig. »Das Versprechen, wonach jeder sein kann, was er will, ist sinnlos, wenn niemand weiß, wie er ist …« Solche Spitzfindigkeiten nervten Sandra. »Du liest zu viel.«

Immer öfter ertappte sie ihn beim Lesen antiker Schriften. Er lernte Altgriechisch und Hebräisch und belegte Auffrischungskurse für sein großes Latinum. Ein Basketballspiel hatte er mit der fadenscheinigen Ausrede abgesagt, Plutarchs *Vermischte Schriften* zu lesen.

Frank hatte für seinen Plutarch in der Übersetzung von Johann Friedrich Salomon Kaltwasser 1200 Euro gezahlt. Sandra war wütend: »Seitdem du den Aufsatz über das Schweigen gelesen hast, strapazierst du die Pose des Wortkargen. Ein Verkäufer muss reden! Hat dir dein bescheuerter Plutarch das vorenthalten? Machst du einen auf meinen Ex-Mann und verpflichtest dich zu einem einfachen Leben? Was ist nur mit euch Männern los. Ihr mit euren Sinnkrisen! Mich langweilen Männer mit ihren frei gewählten Armutsgelübden. Woher kommt der Hang zu diesen großspurigen Gesten? Wirst du auch ein Manifest schreiben, wie das Franz dauernd macht? Habt ihr alle keinen Beschützerinstinkt mehr? Warum willst du nicht mehr *führen*? Warum schmeißt du dein Leben weg? Nur wer entscheidet, kann gestalten. Du warst der Führer des Führers! Das war deine Bestimmung. Du versündigst dich gegenüber deiner Natur. Du hast keine Ahnung, auf was du dich einlässt. Ohne Geld gibt es kein Leben. Geld ist der Ursprung und Antrieb allen menschlichen Strebens. Deine freiwillige Selbstkasteiung ist Kleinbürgerquatsch. Ich brauche finanzielle Sicherheit …«

Eine Partnerschaft ergab nur mit einem Mann mit angemessener gesellschaftlicher Stellung Sinn. Sie zahlte schon für Franz und ihre zwei Kinder. Einen weiteren Nassauer zu alimentieren, wollte sie sich nicht leisten. Sandra konnte gehässig sein. Sie war berechnend wie seine Mutter, dachte Frank, als er ihr hübsches Gesicht studierte. Frank hatte ihre Gefühle verletzt, sie wollte ihm wehtun: »Du bist wie die New York Knicks ein überbezahlter Blindgänger … Oder eigentlich noch übler, du bist ein Verlierer wie Stephen Curry. Kannst du dich vor lauter Bücherlesen an den noch erinnern? Stephen Curry war wie du Schlüsselspieler, er hat drei Basketballtitel gewonnen und dennoch nie den begehrten Finals-Most-Valuable-Player abgestaubt. Weil er im entscheidenden Moment zu blöd war zu handeln. Du hättest Strauss zu napoleonischer Größe führen können. Doch einen Unterschied gibt es zwischen dir und Curry: Curry versuchte an der Seite von Green in der Finalserie der Saison 2018/2019 die drohende Niederlage abzuwenden. Dieser Versager hat im entscheidenden letzten Spiel wenige Sekunden vor Schluss nicht für sein Team gepunktet. Du kneifst auch, aber du verlässt das Spielfeld auch noch freiwillig. Deine Selbstverzwergung ist ein erbärmlicher Ausdruck einer Midlife-Crisis. Das ist unverzeihlich. Ich will dich nie mehr sehen.«

Sandra war Anhängerin des Zweijahresbeziehungsmodells. Dauerhaft neue Lebensabschnittspartner ersparten Beziehungsroutinen. Monogamie war ein patriarchales Unterdrückungsinstrument. Es war Zeit für eine Rochade: Sandra arbeitete mit Bernhard und Zabel weiter, die sich gerne ihrer männlichen Pflicht zum Geldverdienen stellten und wählte Bernhard als neuen Lebensabschnittspartner …

Trotz Sandras Einstieg bei Alpha Growth verlor Bao Strauss überraschend seinen Kanzlersessel. Omnia war bei allen Umfragen vorangelegen, es hatte nach einem sicheren Start-Ziel-Sieg ausgesehen, aber der Wähler hatte sich nach einem unverbrauchten, frischen Gesicht gesehnt. »Vom Wunderkind zur Belastung. Der Minuskanzler. Die magere Bilanz eines selbstverliebten Kanzlerdarstellers«, spottete der Boulevard. Bao Strauss war Geschichte. Unmittelbar nach der Niederlage erfolgten bei Alpha Growth Hausdurchsuchungen. Es gab Gerüchte über Kick-back-Zahlungen zwischen Kanzleramt und Alpha Growth.

Frank empfand keine Schadenfreude für Bernhard, Sandra und Bao Strauss. Den tiefen Fall von Zabel mitanzusehen, fand er traurig. Dreißig Jahre lang war Zabel mit dem Zeitgeist gesurft. Wandelbar hatte er überall mitgespielt und finanziell hatte er mit seiner Emeritierung ausgesorgt. Aber Zabel litt unter dem Verlust seines öffentlichen Status. Der Feinschmeckerklub hatte ihm seinen Titel aberkannt, weil er bei einer Blindverkostung Thunfisch von Lachs nicht hatte unterscheiden können. Auch seine kulturpublizistischen Interventionen wurden seltener, da sein Multiplikatorennetzwerk ebenfalls pensioniert worden war und er seine Beiträge nicht mehr unterbrachte. Zabel suchte verzweifelt nach Anschluss. Als Comebackversuch verfasste er ein Sachbuch über Selbstmord als Kulturtechnik. Als Werbeaufhänger thematisierte er eine virulente Selbstmordwelle in der populären Kultur. Die von Jugendlichen kultisch verehrten Rapper Lil Peep, Juice Wrld, Mac Miller und Pop Smoke hatten sich alle umgebracht, was er *postmodernes Wertherfieber* nannte. Schon am Veröffentlichungstag durchlebte Zabel seinen ersten Shitstorm. Er stand zwar wieder im Scheinwerferlicht, aber anders als erwartet. Wütende Teenager protestierten gegen seine pietätlose Ausschlachtung einer tragischen Todesserie; die jungen Musiker waren Opfer von Pharma- und Waffenlobby und keineswegs an Lebensüberdruss gestorben. Pop Smoke und XXX Tentacion waren von unbekannten Tätern ermordet worden, wofür man nur die laxen Waffengesetze in den USA verantwortlich machen konnte, und Lil Peep, Juice Wrld und Mac Miller verstarben an unbeabsichtigter Drogenüberdosis. Die einzige Rezension einer Publikumszeitschrift nannte das Buch »Hilferuf eines alten, weißen Wutseniors um Aufmerksamkeit«, und junge Transgenderaktivisten demonstrierten gegen Zabels antiquiertes Männerbild des leidenden Künstlers. Nach diesem Vorstoß brachen alle Dämme: Ehemalige studentische Hilfskräfte wagten ebenfalls den Schritt in die Öffentlichkeit, um Zabels strukturellen Einsatz von sexueller Einschüchterung zu thematisieren. Wiederholt hatte Zabel Studenten sexuell missbraucht und mit 62 seine ehemalige Studentin, die 31 Jahre jüngere Installationskünstlerin Rafaela Harrasser, geschwängert. Von seinen Mitmenschen ermutigt, outete sich auch Michael

Gurani: Zabel hatte ihn nach einer Beiratssitzung sexuell belästigt. Der Verlag nahm unter Verweis auf Zabels Sündenregister sein Buch freiwillig vom Markt. Der Hashtag *#noZabel* belegte wochenlang die Spitze der Instagramcharts.

Und dann erreichte der Drohbrief Schieders über Umwege die Presse. *Der Standard*, *Kurier* und *Die Presse*, die drei führenden Tageszeitungen des Landes, druckten ein Faksimile des Briefs auf der Titelseite ab. Schieder wurde als Kämpfer für wissenschaftliche Freiheit und Aufdecker und nicht als Erpresser gehandelt, wie Zabel spekuliert hatte. Die medialen Vorverurteilungen setzten Zabel zunehmend unter Druck. Zabels Anwalt verzettelte sich in Widersprüchen und auch ein eigens engagierter Litigation-PR-Profi konnte die öffentliche Meinung nicht mehr drehen. Zabels Ansehensverlust war unumkehrbar, verbittert beendete er mit einem Fenstersprung sein Leben. Das Öffnen des Fensters und den Sturz filmte er mit seinem Telefon. Mit dieser medienkünstlerischen Intervention hatte Zabel sich posthumen Ruhm und Gerechtigkeit für sein Werk erhofft, welches in seinem Wert nicht durch biografische Schwächen kleingeredet werden durfte. Doch er täuschte sich. Dem aufmerksamen Journalisten Jan Levers fiel die frappante Ähnlichkeit seines Selbstmords mit jenem des französischen Philosophen Gilles Deleuze auf. »Noch im Tod Plagiator«, titelte Levers seinen Nachruf. Nur Ernst Draxler schrieb eine halbherzige Entgegnung, in der er Zabels sexuelle Verfehlungen und sein Gutachten als Fehler bezeichnete, diese aber mit Verweis auf Daniel Cohn-Bendit entschuldigte. Auch dieser habe seinerzeit Kinderliebe gepredigt. Man müsse Taten immer im Kontext der Zeit sehen. Damit war die Akte Zabel geschlossen. Aktivisten erzwangen die Löschung seines Wikipedia-Eintrags. Der akademische Beirat billigte diese Entscheidung, da sein Werk keinen bleibenden Wert für kommende Generationen besaß.

Zabels Freitod beendete auch den Niedergang von Alpha Growth. Sandra stieg als Partnerin ein und führte das strauchelnde Unternehmen mit Bernhard zu neuem Glanz. Die wichtigsten Journalisten des Landes wählten die beiden zu Österreichs Unternehmerpaar des Jahrzehnts. Frank kehrte nicht mehr ins Rampenlicht zurück; er spendete seine Rücklagen der Danubischen Akademie und zog in eine 45 Quadratmeter kleine Substandardwohnung mit Klo am Gang. Er stornierte Zeitungsabos, Streamingdienste, seinen Handyvertrag und seinen Internetanschluss. Monatliche Bücherkäufe um 50 Euro waren sein einziger Luxus. »Bedürfnisse sind maßlos«, lautete eine Grundregel der Danubischen Akademie, weshalb er fortan genügsam lebte.

Draxler meldete sich überraschend. Er hatte Franks negativ begutachtete Arbeit in der Zwischenzeit selber gelesen: »Ich weiß mittlerweile, dass Ihre Schrift ein Bewerbungsschreiben für die Danubische Akademie war … Zabel ist tot und vergessen und wir können Ihr Verfahren wieder aufnehmen, Herr Fischbach.« Draxler bot an, Zabels Gutachten verschwinden zu lassen und ein positives aufzutreiben. Auch Lenz' Gutachten könne in die Bewertung des Verfahrens einfließen, weil Draxler persönlich ein Fan von Lenz sei und dieser idealtypisch die Stärken von Franks Abhandlung nachweise. Draxler bat Frank allerdings um eine kleine Gegenleistung: um Aufnahme in den elitären Denkerkreis. Er klagte Frank sein Leid. »Ich glaube, Sie sind Mitglied in der Danubischen Akademie. Zabel war eifersüchtig, dass Sie dort mitmischen, nur deshalb hat er Sie scheitern lassen. Sein niederes Motiv war Neid. Schauen Sie, mir geht es um etwas anderes. Ich bin nie zum ordentlichen Professor ernannt worden. Ich bin verbeamtet und abgesichert, aber mein Herz begehrt Zugang zur echten Wissenschaft. Ich kenne die Unterscheidung zwischen exoterischem und esoterischem Wissen, habe aber nie einen Lehrer gefunden, der mir die alten Techniken beibringt. Bitte führen Sie mich in diese Kunst ein! Mit der Statistiksoftware SPSS komme ich bei der Erkundung der menschlichen Seele nicht weiter.«

Draxler bettelte um Aufnahme; er war von der Existenz der Akademie und Franks Doppelleben überzeugt. Frank war seine Eintrittskarte. Ob Lenz ihn initiiert habe? Welche Theorien dort gelehrt würden? Mit süßlichen Worten versuchte er Frank zu schmeicheln. »Zuerst qualifizieren, dann diskutieren.« – Mit diesem Spruch hatte Lenz ihn einst abgekanzelt und darauf beschränkte auch Frank seine Antwort. Draxlers Arbeiten waren für die Danubische Akademie wertlos.

Draxler akzeptierte sein Nein nicht und drohte stattdessen: »Ich werde Sandra Kern und Ihrem ehemaligen Geschäftspartner von Ihren Aktivitäten berichten und meinen Verdacht an investigative Medien verkaufen. Die bloße Existenz einer Danubischen Akademie ist eine Sensation.« Jahrzehntelang hatte er ihr Bestehen aufgrund von Zabels Erzählungen vermutet, aber wegen Franks Arbeit besaß er nun Evidenz.

Draxler begehrte nachdrücklich Eintritt in einen Klub, der keine Eintrittskarten vergab. Dieses Merkmal verkörperte den Inbegriff von Exklusivität. Doch Frank verneinte: »Das Wort Danubische Akademie höre ich zum ersten Mal. Dass Sie als Universitätsprofessor an die Existenz von Verschwörungstheorien glauben, wundert mich.«

Draxler winselte. »Bitte lügen Sie mich nicht an. Soweit ich weiß, ist Lügen den Mitgliedern der Akademie streng verboten. Oder pflegen Sie eine Art Taqīya, wie es die Schiiten machen?« Er bot Frank 50.000 Euro und einen Lehrstuhl für Wahlkampfforschung. Frank schüttelte den Kopf: »Ich brauche kein Geld, ich habe eine Zweizimmerwohnung und eine Bibliothek, also alles, was ich brauche …«

Im *Chez frère* schilderte Frank Lenz Draxlers Bitte. Lenz aß Ratatouille.

»Draxler glaubt, alles mit Geld, Schmeichelei oder Druck zu erreichen. Das ist der Dreiklang seines Lebens. Er verwechselt den Daseinszweck einer Akademie mit dem Nürnberger Trichter und glaubt, wir können ihm die Weisheit von außen überstülpen. Dabei kann Draxler wie jeder andere nur aus sich selbst schöpfen. Wo keine Substanz vorhanden ist, können wir nicht weiterhelfen. Kennst du den Dialog Hermotimus? Nein? Egal. Dieser Text ist der einzige philosophische Text Lukians. Die Hauptfigur Lycinus, die mit Lukian identisch ist, diskutiert in diesem Text aus einer skeptischen Haltung mit dem Philosophieschüler Hermotimus, der bei einem Stoiker lernt, über Gehalt und Güte der verschiedenen philosophischen Lehren und Schulen. Am Ende des Gesprächs entsagt Hermotimus entnervt der Philosophie und verflucht sein vermeintlich nutzloses Streben und seine erfolglose Suche nach Weisheit. Lukian lässt in seinem Dialog Hermotimus und Lycinus die Frage diskutieren, ob es sich lohnt, Philosophie zu studieren. Oberflächlich betrachtet lautet die Antwort Nein, denn wörtlich gelesen verspottet Lukians Alter Ego Lycinus in diesem Text die Verfallserscheinungen der Wissenschaft. Lukians Satire richtet sich gegen die Vorurteile seiner Zeit und schenkt uns einen bis heute tauglichen Lektüreschlüssel. Hinter dem Mantel der Satire verbirgt Lukian die wahre Bedeutung: Sein Dialog veranschaulicht die sokratische These, wonach ein ungeprüftes Leben nicht wert ist, gelebt zu werden. Weil Draxler aber wie Hermotimus unfähig ist, ein der Erkenntnis gewidmetes, also fragendes und prüfendes Leben zu führen, geht er dem Selberdenken aus dem Weg. Er kleidet sich wie ein Philosoph, trägt einen schwarzen Rollkragenpullover und eine schwarze Hornbrille, er lässt sich einen Denkerbart wachsen und übernimmt den Habitus des Gelehrten, weil er glaubt, mit

Äußerlichkeiten punkten zu können. Weil er aber zu faul zum Denken ist, verlangt er über dich Zutritt. Mit diesem Verhalten zeigt er, dass er nicht zur Erkenntnis befugt ist. Der tumbe, meist fälschlicherweise gesund genannte Menschenverstand und sein Spezialistenwissen sind nicht ausreichend, um sich in der Weisheit zu üben. Das wissen wir von der Apologie des Sokrates. In Datenbanken und der Statistik findest du keine Antworten. Da hilft nur eigenes Denken. Ein der Erkenntnis gewidmetes Leben ist weder Mode noch Geschäft. Die Danubische Akademie lehrt Bleibendes, also das, was immer gilt, und keine historischen, vorläufigen oder zufälligen Wahrheiten. Deswegen ist der Spruch, wonach die Wahrheit eine Tochter der Zeit ist, das Erkennungszeichen der Dummköpfe. Nur mit dem unbedingten Willen, ein im Sittlich-Moralischen und im Geschäftlichen gelingendes Leben zu führen, qualifiziert man sich für die Aufnahme in der Danubischen Akademie. Wir sind ein Klub, wo einem weder Referenzen, Titel, Fürsprecher, Spenden noch Macht Türen öffnen. Geeignete Mitglieder führt ausschließlich ihr Streben zu uns. Du hast diesen Schritt getan und stehst am Beginn einer erst auf dem Totenbett endenden Reise. Nur als Lebensform lässt sich deine Suche nach der Wahrheit begreifen. Bei der Lektüre von Lessings Ernst & Falk, den berühmten Gesprächen für Freimaurer, musst du dich immer fragen, warum und wo Falk im Gespräch mit Ernst seine Wahrheit gleichzeitig versteckt und offenlegt und damit Ernst eine Anleitung zur selbstständigen Entzifferung gibt.«

Lenz schenkte Frank eine dreibändige, leinengebundene Gesamtausgabe von Lukian in der Übersetzung von Christoph Martin Wieland. »Ab jetzt bist du befähigt, selbstständig zu lesen.« Ergriffen spazierte Frank nach Hause und las den 63-seitigen Dialog »Hermotimus oder von den Philosophischen Sekten« Zeile für Zeile. Einmal, zweimal, dreimal, viermal. Sechsmal hintereinander las er den Dialog, jede Fußnote genau studierend. Eine sorgfältige Lektüre erfolgte langsam und bedächtig, Lesen benötigte Zeit. Mit jedem Durchgang entdeckte er eine neue Tiefenschicht. Der Inhalt ließ sich leicht zusammenfassen: Der vierzigjährige Lycinus spricht mit dem sechzigjährigen Hermotimus, der seit zwanzig Jahren ohne zufriedenstellende Ergebnisse studierte, über die Schwierigkeiten, Weisheit zu erlangen. Hermotimus lernt aus den falschen Gründen und findet deshalb nicht den generellen Wert eines Denkerlebens. Im Laufe ihres Gesprächs überzeugt Lycinus sein Gegenüber vom Gegenteil seiner ursprünglich eingenommenen Position. Hermotimus beendet daraufhin sein Studium und ist von der Sinnlosigkeit aller Wissenschaft überzeugt. Mit dieser List verweigert Lycinus dem Unbefugten den Eintritt in das Reich des Wissens, während er zwischen den Zeilen den Lohn echter Denkarbeit offenbart: Durch die Philosophie kann der Mensch glücklich wie ein Gott werden und stirbt nicht unwissend wie der große Haufen der Unwissenden. Nichts anderes erbat Frank zukünftig für sein Leben. Gefesselt von einem euphorischen Materialismus hatte er sein Scheinwissen an alle zahlungswilligen Klienten verkauft. Dieses traurige Los ließ er hinter sich. Frank stritt nicht länger um Marktanteile und Wahlsiege.

Das Wort *Idiot* bezeichnete im Altgriechischen nur einen Menschen ohne philosophische Ambitionen und war kein Schimpfwort. Ein Idiot war nichts anderes als ein Laie und ungebildeter Mensch und konnte sich auch problemlos mit einem Professorenhut schmücken. Frank wollte nicht länger ein Idiot sein und schwor sich auf sein zweites Leben ein. Klarsichtig ein schlichtes und diskretes Leben zu führen, einigen wenigen in Liebe zugetan und aufrichtig um die Beantwortung seiner Lebenslügen bemüht. Dafür brauchte er weder Macht noch Geld noch eine Lehrbefugnis.

Frank hatte genug vom manischen Streben nach Außergewöhnlichkeit. Die Teilnahme an den Gladiatorenkämpfen zwischen vermeintlichen und tatsächlichen Meisterdenkern hatte ihren Reiz verloren, Frank hatte genug gekämpft: Er war der Macht nachgerannt, er war der Wahrheit nachgerannt, er war Lenz nachgerannt, er war … zu lange gerannt.

Die menschlichen Wahrheiten waren unvergänglich, unabänderlich und von für jeden Menschen erkennbarer Notwendigkeit, hatte Lenz ihm immer eingebläut. Das stimmte, aber Frank musste seine eigene Wahrheit finden, nicht jene von Lenz. Auch sein einzig wahrer Lehrer hatte blinde Flecken; er war unfähig zu verstehen, dass Lukian ein Satiriker war. Fanatisch suchte Lenz ständig neue und noch abstrusere Lesarten, anstatt die einzig angemessene Antwort zu akzeptieren: Lukian brachte die Menschen zum Lachen. Der Erfinder der Satire erhob den Anspruch zu unterhalten und nicht die ewige Wahrheit zu besitzen. Als Fußnotenfetischist und Stubengelehrter wie sein Vorbild Lenz wollte Frank nicht enden. Er musste seinen eigenen Weg gehen und durfte nicht länger in fremden Fußspuren Lösungen suchen. Franks Bedarf an Autoritäten war gedeckt.

Nur zwei Dinge waren wirklich wichtig: Tee sorgfältig zu brühen und Basketball zu spielen. Frank genoss eine Kanne Ostfriesentee und warf nach der Teezeremonie neben dem Teebeutel auch seinen Willen in den Restmüll. Er spürte ein Kribbeln in den Fingern und war bereit, Körbe zu werfen, Slam Dunks zu üben und ohne Ziel und Zweck zu dribbeln. Frank war zu alt für eine Profikarriere und in dieser schlichten Tatsache verbarg sich der Schlüssel zur Freiheit. Er musste nicht gewinnen, er musste nicht der Beste sein, er erlaubte sich, einfach nur drauflosspielen. Sorgfältig schnürte Frank seine Nike Air Jordan 1, griff nach seinem Basketball und steuerte den nächstgelegenen Park an.

Gedruckt mit freundlicher Unterstützung durch

Stadt Wien

Umschlag: Boutique Brutal
Druck und Bindung: Finidr s.r.o.

ISBN 978-3-903460-26-3